逃亡者

《水浒传》八讲

曹清华 著

广西师范大学出版社
GUANGXI NORMAL UNIVERSITY PRESS
·桂林·

逃亡者 ：《水浒传》八讲
TAOWANGZHE : SHUIHUZHUAN BAJIANG

图书在版编目（CIP）数据

逃亡者 ：《水浒传》八讲 / 曹清华著. —桂林：广西师范大学出版社，2018.12
ISBN 978-7-5598-1543-9

Ⅰ. ①逃… Ⅱ. ①曹… Ⅲ. ①《水浒》研究 Ⅳ. ①I207.412

中国版本图书馆 CIP 数据核字（2018）第 287783 号

广西师范大学出版社出版发行
（广西桂林市五里店路 9 号 邮政编码：541004
网址：http://www.bbtpress.com）
出版人：张艺兵
全国新华书店经销
广西民族印刷包装集团有限公司印刷
（南宁市高新区高新三路 1 号 邮政编码：530007）
开本：880 mm × 1 240 mm 1/32
印张：8 字数：180 千字
2018 年 12 月第 1 版 2018 年 12 月第 1 次印刷
印数：0 001~3 500 册 定价：36.00 元

目　录

前言

历来讲《水浒》，焦点都在人物。我关注的则是《水浒》里头的故事。逃亡者的故事。有谁会想到要逃走的么？又有谁见到逃亡者的身影？水浒便是一处逃亡者向往、聚集，而又最终逃离的地方。

最先逃走的是龙虎山上清宫伏魔之殿里的“妖魔”。从伏魔殿的万丈地穴里，翻滚而出的那道黑气，是“妖魔”的精魂。它掀塌了半个殿角，直冲上半天里，在空中散作百十道金光，望广袤的山川、湖泊、大地飞奔而去。这散落人间的光亮，便是逃亡者的种子。

东京八十万禁军教头王进，是小说里的第一位逃亡者。王进之后，紧接着，史进、鲁智深、林冲，先后走上了逃亡路。小说专门立传的好汉里头，杨志、宋江、武松、杨雄、石秀、解珍、解宝、孙立、孙新、顾大嫂、雷横、孔明、孔亮皆是犯下命案的逃亡者。

而背负着杀人经历在小说里露面的人物，则广布于偏僻的荒村野店，与嘈杂的市井人家。权力网络的其他形式的反抗者，亦遭到排挤、驱逐、追捕，被迫走上逃亡路。

水浒好汉从围困、压迫里逃走，便遁入民间，去了那树林深处的荒村与野店。

村坊与庄院地处偏僻，是权力网络的覆盖与围困松弛、懈怠甚至忽略的地方。它们远离权力中心，却与普通人近，且坐落在大自然的怀抱里。在小说家的笔下，各家庄院都占据着绝佳的地形与位置。绿树成荫、繁花似锦，藏身于树林与山野之间，与周遭的自然景色相映衬，是其共同的特点。

与庄院搭配的是酒店。于逃亡者，村坊庄院是获得住宿与安歇的地方，路旁酒店则是聚会和饮食的场所。庄院为大户人家拥有，酒店则落在平常百姓手里。更重要的是，庄院与知识-权力网络相关联，酒店则是社会的神经末梢，几乎游离于权力的控制之外。

逃亡路上，水浒好汉获得了纵情山水的机会。好汉们逃离权力网络，摆脱家庭拖累，剥去身上的束缚，胸怀一颗赤子之心，与自然山水通往来，同宇宙天地共呼吸。读者亦跟随好汉们，在其逃亡途中，饱览大江南北的名山胜水。

名山大岳，是大自然的神奇与威力的象征。其首要特征便是山峰高耸，气势恢宏，令人震撼。和山岳相呼应的则是江河湖泊。诸如浔阳江、长江、太湖、西湖，都伴随着水浒好汉在小说故事里流淌与荡漾。与大山高峰给人峻峭、挺拔、雄伟的崇高印象不同，江河湖泊则以其辽阔、明净与流动而让人心旷神怡、流连忘返。

遁入民间，好汉们亦获得了机会，于权力网络的缝隙，体验和分享风土民俗所蕴藏的意味与愉快。

逃亡者生命境界极高，生活的位置却被挤到最低处。逃亡路上，好汉们常常遭受饥饿的折磨。

饥饿、穷困之外，他们还行走在死亡线上。追求生命境界者，不仅生活窘迫，生命亦受到威胁。实质上，他们都是幸存者。小说所能讲述的无非是逃亡途中的幸存者的故事。

置生死于度外，在逃亡路上，水浒英雄仍旧是强权与压迫的反抗者。他们一如既往担任着正义的使者、弱者的救星。在整部小说里，水浒好汉留下的是行动者的足迹，是言必信、行必果的侠客风范。

水浒好汉一面反抗强权与压迫，一面又是奸佞的克星。反抗者与行动者如一面镜子，照出了一切魑魅魍魉的真实面目。

愤怒的聚积与释放构成了各篇人物传记共享的情节结构，为小说的逃亡叙事提供了动力。小说常常不动声色，不着痕迹，让“愤怒”层层累积，逐渐加厚，为最终的爆发积聚能量。

愤怒的聚积与释放的情节的主角是正义者。而与此相交织的另一情节线索，则是邪恶者恶的叠加与最终走向毁灭。

在阅读中，读者亦进入了角色。在邪恶者恶的叠加的过程中，读者的愤怒也随之累积，甚至超出于正义者之上。邪恶者被打败乃至遭毁灭，让读者的愤怒得到彻底的释放。

邪恶占据了社会的中心，主宰着社会心理的建构与维护；正义则被遮蔽、压抑，放逐到社会的边缘。正义者以血与肉的反抗，摆脱邪恶的围困，走上逃亡路。

逃亡路上，他们一面获得了明是非、辨真假、报仇雪恨的机会，一面也为其生命——智与趣——的伸展开辟了舞台。

在事实上，邪恶者控制了权力、财富，内心世界却堕入卑下，生命空间几近干涸。这正与逃亡者生命的飞扬形成了鲜明的对照。

智取生辰纲展现了两个阵营的对决。一面是权力者，他们贪婪、猜忌、卑怯，胆小如鼠；一面的小百姓，则仗义、赤诚、勇敢，无所畏惧。

黄泥冈处于权力延伸的最末端，却是小百姓的天下。金银担为他们带来了一个捉弄权力、表演才智的绝好机会。

水浒人物表现出了种种摆脱色与性的妨碍与拖累的努力——鲁智深与李逵是性的欲望的彻底绝缘者；武松、燕青努力排斥与阻隔身边的性的诱惑；好汉世界里萌生的性的欲望与性的行为则遭到清洗、再清洗……性却幽灵一般，无处不在，挥之不去。

小说以好汉们的双眼，在故事里，接连不断地向读者展示这性的存在。

“卖唱女”“滥官恶霸的妻妾、相好或者仆人”“性行为不忠者”以及“娼妓”在小说家的笔下担任了性的载体的功能。其支撑起的性的想象，以及展示出的性的存在，却是语言建构与词语拼接的产物。

小说家拣取身体部位，连接基本的词汇，嵌入诗词格式，其目的不在描绘人物的个性，而是构成一个性的想象的载体。这一载体，不指向具体的个人特征，却承担着性的想象的唤醒功能。

水浒好汉逃亡在江湖上。江湖是一个空间存在，更是一个想象的共同体。水浒好汉通过江湖想象与表达，获得身份认同、情感维系与建立社会关联。这一想象中的共同体，反过来亦规范与引导着好汉们的品格养成与言行实践。

好汉们拥有双重身份。与江湖共同体相对应，则是想象中的与“家”“国”“史”的情感联系。更重要的是，江湖一面承载了好汉们的双重身份想象，一面又是一个权力实践的场所。

在宋江到来之前，梁山泊只是一个平常的山寨。山寨主要的目标是获得财富，以解除物质上的困厄。

宋江的到来，使情况发生了变化。最显著者，是与权力相关联的一个详尽的语言表达系统的建立与完善。九天玄女的三卷天书，把天上和人间连接了起来。

与这一语言表达系统相对应，则是一整套权力秩序的设定。经由宋江这样一个意义与情感的通道，承载着双重身份想象，从一个权力网络中脱逃的英雄好汉，又进入一个新的权力体系当中。

在水浒好汉的内心世界里，“快活”是行动的根本动力与归宿。在他们看来，梁山泊作为一处空间存在，连接的应当是不受约束、不被监管的至高无上的权力，亦即李逵为之呐喊的“鸟位”。

事实上，小说家也为读者预备了一个这样的选项。方腊的清溪县帮源洞便是。方腊的帮源洞，实质上是一个空间的隐喻。方腊声称的“重兴基业”，也就是小说家所说的“苟图富贵虎吞虎，为取功名人杀人”。

与此相反，宋江聚齐一百零八条好汉，在山顶上打出“替天行道”的大旗，梁山泊已经以另一种气象呈现在读者面前。

“水浒”已经不再是一处自然的疆域，而更像一股精神力量。这股力量洋溢于想象的天地之间，又规限在“替天行道”的观念之内。一众逃亡者由此不仅走进了“国”的话语框架，而且被推入了“史”的叙事纵深。

小说里所设置的一处番夷与一伙叛敌的两段故事，正从外与内两个方位，贡献于“国家”与“历史”的时空建构。

不钻帮源洞，就得朝天子。二者殊途而同归者，则是“同享富贵”。“水浒”作为一个空间存在，没有其他可供选择的精神理想。

好汉们的第三条路便只有隐退与离去。一众好汉及其精神气质，又回到了边远偏僻的乡野民间。

第一讲

逃走

1　逃亡者的位置

《水浒传》①“逃亡者”的故事从第一回讲起。回目叫“张天师祈禳瘟疫　洪太尉误走妖魔”。妖魔逃走了。

“妖魔”从哪里逃走的?

看地理空间,“妖魔”被放逐、禁锢在政治权力网络的边缘。所谓“江西信州龙虎山上清宫”是也。

就是在上清宫内,这些危险的潜在的“逃亡者”亦位于极偏僻的处所。洪太尉先是“宫前宫后,看玩许多景致”;再于三清殿上,瞻仰不可言尽的富贵;然后游览左廊下的九天殿、紫微殿、北极殿,右廊下的太乙殿、三官殿、驱邪殿;诸宫看遍,才在“右廊后一所去处”发现了镇锁“妖魔”的“伏魔之殿”。1—12

论时间远近,“妖魔”们则被掩埋在的历史深处。这所“伏魔之殿”,为久远时代的“祖老大唐洞玄国师”修建。宫殿一遭都是捣椒红泥墙,正面两扇朱红槅子,门上锁着胳膊粗大锁,锁孔已用铜汁灌铸。每传一代天师,天师便会亲手在这锁上添一道封皮。于今历经八九代祖师,锁上已经贴着重重叠叠的封皮,封皮上又加盖了密密麻麻的朱印。

---

① 本书所讲述的《水浒传》乃人民文学出版社 1997 年版(1975 年第 1 版,1997 年第 2 版,1998 年第 5 次印刷)。凡引文均以(*—*)的格式标明了出处,前面数字为回目,后面为页码。

殿内的情形会进一步加深读者这一面的印象。中央的石碑有五六尺高，石碑下趺坐的石龟，因岁月的沉积，太半已经陷进了泥里。洪太尉放倒石碑以后，挖出石龟，再掘下三四尺深，又见一片大青石板。石板有方丈围，掘出石板，最后才看见一个万丈深的地穴。“妖魔”从这万丈地穴的深处逃走。

不仅仅如此。洪太尉声称，他遍读一鉴之书，也不曾见到锁魔之法。而且，他不相信处隔于幽冥界的“魔王”，会光临现世的大殿。这意味着“妖魔”身处知识-权力系统的视野之外。镇魔碑碣上，无人能辨认的“龙章凤篆，天书符箓”，则暗示了“妖魔”的存在无法以人类的语言加以描述与记载。小说里的词句——“数百年不见太阳光，亿万载难瞻明月影。不分南北，怎辨东西”[1-13]，概括的便是这“妖魔”的幽暗而神秘的存在方式。

“妖魔”与人世间远，却与大自然近。小说家唯有用大自然的声音与颜色加以比拟，才可以展现出它的声势与风采。妖魔出逃的瞬间，先是地穴里刮剌剌的一声巨响，这响声“非同小可”，有“天摧地塌，岳撼山崩”般猛烈，又如“钱塘江上，潮头浪拥出海门来；泰华山头，巨灵神一劈山峰碎”一般神奇。而后只见一道“黑气”，直冲上半天里。又在空中散作百十道亮闪金光，飞向了四面八方。[1-14]

而且，“妖魔”与“猛虎”和“毒蛇”为邻。事实上，洪太尉在龙虎山半山腰遭遇“猛虎”与“毒蛇”，正是“妖魔”脱逃的铺垫与前奏。你看，锦毛虎先来，“伸腰展臂势狰狞，摆尾摇头声霹雳”，从山凹里扑地跳出，又向后山坡下跳了去；[1-9]雪花蛇后到，“昂首惊飙起，掣目电光生”，从山边竹藤里抢出，又望山下溜走。[1-10]这“猛虎”与“毒蛇”威猛凶悍，来去无踪，与“妖魔”者精神相通。

这些流放于政治权力的边缘，埋藏在历史时间的深处，为人世间所驱逐、封锁的“妖魔”，可谓宇宙的生命，大自然的精灵。它超越于时空的束缚之外，凌驾于语言的规训之上。尽管遭到放逐、压抑与禁锢，却顽强不屈，生生不息，一直在等待脱逃的机会，在寻找自由伸展的空间。

真字大书的“遇洪而开”，正预示了“妖魔”的逃走，在漫长的历史中，乃偶然而短暂的瞬间。而小说所讲述的种种人物与故事，亦可谓读者从历史硬壳的狭小裂缝中，对宇宙大生命的狂野与奔放的惊鸿一瞥。

2　王进的寓意

从伏魔殿的万丈地穴里，翻滚而出的那道“黑气”，是“妖魔”的精魂。它掀塌了半个殿角，直冲上半天里，在空中散作百十道金光，望广袤的山川、湖泊、大地飞奔而去。这散落人间的光亮，便是逃亡者的种子。

东京八十万禁军教头王进，是小说里的第一位逃亡者。

王进为什么要逃走？

首先是“恶”的逼近——高俅来了。高俅乃恶的化身。小说第二回这一面的描写，便颇下了一番功夫：

——东京开封府宣武军一个浮浪破落户子弟。

——自小不成家业。“仁义礼智，信行忠良”全都不会。相反，吹弹歌舞，刺枪使棒，相扑顽耍，诗书词赋，无所不通。最拿手的便是踢气毬，被人叫作高毬，后改名高俅。

——平日里只在东京帮闲。因为帮一个生铁王员外儿子使钱，每日三瓦两舍，风花雪月，被这位员外告到开封府。官府判高俅四十脊杖，迭配出界。东京满城人民，都不许容他在家宿食。

——东京无处安身。只好投靠淮西临淮州一个开赌坊的闲汉柳大郎，柳世权。三年后因朝廷大赦天下，高俅思乡要回东京。由柳世权书信介绍，投奔东京城里金梁桥下开生药铺的董将士。

——在董将士家住了十数日，便收到了逐客令，被转荐到小苏学士处。

——小苏学士同样不敢收留这一流人物。高俅到来的第二天，就被送往小王都太尉处。[1-18]

高俅不仅是恶的化身，而且恶与权力在他身上汇合——遭到普通人家排斥的高俅，却被权力网络收容，并成为其重要一环：

——先是神宗皇帝的驸马，小王都太尉。他喜爱风流人物，正要用这样的人。

——再有哲宗皇帝的御弟，小王都太尉的小舅子端王，也是一个聪明俊俏人物。所谓“浮浪子弟门风，帮闲之事，无一般不晓，无一般不会，更无般不爱。更兼琴棋书画，儒释道教，无所不通；踢球打弹，品竹调丝，吹弹歌舞，自不必说”[1-19]。高俅便因为踢得两脚好球，因缘际会，做了端王亲随，得以进入王宫。而且每日与端王为伴，寸步不离。

——两个月后，端王被册立为天子，继承皇位。这位“玉清教主微妙道君皇帝”，忽一日，要抬举曾经的“帮闲的圆社高二”，也就是高俅，授其殿帅府太尉的要职，“现管”八十万禁军教头王进。

王进一介教头，家中奉养年迈老母，平日教习枪棒。先时高俅学棒，被王进父亲一棒打翻在地，三四个月不能行走。如今做了王进的顶头上司，上任的当天，便要对这位昔日仇敌的儿子狠下毒手。尽管一顿眼看就要上身的毒打，因同僚的求情而告免，王进深知如不及时逃离虎口，一定会遭到报复与陷害。王进别无办法，只有依了母亲的建言，“三十六着，走为上着”，见到高俅的当日，便决定逃离京师，前往关西延安府，投靠镇守边庭的老种经略相公。

这样，便有了如下几处，最早在小说中出现的，让人无尽伤怀的逃亡场面——

> 王进自去备了马，牵出后槽，将料袋袱驼搭上，把索子拴缚牢了，牵在后门外，扶娘上了马。家中粗重都弃了，锁上前后门，挑了担儿，跟在马后，趁五更天色未明，乘势出了西华门，取路望延安府来。[2-24]

> 忽一日，天色将晚，王进挑着担儿跟在娘的马后，口里与母亲说道：“天可怜见，惭愧了我子母两个，脱了这天罗地网之厄。此去延安不远了，高太尉便要差人拿我也拿不着了。”[2-24]

> 王教头依旧自挑了担儿，跟着马，和娘两个，自取关西路里去了。[2-29]

小说一开篇便讲述王进逃走的故事，复述这一幅“老母乘马先行，儿子挑担随后”的经典画面，无疑让读者在阅读小说的开始，便留下了一个尖锐的印象——心善、艺精、刚直如王进

图一 王教头私走延安府

者，被迫行走在逃亡的路上；奸猾、诈伪如高俅者流，却向着权力之网聚集。

王进连夜逃走，高太尉得到两个派往监视的牌军的首告后，当即押下文书，通令诸州各府，捉拿逃军。母子俩孤苦伶仃，在路上行走一月有余，才松下一口气来。这之后在史太公庄上，因母亲心疼病发，停了五七日服药养病。后因史进拜师学艺，又勾留半年。仍旧惧怕高太尉追捕的到来，王进最终告别史进，离开史家庄，望延安府进发。

这一次离去的背影，不只是在送客者史进的眼中成为诀别，在整部小说里，王进再也不见踪影。之后史进四处寻找。先是在渭州，从鲁达的口里，获知"恶了高太尉的王进"，在延安府老种经略相公处勾当；[3-44] 而等他赶到延州，却并未找到。[6-92] 小说里王进从此不再被人提起。

如同王进，在小说里一甩尾，便消失得无影无踪的，还有一个七八尺长的头陀。他在人肉作坊里被菜园子张青发现时，已被卸下了四足，张青没有来得及救下他的命来。这位头陀留下了一个箍头的铁戒尺，一领皂直裰，一张度牒。另加一百单八颗人顶骨做成的数珠，两把雪花镔铁打成的戒刀。因为杀的人多，那两把刀每到半夜里便要啸响。[27-364]

王进教给了史进十八般武艺。这位头陀，留下的数样遗物，则量身定做一般，把武松打扮成了一个活脱脱的行者。武松穿了头陀的衣裳，带上铁戒箍，挂了人顶骨数珠，跨了两口戒刀，伴随着半夜里这两把刀发出的啸响声，与史进怀着师傅王进的武艺一样，走上了凶险的逃亡路。

王进不在一百单八好汉之列。头陀无名无姓，则更加逍遥。这正对应了小说《引首》的篇首词所云："见成名无数，图形无数，更有那逃名无数。"[引首-1] 逃名者，逃亡者之极致也。逃名者，无从记述也。小说记下王进与头陀，一面告诉读者，逃名者的精魂与一百单八好汉相交通；一面则暗示，历来逃亡者无法数量，不可穷尽也。

3　逃出权力网络

王进之后，紧接着，史进、鲁智深、林冲，先后走上了逃亡路。他们不得不逃走，原因是，杀人，犯了王法。

史进杀人，而后步王进的后尘，走上逃亡路，多少是受到少华山三个“强人”的“义气”的感召。

史进自幼痴迷武艺，正如史太公所言，“从小不务农业，只爱刺枪使棒”。母亲无法让他回心转意，以至呕气死了。老父亲随了他的性子，“不知使了多少钱财”，请师傅教他武艺。而且，作为尚武之人，史进对好汉身份充满了渴望。史太公请得高手，与他刺了一身花绣。凭着肩臂胸膛上的九条青龙，以至满县里闻名，得了一个“九纹龙”的绰号。[2-28]这之后又获得王进的半年点拨指教，十八般武艺学得精熟。史进沉浸于武艺的世界，对自己充满信心无疑。

起初，听闻少华山上有“三个强人”出没，史进尚满怀戒心。在史进看来，这些“杀人放火，打家劫舍”的强盗，属于异类，是现有秩序的破坏者，乃自己潜在的敌人，其英雄事业应该是挫败以至消灭他们，让这些“犯了迷天大罪，该死的人”，受到王法的惩处。

跳涧虎陈达被史进活捉之后，神机军师朱武与白花蛇杨春，想出一条苦肉计来，则多少是基于对史进的好汉胸襟的期待。朱武与杨春步行到庄上，双双跪下，束手就擒。一面前前后后，以英雄称谓史进，抱怨陈达不听好言，误犯虎威；一面则苦诉，他们兄弟三人已经发愿，不求同日生，只愿同日死。如今陈达已经被捉，又别无他法相救，所以只求史进将他们三人一发解官请赏，他们誓不皱眉，死无怨言。

史进显然为他们的言行所震撼。昔日隐藏在内心里的对英雄义胆的种种想象，如今现身于眼前。这几位众人眼中的强盗，竟然信守诺言，生死度外！触犯现实王法的顾虑，与认同英雄世界、守护江湖规矩的冲动，转瞬间后者占了上风。所谓“惺惺惜惺惺，好汉识好汉”，史进非但没有把他们拿下解官，反而邀请三人共进酒食，共话英雄。

之后于八月十五夜，史进与三人在庄上饮酒赏月，因摽兔李吉的告发，被官府重兵围住。朱武三人又一次跪请史进将他们绑缚献官请赏，以让史进免遭连累。史进毅然拒绝，并亲身犯下“迷天大罪”——杀了华阴县两都头、泄密者王四与告密者李吉，放火烧了庄园，与朱武三人逃往少华山。之后想起师傅王进在关西经略府勾当，又离开少华山，走上了追寻王进的逃亡路。

与史进不同，小说里鲁达一露面，便打死镇关西，走上逃亡路，一展其伸张正义，锄强扶弱，奋不顾身的好汉本色。

鲁智深鲁达在小说里出现时，正在渭州小种经略府提辖任上。鲁达打死郑屠之后，府尹曾到经略府禀告案情，小种经略府相公告诉府尹，鲁达原是老种经略处军官，因这边要人帮忙，才拨调到此处担任提辖。[3-51]

早先鲁达怒斥郑屠时也声言，他始投老种经略相公，做到了关西五路廉访使，他才是真正不枉了叫作镇关西。之后，在大相国寺向一众泼皮自我介绍，又宣称他是“延安府老种经略相公帐前提辖官”，“只为杀的人多”，因此情愿出家。[7-100]几天后与林冲隔墙相见，又如此慷慨了一番——“洒家是关西鲁达的便是。只为杀的人多,情愿为僧”[7-102]。而且他还透露,年幼时也曾到过东京,认得林冲的父亲林提辖。

鲁达的几番陈词,恐怕不无夸大与炫耀的成分。但于字缝间,我们不妨做如下推断:其一,鲁达很有可能在延安经略府便犯了重罪,不得不避罚来到渭州;其二,鲁达去延安之前,很可能手头已有命案。

尽管如此,鲁达给读者的最初印象,仍旧是全身洋溢的豪杰之气。而且一触即发,无可阻挡。

鲁达偶遇金老父女。一听完金翠莲的哭诉,立即询问恶霸郑大官人的住处。当获知所谓的郑大官人便是状元桥下卖肉的郑屠时,就起身要“打死了那厮便来”[3-47]。后被史进、李忠抱住,才息怒罢休。随即着手解救金老父女脱离虎口的计划。他先凑得十五两银子交金老作盘缠,叮嘱父女俩,第二日便离开渭州返回家乡,并许诺帮助他们摆脱店主的纠缠。

当晚回到住处,晚饭也不吃,便气愤愤地睡了。第二天,天色微明,大踏步来到店里,为金老父女放行。店小二出面阻挡,鲁达叉开五指,一掌打得店小二口中吐血。再复一拳,打下店小二当门两个牙齿。恐怕店小二赶去拦截,又在店里守了两个时辰,估计二人走得远了,才起身前往状元桥收拾郑屠。

郑屠切精肉臊子,半个时辰。再切肥肉臊子,整弄了一个早晨,结果换来劈面的一阵肉雨。鲁达第一拳打在郑屠鼻子上,打得鲜血迸流。郑屠还敢应口。第二拳打在“眼眶际眉梢”,打得“眼睖缝裂,乌珠迸出”。郑屠开始讨饶。又一拳打在太阳穴上。郑屠被打死。口里只有出的气,没了入的气,动弹不得。意料之外,镇关西被三拳打死。鲁达“一道烟走了”。[3-50]

林冲的逃走,历来被视为“逼上梁山”的范本。事实上,林冲从来便行走在王法束缚的边缘。

且不说林冲在东京的老相识李小二对妻子所言——“你不省得，林教头是个性急的人，摸不着便要杀人放火。倘或叫的他来看了，正是前日说的甚么陆虞候，他肯便罢？”[10-135]最先在岳庙五岳楼看到妻子遭人调戏，林冲一赶来，把后生肩胛扳过来，便要下拳痛打。第二回，陆虞候陆谦为高衙内设计赚取林冲妻子，林冲先把陆虞候家打得粉碎；接着带上一把解腕尖刀，径奔樊楼找陆虞候下手。之后在陆谦家门前，持刀一连候了三日。

被发配到沧州之后，从李小二那里获得消息，陆虞候已经追到了天王堂，要伺机加害。林冲大怒，立即到街上买了一把解腕尖刀，满街里找人。最后，大雪救了林冲性命，却把三位仇人推到林冲的跟前。林冲一枪一个，先戳倒了差拨与富安。然后追上陆虞候，批胸一提，丢翻在雪地上，用脚踏住胸脯，身边取出那口早已准备好的解腕尖刀，“向心窝里只一剜，七窍迸出血来，将心肝提在手里”[10-141]。

林冲杀了人，“提着枪只顾走”。

小说的开头，分别以长篇传记的方式出场的史进、鲁智深、林冲，事实上构成一个人物组合。

史进乃民间少年，向往武艺与英雄的世界，终为好汉的“义气”所震撼与感召，犯下杀人重罪，火烧庄院，毅然出走。鲁智深是正义的化身，是游荡于民间的好汉的精灵，一身正气，无以藏匿。这位“邪恶”的克星，一直行走在权力之网的外围，犯下事来，轻易逃走。林冲身处权力网络的核心，为恶与权力之网所围困、驱逐与迫害。尽管受家庭、身份的拖累，行事谨慎，却不失英雄本色。觅得机会，利落除恶，走上逃亡路。

权力网络、民间社会与江湖世界构成一个空间上的三极鼎立。邪恶在向权力网络聚集，正义则纷纷逃往江湖世界。

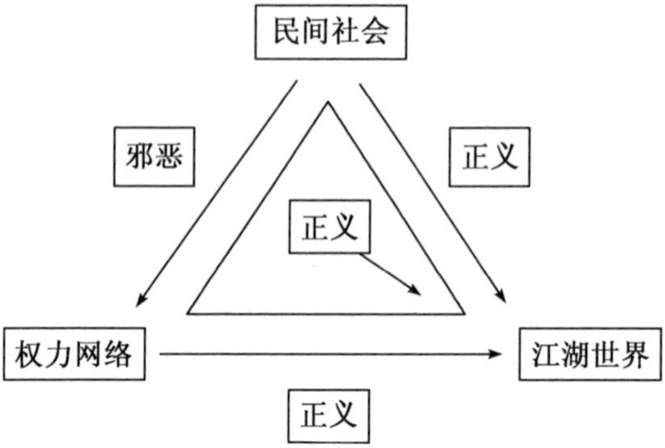

史、鲁、林之后，《水浒传》专门立传的好汉里头，杨志、宋江、武松、杨雄、石秀、解珍、解宝、孙立、孙新、顾大嫂、雷横、孔明、孔亮皆是犯下命案的逃亡者。而背负着杀人经历在小说里露面的人物，则广布于偏僻的荒村野店，与嘈杂的市井人家。孟州道十字坡张青①、无名村店石勇②、江州牢城营小牢子李逵③、蓟州饮马川孟康④、李家庄主管杜兴⑤等人便是。更有人称“丧门神”的鲍旭，盘踞寇州枯树山，“平生只好杀人”[67—884]。

政治权力网络的其他形式的反抗者，亦遭到排挤、驱逐、追

① 那人道：“小人姓张名青，原是此间光明寺种菜园子。为因一时间争些小事，性起把这光明寺僧行杀了，放把火烧做白地。后来也没对头，官司也不来问，小人只在此大树下剪径。”[27—363]

② 那汉道：“哥哥听禀：小人姓石名勇，原是大名府人氏。日常只靠放赌为生，本乡起小人一个异名，唤做石将军。为因赌博上一拳打死了个人，逃走在柴大官人庄上。”[35—460]

③ 戴宗道：“这个是小弟身边牢里一个小牢子，姓李名逵，祖贯是沂州沂水县百丈村人氏。本身一个异名，唤做黑旋风李逵。他乡中都叫他做李铁牛。因为打死了人，逃走出来，虽遇赦宥，流落在此江州，不曾还乡。”[38—496]

④ 邓飞道：“我这兄弟姓孟名康，祖贯是真定州人氏，善造大小船只。原因押送花石纲，要造大船，嗔怪这提调官催并责罚，他把本官一时杀了，弃家逃走在江湖上绿林中安身，已得年久。因他长大白净，人都见他一身好肉体，起他一个绰号，叫他做玉幡竿孟康。”[44—587]

⑤ 杨雄道：“这个兄弟姓杜名兴，祖贯是中山府人氏。因为他面颜生得粗莽，以此人都唤他做鬼脸儿。上年间做买卖来到蓟州，因一口气上打死了同伙的客人，吃官司监在蓟州府里。”[47—627]

捕，被迫走上逃亡路。晁盖、吴用、公孙胜、刘唐、三阮、白胜，敢在太师头上动土，事情败露，只得仓皇逃走。摩云金翅欧鹏，“守把大江军户，因恶了本官，逃走在江湖上”[41-549]。铁面孔目裴宣，则因为“朝廷除将一员贪滥知府到来，把他寻事刺配沙门岛”，后被邓飞救下，于饮马川落草。[44-588]

而占据山林、打家劫舍者，少华山朱武、陈达、杨春，桃花山周通、李忠，梁山泊杜迁、宋万、朱贵，孟州道卖人肉孙二娘，清风山燕顺、王英、郑天寿，对影山吕方、郭盛，揭阳岭催命判官李立，浔阳江上做私商的张横，黄山门蒋敬、马麟、陶宗旺，饮马川杨林、邓飞，登云山邹渊、邹润，徐州芒砀山樊瑞、项充、李衮，一如御史大夫崔靖所言，“此等山间亡命之徒，皆犯官刑，无路可避，遂乃啸聚山林”[74-972]，逃亡在政治权力的围捕之外。

4 弃家出走

王进携母从京师逃往边庭，其逃亡路仍旧闪烁着家的影子。到了史进的脚下，“家”的形象和观念便灰飞烟灭了。先是死了母亲。如前述，原因是史进不务农业，只爱刺枪使棒，“母亲说他不得，呕气死了”[2-28]。拜师王进之后半年，父亲史太公也染患病症不愈离世。“史进家自此无人管业，史进又不肯务农，只要寻人使家生，较量枪棒。”[2-30]

正因为母亲死了，父亲又接着病殁，史进与少华山“三位强人”的交往，才不会遇到任何阻拦。八月十五夜，三位头领才可能走进史家庄的大门，以至走漏风声，庄院被官府团团围住。慌乱中，史进烧毁庄院，弃家出走。事实上，史进之前已经起意要去关西寻找师傅，只是因为父亲去世，家里无人照料，尚未动身。“今来家私庄院废尽”，了无牵挂，史进走上了寻师的逃亡路。

图二　史大郎夜走华阴县

林冲因为妻子的美貌遭到高衙内的觊觎，才招来高俅接连的陷害。误入节堂，被断刺配沧州，押解前林冲执意要立下一纸休书，许妻子任从改嫁，便旨在摆脱与家人的关联。所谓“娘子在家，小人心去不稳，诚恐高衙内威逼这头亲事；况兼青春年少，休为林冲误了前程”[8-113]。

直到梁山泊手刃王伦，推举晁盖坐上了山寨第一把交椅，林冲才提起要搬取留在东京为人逼迫不知生死的妻子上山。小说为林冲准备的结局曰：“娘子被高太尉威逼亲事，自缢身死，已故半载。张教头亦为忧疑，半月之前染患身故。止剩得女使锦儿，已招赘丈夫在家过活。”林冲“自此杜绝了心中挂念”[20-250]，成为彻底的自由之身。

接下来出场的人物，鲁智深、杨志出身行伍，单身在情理之中。晁盖乃济州郓城县东溪村保正，祖上是本县本乡富户，拥有庄院，独霸村坊，闻名江湖。小说特地在他出场的当儿，强调他的单身身份。所谓“最爱刺枪使棒，亦自身强力壮，不娶妻室，终日只是打熬筋骨”[14-174]。

事实上，刘唐打听到一套富贵，要特地送与晁盖，原因无非有二：其一，去年北京大名府梁中书收买的十万贯金珠宝贝，送东京与他丈人庆生，半路被人劫走，至今仍未查出下落；其二，“曾见山东、河北做私商的，多曾来投奔哥哥”——晁盖身为保正，一面“仗义疏财，专爱结识天下好汉”，一面与江湖各路人物暗通款曲，甚至可能一度参与劫取“富贵”的勾当。

如此种种，一朝败露，亦易于脱身。生辰纲事发，晁盖便用了史进同样的方法——庄客们四下里只顾放火，他与公孙胜舍命杀出了一条逃路。

而宋江与武松的遭遇，甚至暗示了，对于江湖好汉，家室便意味着隐隐的死亡的威胁。

宋江本来亦如晁盖一般,"只爱学使枪棒,于女色上不十分要紧"[21-261]。当初王婆劝说宋江讨娶阎婆惜,宋江一时并未答应。几经王婆撺掇,宋江才依允娶为外宅。所谓"又不是我父母匹配的妻室,他若无心恋我,我没来由惹气做甚么。我只不上门便了",自以为易于脱了干系。而真实的情形是,婆惜得寸进尺,贪得无厌,几乎害了宋江性命。清风山被捉时,宋江内心里便生出如下悲叹来——"我的造物只如此偃蹇!只为杀了一个烟花妇人,变出得如此之苦!谁想这把骨头却落在这里,断送了残生性命。"[32-421]

武松赶走了蒋门神,为孟州道守御兵马都监张蒙方调配至手下担任亲随。张都监于中秋夜请武松出席家宴,唤出家中貌美的养娘玉兰,吩咐唱曲与劝酒,并允诺将玉兰许配给武松做妻室。武松尽管推却,内心里却生出感激之情,完全不知已经中计。中秋的当晚,张都监便以玉兰为诱饵,引武松夜起捉贼,以致被栽赃成内贼送官。不是武松手段非常,飞云浦笃定死于四位谋害者之手。

水浒好汉里头,大多是鲁智深、杨志、晁盖、武松,或者史进、林冲一流的人物。要么不曾娶得妻室,孤身一人;要么从家里走出,切断了与家中老小的联系,以求得了无牵挂飘荡江湖。前者尚有刘唐、吴用、二阮、白胜、戴宗①、石秀、解珍、解宝及一众落草为寇的好汉;后者则包括豪杰如李逵、杨雄、卢俊义者,以及他们杀虎报仇或杀妻入伙的传奇故事。

---

① 有人说道:"他又无老小,只止本身,只在城隍庙间壁观音庵里歇。"[39-510]

第二讲

再解放

1 挣脱清规戒律

接下来讲“出家人”鲁智深。“出家”意味着彻底摆脱尘世的牵扯。鲁达从政治权力网络的围捕中逃出，被赵员外收留了数日，风声仍旧很紧，一时无处投奔，只好听了赵员外的建议，去一个“万无一失，足可安身避难”的去处。也就是到三十里外的五台山，剃发为僧。

鲁达甫一到达，五台山文殊院智真长老，便专门为他举行了一个简短的剃度仪式。一是要照顾寺院大施主赵员外的面皮；一则因为智真长老入定而回，看到了鲁达过去与未来的不同常人之处，所谓“此人上应天星，心地刚直。虽然时下凶顽，命中驳杂，久后却得清静，正果非凡，汝等皆不及他”[4-60]。

智真长老主持的剃度仪式，一项内容是剃去须发。如长老偈语所言——“寸草不留，六根清净。与汝剃了，免得争竞。”[4-60]其实质，便在借助身体语言，时刻提醒出家人断绝与外在俗世的往来。另一项内容是摩顶受记，也就是三归五戒的强调。三归是积极的目标，五戒则是消极的基本守则。倘不遵守，便要被赶出山门。

而在鲁智深，五台山自始至终是一处权宜的避难场所。才入得寺门，鲁智深便给众僧留下一个极其糟糕的印象：“形容丑恶，貌相凶顽”，“一双眼恰似贼一般，不似出家人模样”。因此首座与众僧一齐禀告长老，此人不可剃度，恐久后累及山门。

剃度仪式上，鲁达又百无禁忌，引众僧哄笑。先是净发人要剃去他的髭须，他戏言“留下这些儿还洒家也好”。长老与他摩顶受记讲三归五戒，他又漫应曰：“洒家记得。”

剃度后，鲁智深并未遵照赵员外的嘱咐凡事省戒，亦未像长老所说的那样，慢慢学会念经诵咒，办道参禅。而是“到晚放翻身体，横罗十字，倒在禅床上睡。夜间鼻如雷响，如要起来净手，大惊小怪，只在佛殿后撒尿撒屎，遍地都是”。正所谓“全没些个出家人体面”[4-62]。

之后又两次破了酒戒，且喝得酩酊大醉。第一次醉后打了门子，损坏了藏殿上的朱红槅子；第二次打坍了亭子，打坏了寺里金刚，搅得众僧卷堂而走。智真长老念及佛门乃清净去处，而鲁智深三番两次搅乱僧堂，实在无法可想，只得安排他另投他处。

到了东京大相国寺，智清禅师与寺里首座好言安抚，耐心解释，才让他接受了酸枣门外岳庙间壁大菜园的住持管领职事。不出数日，与林冲相识。之后大闹野猪林，救下林冲。因为高俅前来捉人，大相国寺无法藏身，烧了菜园里廨宇，又逃走在江湖上。[17-214]

鲁智深挣脱佛门清规与戒律，走出寺院，再得解放。于是俗世间有了一位莽和尚。所谓“皂直裰背穿双袖，青圆绦斜绾双头。戒刀灿三尺春冰，深藏鞘内；禅杖挥一条玉蟒，横在肩头”[5-74]。更重要的是，鲁智深尽管顶着和尚的穿戴与身份，却了无拘束，又走上了杀人放火路。

多年以后，鲁智深念及长老曾经说过，他虽是杀人放火的性，久后却得正果真身。因此，要上五台山参礼师父，求问自己的前程。智真长老见到鲁智深，劈面第一句话便是，“徒弟一去

图三　鲁智深大闹五台山

数年，杀人放火不易”。鲁智深无言以对，身旁的宋江向长老解释说，“智深和尚与宋江做兄弟时，虽是杀人放火，忠心不害良善，善心常在”[90-1155]。也如小说家所言，鲁智深“本人宿根，还有道心”[90-1154]。

鲁智深修成正果，所仰仗的不是践行佛门的清规戒律，而是秉着自己善良、刚直的内心行事，尽管杀人放火。待到六和寺圆寂，鲁智深临终前留下一篇颂子——“平生不修善果，只爱杀人放火。忽地顿开金枷，这里扯断玉锁。咦！钱塘江上潮信来，今日方知我是我。”径山大惠禅师，因应这篇颂子，写下了数句法言：“两只放火眼，一片杀人心。忽地随潮归去，果然无处跟寻。咄！解使满空飞白玉，能令大地作黄金。”[99-1284]这颂子与法言，说的无非是鲁智深随内心而行动的好汉境界。①

水浒中与鲁智深相呼应的是人称“活佛”的黑旋风李逵。与鲁智深无法遵守佛门的戒律相对照，李逵则要冲破一切世俗的约束。

首先是视世间礼仪为无物。李逵在小说里一露面，便显露出这一面的本色。见到宋江，便问“这黑汉子是谁？”再问“莫不是山东及时雨黑宋江？”[38-496]其后，掳抢赌伴的银两，与浪里白条张顺由岸上打到水里，将卖唱女点翻在地。一如戴宗所言，“全没些个体面，羞辱杀人”[38-501]。

其二，便是历来为人所诟病的“好杀人”的凶性了。江州劫法场的表现可谓惊心动魄。小说家也极尽夸张与渲染之能事，所谓“又见十字路口茶坊楼上，一个虎形黑大汉，脱得赤条条的，两只手握两把板斧，大吼一声，却似半天起个霹雳，从半空

① 张恨水也如是称赞鲁智深：“鲁师兄者，喝酒吃狗肉且拿刀动杖者也，然彼只是要做便做，并不曾留一点渣滓。”见张恨水《水浒人物论赞》（南京：江苏文艺出版社，2008），第16页。

中跳将下来”[40-533]。李逵救下宋江，并未罢休，继续行凶杀人。“当下去十字街口，不问军官百姓，杀得尸横遍野，血流成渠，推倒撷翻的，不计其数。”晁盖挺出朴刀，向李逵大喊，不干百姓事，休只管伤人，亦无济于事。李逵埋头杀人，“一斧一个，排头儿砍将去”[40-534]。

后来在沂水县杀虎立功反遭陷害告官，又排头儿杀死数十个猎户与土兵；随柴进到高唐州，不听劝阻，活活打死殷天锡；加入宋江的梁山队伍之后，与敌对阵，常赤身裸体，冲锋陷阵。正所谓“天性由来太恶粗，江州人号李凶徒。他时大展屠龙手，始识人中大丈夫”[38-497]。

李逵也无法遵守梁山泊的规矩。在梁山泊的接风宴上，听到宋江说起江州蔡九知府造谣栽赃一事，李逵便跳将起来，即兴发表了他的造反计划——“晁盖哥哥便做了大皇帝，宋江哥哥便做了小皇帝，吴先生做个丞相，公孙道士便做个国师，我们都做个将军，杀去东京，夺了鸟位，在那里快活，却不好！不强似这个鸟水泊里！”戴宗当即喝止了李逵的冲动说辞。警告李逵，梁山泊自有规矩，言行不可如以前散漫——“你今日既到这里，不可使你那在江州性儿，须要听两位头领哥哥的言语号令，亦不许你胡言乱语，多嘴多舌。”[41-552]

李逵却不把这些放在心上。后来，宋江提议把山寨之主的位置让给卢俊义，李逵又重复了他的“杀去东京，夺了鸟位”的意见。之后甚至违背军令，于夜里二更，拿了两把板斧，独自下山去干自己的事业。[67-882]

鲁智深进佛门闹事，李逵则在道家行凶。斧劈罗真人，李逵现出了真面目。先是戴宗向罗真人求情，讲述李逵的好处：“第一，耿直，分毫不肯苟取于人。第二，不会阿谄于人，虽死其忠不改。第三，并无淫欲邪心、贪财背义，敢勇当先。”接下来，罗真人则说出了李逵不同寻常的前世与今生——“这人是上界天杀星之数，为是下土众生作业太重，故罚他下来杀戮。”[53-715]正与智真长老深知杀人放火如鲁智深者，能修成正果相呼应。

2 剥离语言与服饰

水浒英雄大多不识字或者远离书本。比如鲁达。鲁达逃到代州雁门县，进城途经一个十字路口，见一簇人围在街口看榜。他也钻到人丛里，因为不识字，只听到众人读道：“代州雁门县，依奉太原府指挥使司该准渭州文字，捕捉打死郑屠犯人鲁达，即系经略府提辖。……”听到这里，鲁达才知道自己正是榜上追捕的人犯。[3-53]

同样的故事也发生在李逵身上。在小说第四十三回，李逵离开梁山泊回家乡取母亲，来到沂水县西门外，看见一簇人围着看榜。李逵不识字，听旁人读道：“榜上第一名正贼宋江，系郓城县人；第二名贼戴宗，系江州两院押狱；第三名从贼李逵，系沂州沂水县人。”[43-567]

晁盖上了梁山向王伦说：“晁某是个不读书史的人，甚是粗卤。今日事在藏拙，甘心与头领帐下做一小卒，不弃幸甚。”[19-241]武松则是“颇识几字”，来到景阳冈，树上的告示及庙门上贴着的印信榜文，也都认得。[23-293]浔阳江上做私商买卖的船火儿张横，想托宋江顺便捎书到江州，给在那里做卖鱼牙子的哥哥张顺。因为“不识字，写不得”，只好请门馆先生代笔。[37-488]

不识字，不读书史，他们便行走在文字及书史系统的约束之外。我们先看鲁智深在五台山丛林选佛场禅床上，与禅和子的对话——

话说鲁智深回到丛林选佛场中禅床上，扑倒头便睡。上下肩两禅和子推他起来，说道："使不得，既要出家，如何不学坐禅？"智深道："洒家自睡，干你甚事？"禅和子道："善哉！"智深裸袖道："团鱼洒家也吃，甚么善哉！"禅和子道："却是苦也。"智深便道："团鱼大腹，又肥甜了，好吃，那得苦也！"[4－62]

鲁智深不愿也无法与禅和子交流，原因是他的言与行，游离于禅和子的语言系统之外。第五十九回被华州太守识破身份，也在他一身和尚装扮，却不熟悉出家人语言系统，满口"洒家"一类的乡谈俚语。[59－777]同样的原因，李逵听不明白罗真人到底想说什么。戴宗与李逵作伴请公孙胜下山，先到紫虚观松鹤轩向罗真人说情——

罗真人问公孙胜道："此二位何来？"公孙胜道："便是昔日弟子曾告我师，山东义友是也。今为高唐州知府高廉显逞异术，有兄宋江特令二弟来此呼唤。弟子未敢擅便，故来禀问我师。"罗真人道："吾弟子既脱火坑，学炼长生，何得再慕此境？自宜慎重，不可妄为。"戴宗再拜道："容乞暂请公孙先生下山，破了高廉，便送还山。"罗真人道："二位不知，此非出家人闲管之事，汝等自下山去商议。"

这一处对话，李逵便听不明白。他告诉戴宗："便是不省得这般鸟则声。"[53－710]

与摆脱语言的束缚相对应，好汉们也常常要剥去衣物的包裹与掩饰。

最早出现在读者视野中的是九纹龙史进——"只见空地上一个后生，脱膊着，刺着一身青龙，银盘也似一个面皮，约有十八九岁，拿条棒在那里使。”[2－26] 接下来是鲁智深。醉酒后，“智深把皂直裰褪膊下来，把两只袖子缠在腰里，露出脊背上花绣来，扇着两个膀子上山来”[4－64]。

还有刘唐——“只见供桌上赤条条地睡着一个大汉。天道又热，那汉子把些破衣裳团做一块作枕头，枕在项下，齁齁的沉睡着了在供桌上。”[13－173] 浪里白条张顺亦如此：“那人脱得赤条条地，匾扎起一条水裩儿，露出一身雪练也似白肉。”[38－503]

燕青泰山打擂台，也几乎是裸身出场——“燕青除了头巾，光光的梳着个角儿，脱下草鞋，赤了双脚，蹲在献台一边，解了腿绷护膝，跳将起来，把布衫脱将下来，吐个架子。”[74－967] 所以当部署说不许暗算时，燕青回答道：“他身上都有准备，我单单只这个水裩儿，暗算他甚么？”[74－968]

写李逵劫法场，小说家则画了一位从天而降的“脱得赤条条的虎形黑大汉”。李逵赤裸的身体，宛如一阵黑色旋风，在小说故事里穿行。

事实上，水浒里的各路好汉，常常以奇异的身体特征在小说里露面。

除了前面讲到的史进、鲁智深、刘唐、张顺，还有林冲，“豹头环眼，燕颔虎须”；阮小二，“胸前一带盖胆黄毛，背上两枝横生板肋”；阮小七，“腮边长短淡黄须，身上交加乌黑点”；阮小五，“披着一领旧布衫，露出胸前刺着的青郁郁一个豹子来”。

再加上母夜叉孙二娘，“辘轴般蠢坌腰肢，棒槌似桑皮手脚”；火眼狻猊邓飞，“双眼红赤”；玉幡竿孟康，“长大白净，一身好肉体”；独角龙邹润，“天生一等异相，脑后一个肉瘤”；金钱豹子汤隆，“浑身有麻点”；丧门神鲍旭，“狰狞鬼脸如锅底，双睛叠暴露狼唇”；花项虎龚旺，“浑身上刺着虎斑，脖项上吞着虎头”；中箭虎丁得孙，“面颊连项都有疤痕”；等等。

这些身体特征又与各种猛兽、神鬼相连接，组成各具风采的人物绰号，时时向读者暗示，水浒英雄均怀抱着一颗毫无掩饰、绝不诈伪的赤子之心，与大自然通往来，与宇宙大生命相交融。九纹龙史进、豹子胆林冲、赤发鬼刘唐、青面兽杨志等豪杰，依次从小说故事里走来，其带给读者的不仅仅是他们的英雄事业，更重要的是他们支撑起了一个自由、开阔、充满大自然生机与活力的恢宏的人生境界。

3 酒的世界

水浒英雄离不开酒。酒的功能便是让人解放，再解放。如小说家所说，“常言酒能成事，酒能败事，便是小胆的吃了，也胡乱做了大胆，何况性高的人”[4-66]。

这段话说的是鲁智深。鲁智深在五台山做了五个月和尚，久静思动，要破戒找酒喝。走出山门，在半山亭遇到一个卖酒汉子，挑着两桶酒上山来。囿于寺院的规定，他不肯卖酒给出家人鲁智深。鲁智深大怒，踢伤这位酒贩，把酒抢了下来。坐在半山亭，用酒旋子，就着桶喝尽了一桶酒。

酒喝完了，鲁智深并非完全没有顾忌。他没有立即上山。先是在亭子上坐了半日，可是酒还是上来了。上山路上，又挨到一松树根下歇了一会儿，结果是，“酒越涌上来”。这位“性高的人”最终大醉。“花和尚”的真面目完全显露出来。所谓“指定天宫，叫骂天蓬元帅；踏开地府，要拿催命判官。裸形赤体醉魔君，放火杀人花和尚”[4-64]。

门子看到鲁智深已经喝醉，依例不让他进寺门，被鲁智深叉开五指打倒在山门下。监寺叫来老郎、火工、直厅轿夫等三二十人前来阻拦，亦被鲁智深的怒吼所吓，跑到藏殿躲藏。鲁智深打坏亮槅，冲入藏殿，直把这三二十人追赶得无路可逃。

最后亏得长老赶到解围。

鲁智深破了酒戒，乱了清规，众多职事僧人向长老进谏，“本寺那里容得这等野猫”。长老回应说，鲁智深“眼下有些啰唣，后来却成得正果”；另外，看在赵员外檀越之面，先原谅他一回。长老也专门找来鲁智深，当面训诫，强调摩顶受记时所说的三归五戒。另外又好言相劝，希望他日后不要再犯。

鲁智深听了长老的教训，一连三四个月没有走出寺门。有一天因天气暴热，出山门透气。一来为五台山风景所惑，二来听到山下一处地方叮叮当当传来响声。于是下山。到了一处叫“五台福地”的市井。原来发出响声的是一间铁铺，交代好铁匠用好钢铁打一条禅杖与戒刀，就到市镇上四处找酒喝。

谁知酒店主人都领了长老的法旨，也不肯卖酒与寺里僧人。鲁智深只好走远，在杏花深处，市梢尽头，找到一个傍村小酒店。且自称是行脚僧人，游方和尚，最终骗过庄家，买下酒来。先吃了十来碗酒，庄家送上半只熟狗肉后，就狗肉又一连吃十来碗酒。之后又叫庄家舀了一桶酒来。一桶酒喝完，吃剩的一脚狗腿揣在怀里，望五台山而去。

这一回醉得更厉害了。先是一膀子打折了半山亭亭柱。到寺院门口又打坏了守门金刚。之后大闹选佛场，搅起一场“卷堂大散”——满堂僧众夺路而逃。又抢入僧堂，佛面前，推翻供桌，轮两条桌脚，从堂里打将出来。真可谓“直截横冲，似中箭投崖虎豹；前奔后涌，如着枪跳涧豺狼”[4-71]。鲁智深掉进酒世界，完全没了约束。

再讲读者熟悉的武松打虎的故事。武松在“三碗不过冈”酒店，前后共吃了十五碗村酒，酒名“透瓶香”，又叫“出门倒”。酒后武松不听酒家劝告，提了梢棒，朝景阳冈进发。走了四五里路，在一棵大树上看到一个告示，说，因大虫伤人，过往商客只能于巳、午、未三个时辰，结伙成队过冈。武松仍旧不以为然，笑称酒家诡诈，使小伎俩惊吓客人。又走了半里路，在一个破败的山神庙前，看到庙门上一张印信榜文，所谓“景阳冈上新有一只大虫，近来伤害人命……单身客人，白日不许过冈”云云。这时武松才相信真的有虎。

武松内心里也不免生出忧惧来，却最终没有返回酒店，直接的原因是，担心折回去惹人耻笑，有失好汉风度。而实质上，是酒增添了武松的勇气与胆量。小说两次写到酒的壮胆的效用——

> （武松）存想了一回，说道：“怕甚么鸟！且只顾上去，看怎地！”武松正走，看看酒涌上来，便把毡笠儿背在脊梁上，将梢棒绾在肋下，一步步上那冈子来。……武松自言自说道：“那得甚么大虫！人自怕了，不敢上山。”武松走了一直，酒力发作，焦热起来，一只手提着梢棒，一只手把胸膛前袒开，踉踉跄跄，直奔过乱树林来。[23－294]

事实上，武松打虎尚是醉打蒋门神的铺垫。与景阳冈“三碗不过冈”的酒店旗帜相呼应，到了孟州道快活林，武松要求“无三不过望”。鲁智深在桃花村有言——“酒家一分酒只有一分本事，十分酒便有十分的气力。”[5－80]武松则在这里声称：“我却是没酒没本事，带一分酒便有一分本事，五分酒五分本事，我若吃了十分酒，这气力不知从何而来。若不是酒醉后了胆大，景阳冈上如何打得这只大虫！那时节，我须烂醉了好下手，又有力，又有势！”[29－379]

上景阳冈的当头，武松喝下十五六碗酒；前往快活林的途中，武松先是吃过了十来处好酒肆，最后三四里路又吃了十来碗酒。打虎时，武松一闪，一躲，再一闪，一跳，最后获得机会，两只手把老虎的顶花皮揪住。再脚踢拳打，“尽平昔神威，仗胸中武艺，半歇儿把大虫打做一堆，却似躺着一个锦布袋”[23-295]。

醉打蒋门神，武松打出了“玉环步，鸳鸯脚”的“真才实学”——先把两个拳头去蒋门神脸上虚影一影，忽地转身便走；接着一飞脚踢起，踢中蒋门神小腹；再一踅，右脚踢起，踢中蒋门神额角，蒋门神被踢倒；武松追入一步，踏住胸脯，提起拳头，望蒋门神脸上便打。把蒋门神“打得脸青嘴肿，脖子歪在半边。额角头流出鲜血来”。[30-385]这醉酒让武松的武艺与气力都发挥到了极致。

在酒的世界里，不通文墨如鲁智深、武松者，仰仗身体展现好汉风采；略通诗文如林冲、宋江者流，则以语言袒露豪杰胸襟。

先讲林冲。林冲在山神庙杀死陆谦、富安，仓皇逃走，闯入柴进庄上。因为官府追捕得紧，柴进只得修书一封，荐他上梁山泊落草。林冲雪夜里来到朱贵的酒店。寻船进入梁山泊不得，蓦然间想起被高俅陷害以至流落于此间的经历，内心里不由生出愁闷来。几碗酒喝尽，乘酒兴，抛却了自己的逃亡者身份，在酒店的白粉壁上，写下抒怀的诗句：“仗义是林冲，为人最朴忠。江湖驰闻望，慷慨聚英雄。身世悲浮梗，功名类转蓬。他年若得志，威镇泰山东！”[11-147]

到了宋江，则是酒后吟“反诗”了。宋江刺配江州，下到牢城营里，结识了戴宗、李逵、张顺等一众好汉。一天城里城外找三人不遇，独自上了浔阳楼喝酒。一面为江景喝彩，一面称赞肴馔整齐。一杯两盏，不觉沉醉。也是乘酒兴，在白粉壁上草书了一首《西江月》词调：“自幼曾攻经史，长成亦有权谋。恰如猛虎卧荒丘，潜伏爪牙忍受。不幸刺文双颊，那堪配在江州。

图四　景阳冈武松打虎

他年若得报冤仇，血染浔阳江口。”39－511

写完，宋江又饮了数杯酒，不觉欢喜，自狂荡起来，手舞足蹈，在《西江月》后面，再添七绝一首：“心在山东身在吴，飘蓬江海谩嗟吁。他时若遂凌云志，敢笑黄巢不丈夫。”39－512 写罢还署上“郓城宋江作”五个大字。完了又自歌一回，复饮过数杯酒，大醉而归。回到营里，倒床便睡，睡醒时全然不记得在浔阳楼上题诗一事。

第二日遭黄文炳告发落官，吃拷打不过，只得招供：“一时酒后，误写反诗。”而实际的情形是，一瓶酒，让有权谋如宋江者也露了原形。

4　超越身体极限

水浒好汉还行走在身体的极限之外。

力气大是很显著的了。花和尚倒拔垂杨柳，便是最初的例证。小说家一面写鲁智深拔树动作的干净利落——“走到树前，把直裰脱了，用右手向下，把身倒缴着，却把左手拔住上截，把腰只一趁，将那株绿杨树带根拔起。”一面写众泼皮不同寻常的反应——“一齐拜倒在地，只叫：‘师父非是凡人，正是真罗汉！身体无千万斤气力，如何拔得起！’”

不仅如此。过了数日，鲁智深又自房中取出浑铁禅杖。禅杖头尾长五尺，重六十二斤。众泼皮的说法是，“两臂膊没水牛大小气力，怎使得动！”而鲁智深接过来，“飕飕的使动，浑身上下，没半点儿参差”。7－101

再看武松。景阳冈打虎与醉打蒋门神前面讲过了。拔石礅与打孔亮可谓“外二首”。武松要向施恩证明，自己尚有气力，不需将养，便要去试着拔天王堂前的石礅。武松先把石礅摇了摇，笑言自己真个娇惰，拔不动了。施恩也信以为真，还宽慰武松说，三五百斤石头，不可轻视。

武松这才叫开众人，“把上半截衣裳脱下来，拴在腰里，把那个石礅只一抱，轻轻地抱将起来，双手把石礅只一撇，扑地打下地里一尺来深”。这还不够，“武松再把右手去地里一提，提将起来，望空只一掷，掷起去离地一丈来高。武松双手只一接，接来轻轻地放在原旧安处”。而且，武松“面上不红，心头不跳，口里不喘”。施恩抱住武松便拜，说：“兄长非凡人也！真天神！”众囚徒也一齐拜道：“真神人也！”[28－374]

之后武松打孔亮一段，小说又用了同样的手法，写武松的“神力”——“武行者抢入去，接住那汉手。那大汉却待用力跌武松，怎禁得他千百斤神力，就手一扯，扯入怀来，只一拨，拨将去，恰似放翻小孩儿的一般，那里做得半分手脚。”[32－414]旁边的三四个村汉看了，“手颤脚麻”，都不敢前来助阵。在小说家的笔下，众囚徒与三四个村汉眼中的武松，正是前面讲到的，众泼皮所看到的鲁智深的重复。

小说为李逵也设置了一处同样的情节。原本是金钱豹子汤隆，流落街头，使一个三十来斤的铁皮锤，兴致高处，一瓜锤把压街石打得粉碎，惹来众人喝彩。李逵替公孙胜上街买素点心，正好路过。李逵忍不住，径直来拿铁锤，嚷着要使一回给众人看。只见李逵接过瓜锤，如弄弹丸一般，使了一回，轻轻放下，又是“面又不红，心头不跳，口内不喘”[54－718]。汤隆见了，倒身便拜。一如鲁智深与武松，李逵亦有天神般的力气。

除了“力气大”，还有“走得快”。“一生常作异乡人”的神行太保戴宗便是。你看，戴宗身边取出四个甲马，去两只腿上每只各拴两个，肩上挑上两个信笼，口里念起神行法咒语，放开脚步，便飞行起来，脚不点地，只听到耳边风雨之声。一如小说里的《西江月》所赞：“仿佛浑如驾雾，依稀好似腾云。如飞两脚荡

红尘，越岭登山去紧。顷刻才离乡镇，片时又过州城。金钱甲马果通神，万里如同眼近。”[39-519]

活闪婆王定六，也因为走跳得快而得名。所谓“蚱蜢头尖光眼目，鹭鸶瘦腿全无肉。路遥行走疾如飞，扬子江边王定六”[69-904]。

陆上有“神行太保”戴宗，水里则是“浪里白跳”张顺。先是他兄长张横的介绍——“我有个兄弟，却又了得，浑身雪练也似一身白肉，汉得四五十里水面，水底下伏得七日七夜，水里行一似一根白条。”[37-487]再有大家目睹的张顺从水里把李逵救起的英姿——“带住了李逵一只手，自把两条腿踏着水浪，如行平地，那水浸不过他肚皮，淹着脐下，摆了一只手，直托李逵上岸来。”[38-504]

到第六十五回，张顺前往建康府，请安道全上山为宋江治背疮。渡扬子江时，被扮作艄公的劫徒半夜里捆缚做一块，推到水里。他竟然能在江底咬断索子，赴水到南岸逃得性命。宋江军队攻打杭州时，张顺又一人从西湖汉水到达涌金门，最终在水池里身中乱箭而亡。[94-1218]

有超出常人之本事者，还有飞檐走壁的鼓上蚤时迁。小说里有诗云：“骨软身躯健，眉浓眼目鲜。形容如怪族，行步似飞仙。夜静穿墙过，更深绕屋悬。偷营高手客，鼓上蚤时迁。”[46-621]也正如此，吴用安排时迁入徐宁卧房，盗出他祖传的雁翎锁子甲来。攻打北京城，时迁又自告奋勇，潜入城内，盘上翠云楼放火。

另外，独角龙邹润也自有他的好处。邹润身材长大，天生脑后一个肉瘤，因此人们都叫他独角龙。“那邹润往常但和人争闹，性起来，一头撞去。忽然一日，一头撞折了涧边一株松树，看的人都惊呆了。”[49-658]

超越身体的极限，无疑为好汉们逃走、反抗提供了便利。

第三讲

遁入民间

1　村坊与庄院

小说第一回写到，一道黑气从镇魔殿的地穴里，滚将起来——“那道黑气直冲上半天里，空中散作百十道金光，望四面八方去了。”[1-14]与此相对应，水浒好汉从围困、压迫里逃走，便遁入民间，去了那树林深处的荒村与野店。

你看王进的遭遇。王进母子从东京逃出，一路上饥餐渴饮，夜住晓行。一月有余，母子俩以为终于逃出了天罗地网，欢喜间不觉错过了宿头。“走了这一晚，不遇着一处村坊，那里去投宿是好。正没理会处，只见远远地林子里闪出一道光来。”[2-24]转入林子里来看时，却是一所大庄院。也就是史家庄。

鲁智深也如此。第二次大闹五台山，搅起一场卷堂大散，智真长老只好打发他去东京大相国寺挂搭。鲁智深于路不投寺院，只在客店里打火安身，白日间酒肆里买吃。有一日因见山水秀丽，贪行了半日，赶不上宿头，路中又没人做伴，不知去哪里投宿。“又赶了三二十里田地，过了一条板桥，远远地望见一簇红霞，树木丛中闪着一所庄院”[5-74]，桃花村是也。

还有宋江。宋江揭阳镇街头看病大虫薛永弄拳使棒，大加称赞，又赍发五两白银，因而得罪镇上恶霸。街市上酒家与客店，都不敢接待宋江及防送公人。他们只好离开镇上往大路走。直到天黑，也没有找到住宿的地方。也是突然间，“只见远远地小路上，望见隔林深处射出灯光来”。灯火明处，必有人家，穆家庄的便是。[37－481]

李逵也有同样的经历。梁山泊排座次以后，宋江赴东京赏灯，夜会李师师。李逵不满被安排在屋外看门，正当杨太尉推门径入，一腔怒火便爆发出来，提起一把交椅把杨太尉打翻在地，又在李师师家点起火来，搅得东京全城大乱。亏得燕青一把将他抱住，抄小路逃出城外。第二天天晚，闯入四柳村狄太公庄院投宿。

村坊与庄院地处偏僻，是权力网络的覆盖与围困松弛、懈怠甚至忽略的地方。它们远离权力中心，却与普通人近，且坐落在大自然的怀抱里。

在小说家的笔下，各家庄院都占据着绝佳的地形与位置。依山傍水，交通便利，是基本要素。所谓“前通官道，后靠溪冈”（史家庄）；“门迎阔港，后靠高峰”（柴进东庄）；“前临村坞，后倚高冈”（穆家庄）便是。

而绿树成荫、繁花似锦，藏身于树林与山野之间，与周遭的自然景色相映衬，也是其共同的特点。史家庄是“一周遭杨柳绿阴浓，四下里乔松青似染”；柴进庄上有“万株桃绽武陵溪，千树花开金谷苑”；穆家庄也是“数行杨柳绿含烟，百顷桑麻青带雨”。这些庄院，一眼望去，绿树萦绕，鲜花绚烂，生机勃勃，令人神往。

这些庄院，实际上构成了乡村社会的基本单位。庄院主人，拥有田产、庄客，经济富足，是民间社会稳定的支柱。寻常人家如史家庄者，就有相当的规模——“田园广野，负佣庄客有千人；家眷轩昂，女使儿童难计数。”功臣之后柴进者流，则是当地人口中的“大财主”。“朱甍碧瓦，掩映着九级高堂；画栋雕梁，真乃是三微精舍”，讲的便是这家人显赫的家势。

事实上，庄院的描写，也支撑起读者对世外桃源般的、恬静祥和的乡村生活的想象。“转屋角牛羊满地，打麦场鹅鸭成群”“深院内牛羊骡马，芳塘中凫鸭鸡鹅。仙鹤庭前戏跃，文禽院内优游”“高陇上牛羊成阵，芳塘中鹅鸭成群”等句子在不同回目中重现，一面复述了乡村社会自给自足的经济方式，一面也在暗示一种悠闲的生活态度。

而小说多次以“家有馀粮鸡犬饱，户多书籍子孙贤”“家有稻粱鸡犬饱，架多书籍子孙贤”一类的句子为状写庄院的诗作总结，也多少透露出写作者对秩序与稳定的期待。

当然，实际的情形比诗词的吟咏要复杂得多。

庄院力量常常在权力系统与江湖世界之间游移。与江湖近，庄院便成为反抗权力网络的堡垒。

史家庄前头讲过了。晁家庄更是一个典型的例证。一方面，晁盖担任东溪村里正，晁家庄支撑着权力系统向乡村的延伸。另一方面，晁盖又爱结识天下好汉，“但有人来投奔他的，不论好歹，便留在庄上住”[14－174]。

事实上，江湖世界对晁盖更有吸引力。获知十万生辰纲的消息之后，以晁家庄为据点，晁盖毫不犹豫地行动了起来。最先，晁盖在庄前的绿槐树下等着吴用、阮家三兄弟的到来。之后六人又在晁家后院说誓结盟。智取生辰纲的计策乃在晁家的后堂深处议定。劫得生辰纲后，所得财物与参与人员亦在庄上停留。最后烧了庄院，带上十数个庄客上山落草。

白虎山孔太公庄上也是如此。平日里交结各路豪杰，有一日犯下事来——因与本乡一个财主争竞，把这家人一门良贱尽都杀了——便聚众造反，占山为王，明目张胆与官府作对。

与官府近，庄院主则为非作歹，庄院亦成为陷害好汉豪杰的恶势力的聚集地。

登州毛太公庄上便是一例。毛太公不仅赖了解珍、解宝射得的大虫;还与儿子毛仲义设计诬陷解氏兄弟为贼,送官府治罪;又通过在州府任六案孔目的女婿王正,说通知府,把解家兄弟屈打成招,钉在牢里;之后暗中打通知府关节,行贿牢里节级包吉,要害了两兄弟性命,以斩草除根。[49-654]

还有陷害李逵的沂水县大户人家曹太公。李逵为母报仇杀死四只老虎,众猎户邀请李逵同去请赏。先报知里正上户,里正上户迎接着李逵与打死的老虎,又转送到曹太公庄上。这位曹太公"原是闲吏,专一在乡放刁把滥"[43-576]。曹太公获知,杀虎黑大汉乃黑旋风李逵,便使计捉拿,送官请赏。

收留与接待逃亡者的庄院与村坊则大多属于前一类。①它们成了权力网络与江湖世界之间的缓冲地带。宋江杀阎婆惜后逃走,想到的三个安身之处,就包括"沧州横海郡小旋风柴进庄上","青州清风寨小李广花荣处",以及"白虎山孔太公庄上"。[22-281]

"柴进庄上"的这一功能最为显著。柴进一面的身份是大周柴世宗的嫡派子孙,家中藏有皇帝敕赐的誓书铁券,无疑受到权力系统的保护。一面又招接天下往来的好汉,三五十个养在家中。所谓"酒店里如有流配来的犯人,可叫他投我庄上来,我自资助他"[9-124]。

正因此,刺配沧州的路上,林冲能够在柴进庄上停留,并得到资助。山神庙杀人后逃走,林冲又得以在柴进庄上藏身,并在柴进的掩护下逃出关口。柴进还与梁山泊落草的王伦、杜

① 这些庄院的主人,也就是萨孟武所说的"豪族"——"这种豪族不必自己耕耘,可将土地借给佃农,按时收租,遨游都市,上结官府,下交游士。"见萨孟武《水浒传与中国社会》(北京:北京出版社,2005),第3页。

迁、宋万通往来,并修书推荐林冲前往投身。后来宋江要赚朱仝上山,也是安排吴用、雷横、李逵先在柴进庄上驻扎,后让李逵杀害小衙内,引朱仝到柴进庄上就范。因为朱仝要与李逵厮并,又留李逵在庄上,最终引柴进入伙。

这些提供住宿,可以停歇的据点,也让小说急促的逃亡叙事获得了喘息、停歇、连接的机会。

在史家庄,王进先是因为老母心疼病发,停了五七日让母亲服药养病。后为教史进武艺,又留了半年时光。离开史家庄,王进便不见了踪影。史家庄让小说里王进的逃亡故事得到延缓以至终止。

桃花村则是一个中转站。鲁智深在刘太公庄上痛打周通,再由李忠请入山寨,住了几日,又因李忠、周通做事悭吝,决计离开,只身滚下山去,继续逃亡路。穆家庄宋江与李俊、张横、穆弘、穆春、薛永、童威、童猛相聚,多少有些会合的意味。

在孔太公庄上,则有宋江与武松各自逃亡路线的连接。两人在横海郡柴进庄上道别之后,便不再知晓对方的消息。孔太公庄上的再次会面,宋江讲述了他在柴进庄上又住了半年,之后被孔太公请到庄上担任两个儿子的师父的逃亡轨迹;武松则向宋江与读者再次讲述了自景阳冈打虎至血溅鸳鸯楼的传奇往事。

表一　庄院

名称	描写	回目／页码
史家庄	前通官道，后靠溪冈。一周遭杨柳绿阴浓，四下里乔松青似染。草堂高起，尽按五运山庄；亭馆低轩，直造倚山临水。转屋角牛羊满地，打麦场鹅鸭成群。田园广野，负佣庄客有千人；家眷轩昂，女使儿童难计数。正是：家有馀粮鸡犬饱，户多书籍子孙贤。	二（25）
柴进庄上	门迎黄道，山接青龙。万株桃绽武陵溪，千树花开金谷苑。聚贤堂上，四时有不谢奇花；百卉厅前，八节赛长春佳景。堂悬敕额金牌，家有誓书铁券。朱甍碧瓦，掩映着九级高堂；画栋雕梁，真乃是三微精舍。仗义疏财欺卓茂，招贤纳士胜田文。	九（125）
石碣村	青郁郁山峰叠翠，绿依依桑柘堆云。四边流水绕孤村，几处疏篁沿小径。茅檐傍涧，古木成林。篱外高悬沽酒旆，柳阴闲缆钓鱼船。	十五（185）
东庄	门迎阔港，后靠高峰。数千株槐柳疏林，三五处招贤客馆。深院内牛羊骡马，芳塘中凫鸭鸡鹅。仙鹤庭前戏跃，文禽院内优游。疏财仗义，人间今见孟尝君；济困扶倾，赛过当时孙武子。正是：家有馀粮鸡犬饱，户无差役子孙闲。	二二（284）

续表

名称	描写	回目 页码
穆家庄	前临村坞,后倚高冈。数行杨柳绿含烟,百顷桑麻青带雨。高陇上牛羊成阵,芳塘中鹅鸭成群。正是:家有稻粱鸡犬饱,架多书籍子孙贤。	三七 (481)
郓州一所靠溪客店	前临官道,后傍大溪。数百株垂柳当门,一两树梅花傍屋。荆榛篱落,周回绕定茅茨;芦苇帘栊,前后遮藏土炕。右壁厢一行书写:门关暮接五湖宾;左势下七字句道:庭户朝迎三岛客。虽居野店荒村外,亦有高车驷马来。	四六 (622)
李家庄	外面周回一遭阔港,粉墙傍岸,有数百株合抱不交的大柳树,门外一座吊桥,接着庄门。入得门来到厅前,两边有二十馀座枪架,明晃晃的都插满军器。	四七 (628)
祝家庄	独龙山前独龙冈,独龙冈上祝家庄。绕冈一带长流水,周遭环匝皆垂杨。墙内森森罗剑戟,门前密密排刀枪。	四八 (644)

2　酒店

与庄院搭配的是酒店。① 于逃亡者,村坊庄院是获得住宿与安歇的地方,路旁酒店则是聚会和饮食的场所。

① 王彬强调:"《水许传》中的主要事件,基本是在酒店中发生的。"他认为原因有二:其一,《水浒传》的英雄大都行走江湖,故而,酒店自然成为他们的落脚点与聚会处。其二,北宋时酒店十分普及,已然成为人们生活的一个组成部分。见王彬《水浒的酒店》(北京:东方出版社,2010),第2、10页。

最早出现在小说里的是渭州城州桥下的潘家酒楼。史进离开少华山，一路行了半月，来到渭州。先在一处茶坊遇到鲁达。两人一见如故。鲁达挽了史进的手，半路上又拽上街头使枪棒卖药的李忠，三人上街吃酒，来到这家酒肆。小说里有一首七律描写它的好处：

风拂烟笼锦旆扬，太平时节日初长。
能添壮士英雄胆，善解佳人愁闷肠。
三尺晓垂杨柳外，一竿斜插杏花傍。
男儿未遂平生志，且乐高歌入醉乡。[3—45]

这是一家城里的酒店，为小说写酒店开了个头，也奠下了基调。这之后小说浓墨重彩描绘的是乡村酒店。与写庄院一样，小说家亦常用诗词来勾勒他想象世界里的乡村酒店的位置、设施与人物。

庄院为大户人家拥有，酒店则落在平常百姓手里。傍村、路旁、溪畔、湖边大致是酒店的处所，所谓“古道孤村，路傍酒店”“古道村坊，傍溪酒店”“门迎驿路，户接乡村”便是写照。诗句如“柴门半掩，布幕低垂”“银迷草舍，玉映茅檐”“门迎溪涧，山映茅茨”者，则一面交代了的酒店设施的简朴，一面也展示了酒店的山野本色。“村童量酒，想非涤器之相如；丑妇当垆，不是当时之卓氏”的句子，讲的是经营者的平民身份；而所谓“社酝壮农夫之胆，村醪助野叟之容”，则告诉读者，出入酒店者多为普通百姓。

更重要的是，庄院与知识-权力网络相关联，酒店则是社会的神经末梢，几乎游离于权力的控制之外。从状写酒店的诗作的字里行间，我们也可以读到，写作者对一种无拘无束、放浪形骸的村野人生境界的精心营造。“更有一般堪笑处，牛屎泥墙

图五 吴学究说三阮撞筹

画酒仙”，写底层人物的超脱。“刘伶仰卧画床前，李白醉眠描壁上”“渊明归去，王弘送酒到东篱；佛印山居，苏轼逃禅来北阁”，表达了对历史上的潇洒人物的怀想。也一如菜园子张青所言——“城里怎地住得？只得依旧来此间盖些草屋，卖酒为生。”[27-363]

事实上，江湖好汉常常以酒店为掩护，私下里干起谋财害命的违法勾当。也有酒店担负着山寨桥头堡的功能，成为占山为王者收集情报与接洽人物的前哨。

张青、孙二娘孟州道十字坡的酒店是前者的代表。小说家笔下，这家酒店的位置与外观，同样充满了诗情画意——“土坡下约有十数间草屋，傍着溪边，柳树上挑出个酒帘儿。”[27-359]酒店主人名义上卖酒为生，实际做的是人肉买卖。所谓“只等客商过往，有那入眼的，便把些蒙汗药与他吃了，便死。将大块好肉，切做黄牛肉卖，零碎小肉，做馅子包馒头，小人每日也挑些去村里卖，如此度日”[27-363]。

武松为武大报仇，杀死西门庆、潘金莲后自首，被东平府断配孟州，一路上来到这里。因武松机警，孙二娘不但未把武松毒倒，反被武松制服，踩踏在脚下，被迫道出真相来。这之前，花和尚鲁智深也打这里经过，只因生得肥胖，被孙二娘下药麻翻。正要动手开剥，张青赶回家来，见鲁智深随身所带禅杖非同凡响，便用解药救了起来。还有一个七八尺长的头陀，也被孙二娘麻坏，张青来救时，已经被卸下四足。[27-364]

催命判官李立建在揭阳岭悬崖上的酒店也可归入这一类。几乎与张青的酒店同样的布局——“背靠颠崖，门临怪树，前后都是草房，去那树阴之下挑出一个酒旆儿来。”[36-472]李立乃揭阳岭人，平日里以酒店为伪装，杀人越货，只靠做私商道路。宋江刺配江州，从揭阳岭过，进店买酒喝，便被麻翻在地，李俊前来解救时，已经被送到山崖边的人肉作坊里，挺在剥人凳上。

后者则有朱贵在梁山泊山口经营的一座枕溪靠湖酒店。依朱贵的讲述，酒店的开设乃山寨的安排，专一探听往来客商经过。“但有财帛者，便去山寨里报知。但是孤单客人到此，无财帛的放他过去；有财帛的来到这里，轻则蒙汗药麻翻，重则登时结果，将精肉片为羓子，肥肉煎油点灯。”[11-148] 林冲领了柴进的荐书，要投身梁山泊，便撞入了这家酒店。只因多次问路梁山泊，引起了朱贵的注意，才未遭毒手。

这些酒店对于逃亡者，固然意味着凶险。反过来，又宛如江湖世界潜藏于民间的一面暗网，它们隐伏在荒山野岭中，担负着一个个网结的职责，为逃亡者提供了联络、救济、掩护的通道与场所，甚至成为他们遁入江湖的最后站点。

比如张青的草屋。张青在这所草屋里做人肉的生意，也并非全无规矩。他多曾吩咐他的浑家，过路客商，有三等人不可谋害。第一类是云游僧道；第二类是江湖上行院妓女之人；第三类是各处犯罪流配的人。这第三类人事实上便是逃亡者或者潜在的逃亡者。张青认为这类人，多有好汉在里头，切不可坏他。[27-364] 正如此，武松第二次闯入十字坡，不仅被张青及时救下，还依孙二娘的设计，打扮成一个行者，成功逃脱官府的追捕。

戴宗为江州蔡知府送信上东京太师府，来到朱贵的酒店里，三碗酒下肚，便晕倒在地，被火家扛入杀人坊里开剥。多亏朱贵从戴宗的搭膊上挂着的宣牌上，看到“江州两院押牢节级戴宗”的字样，才及时喂解药把他救了下来。戴宗被送上梁山泊，与众头领共商解救宋江对策的故事，也因此得以延续。[39-521]

操刀鬼曹正家的酒店也拥有同样的功能。杨志黄泥冈失了生辰纲，自杀又不情愿，只好逃走。饥肠辘辘来到曹正家酒店，却身无分文。吃了酒饭没有付账便要离去。曹正前来追讨，掀起一场恶斗。曹正既不是对手，又发现杨志武艺超群，手段与师父林冲相似，所以主动败下阵来，问起杨志的姓名，最终结为朋友。曹正重新置酒食相待，挽留杨志在家里住下。因官府追捕得紧，杨志不敢久留，曹正便建议他前往二龙山入伙。杨志来到了二龙山，遭遇鲁智深，两人会合，却无法上山，只好折返曹正酒店。待曹正想出计策，而且全家出动相助，鲁智深、杨志才成功攻入二龙山，夺下宝珠寺。两人从此在二龙山落草。

宋江从对影山去梁山泊的路上，在官道旁边的一个大酒店里，与石勇相遇，又是另一番景象。石勇不给宋江的大队人马让座，还在酒店里高声大骂，声言天下只认两个人。一人是沧州横海郡柴进，一人是郓城县押司宋江。且自称受宋江兄弟铁扇子宋清的托付，正要寄书给他。宋江从石勇手里拿到家书，得知父亲去世的消息，当即大哭，后留下一封书札，交给燕顺、石勇，让他们带领另外七人上梁山泊入伙，自己则在酒店里与众人道别，回家奔丧。

表二　酒店

位置／人物	描写	回目／页码
五台山（鲁智深）	傍村酒肆已多年，斜插桑麻古道边。白板凳铺宾客坐，矮篱笆用棘荆编。破瓮榨成黄米酒，柴门挑出布青帘。更有一般堪笑处，牛屎泥墙画酒仙。	四（68）

续表

位置 人物	描写	回目 页码
独木桥边 （鲁智深、史进）	柴门半掩，布幕低垂。酸醨酒瓮土床边，墨画神仙尘壁上。村童量酒，想非涤器之相如；丑妇当垆，不是当时之卓氏。壁间大字，村中学究醉时题；架上蓑衣，野外渔郎乘兴当。	六 （93）
村口 （鲁智深、林冲）	前临驿路，后接溪村。数株槐柳绿阴浓，几处葵榴红影乱。门外森森麻麦，窗前猗猗荷花。轻轻酒旆舞薰风，短短芦帘遮酷日。壁边瓦瓮，白泠泠满贮村醪；架上磁瓶，香喷喷新开社酝。白发田翁亲涤器，红颜村女笑当垆。	九 （122）
往沧州的官道上 （林冲）	古道孤村，路傍酒店。杨柳岸晓垂锦旆，杏花村风拂青帘。刘伶仰卧画床前，李白醉眠描壁上。闻香驻马，果然隔壁醉三家；知味停舟，真乃透瓶香十里。社酝壮农夫之胆，村醪助野叟之容。神仙玉佩曾留下，卿相金貂也当来。	九 （124）

续表

位置 / 人物	描写	回目 / 页码
枕溪靠湖（林冲）	银迷草舍，玉映茅檐。数十株老树杈枒，三五处小窗关闭。疏荆篱落，浑如腻粉轻铺；黄土绕墙，却似铅华布就。千团柳絮飘帘幕，万片鹅毛舞酒旗。	十一（146）
石碣村水阁酒店（三阮、吴用）	前临湖泊，后映波心。数十株槐柳绿如烟，一两荡荷花红照水。凉亭上四面明窗，水阁中数般清致。当垆美女，红裙掩映翠纱衫；涤器山翁，白发偏宜麻布袄。休言三醉岳阳楼，只此便为蓬岛客。	十五（187）
孟州东门外官道旁（武松、施恩）	门迎驿路，户接乡村。芙蓉金菊傍池塘，翠柳黄槐遮酒肆。壁上描刘伶贪饮，窗前画李白传杯。渊明归去，王弘送酒到东篱；佛印山居，苏轼逃禅来北阁。闻香驻马三家醉，知味停舟十里香。不惜抱琴沽一醉，信知终日卧斜阳。	二九（379）

续表

位置 人物	描写	回目 页码
林木丛中 (武松、施恩)	古道村坊,傍溪酒店。杨柳阴森门外,荷花旖旎池中。飘飘酒旆舞金风,短短芦帘遮酷日。磁盆架上,白冷冷满贮村醪;瓦瓮灶前,香喷喷初蒸社酝。村童量酒,想非昔日相如;少妇当垆,不是他年卓氏。休言三斗宿酲,便是二升也醉。	二九 (380)
青州白虎山 (武松)	门迎溪涧,山映茅茨。疏篱畔梅开玉蕊,小窗前松偃苍龙。乌皮桌椅,尽列着瓦钵磁瓯;黄泥墙壁,都画着酒仙诗客。一条青旆舞寒风,两句诗词招过客。端的是:走骠骑闻香须驻马,使风帆知味也停舟。	三二 (412)
祝家店 (杨雄、石秀、时迁)	前临官道,后傍大溪。数百株垂柳当门,一两树梅花傍屋。荆榛篱落,周回绕定茅茨;芦苇帘栊,前后遮藏土炕。右壁厢一行书写:门关暮接五湖宾;左势下七字句道:庭户朝迎三岛客。虽居野店荒村外,亦有高车驷马来。	四六 (622)

3 山水自然

逃亡路上，水浒好汉也获得了纵情山水的机会。好汉们逃离权力网络，摆脱家庭拖累，剥去身上的束缚，胸怀一颗赤子之心，与自然山水通往来，同宇宙天地共呼吸。

小说里把读者引向大自然的第一人是洪太尉。他奉旨前往江西信州龙虎山，宣请嗣汉天师张真人星夜临朝，修设三千六百分罗天大醮，祈禳瘟疫。洪太尉来到龙虎山上清宫，却不见天师。听住持真人禀告，天师性好清高，倦于迎送，自向龙虎山顶结一茅庵，修身养性。因为道行非常，能驾雾兴云，所以踪迹不定，虽在山顶，平常也难以见到。洪太尉只好依真人的建言，只身步行上山，叩请天师。快到半山，望见大顶直侵霄汉，赞叹好一座大山——

> 根盘地角，顶接天心。远观磨断乱云痕，近看平吞明月魄。高低不等谓之山，侧石通道谓之岫，孤岭崎岖谓之路，上面极平谓之顶，头圆下壮谓之峦，隐虎藏豹谓之穴，隐风隐云谓之岩，高人隐居谓之洞，有境有界谓之府，樵人出没谓之径，能通车马谓之道，流水有声谓之涧，古渡源头谓之溪，岩崖滴水谓之泉。左壁为掩，右壁为映。出的是云，纳的是雾。锥尖像小，崎峻似峭，悬空似险，削䃶如平。千峰竞秀，万壑争流。瀑布斜飞，藤萝倒挂。虎啸时风生谷口，猿啼时月坠山腰。恰似青黛染成千块玉，碧纱笼罩万堆烟。[1-8]

这首词与其说是写龙虎山，不如说在一般性地介绍山景的好处，辨析山中种种景致在形状、位置、构造、功能等方面的细微的差异，以及这些差异与描写山景的词语系统的对应与联结。

事实上，洪太尉先是只身上山，深入险景，目睹龙虎山的神奇与壮观，为读者揭开了大自然的面纱；然后才打开镇魔殿，眼睁睁看着妖魔从重重的封锁与压迫中逃出，飞向了四面八方。这首词则开启了整部小说描写山水美景的序幕，为读者跟随水浒好汉，在其逃亡途中，饱览大江南北的名山胜水，提供了最初的词语、想象与视觉框架。

接下来在小说里出现的一幅壮丽的山水画，便是鲁智深眼中的五台山了——

> 云遮峰顶，日转山腰。嵯峨仿佛接天关，崒嵂参差侵汉表。岩前花木，舞春风暗吐清香；洞口藤萝，披宿雨倒悬嫩线。飞云瀑布，银河影浸月光寒；峭壁苍松，铁角铃摇龙尾动。宜是由揉蓝染出，天生工积翠妆成。根盘直压三千丈，气势平吞四百州。[4—58]

小说还写到多个著名的山岳，包括蓟州九宫县的二仙山、二仙山里头的呼鱼鼻山，西岳华山等。这几处地方留下了李逵、戴宗、宋江、公孙胜等人的足迹。写龙虎山的词作里，所列举与对照的词汇，以及对景色的划分与归类，均在这些诗词里重现（见表三）。

在小说家的笔下，这些名山大岳，是大自然的神奇与威力的象征。其首要特征便是山峰高耸，气势恢宏，令人震撼。龙虎山的首句“根盘地角，顶接天心”，便以各种变换了的方式在其他诗作里重复。诸如“根盘直压三千丈，气势平吞四百州”

(五台山);"乾坤皆秀,尖峰仿佛接云根;山岳惟尊,怪石巍峨侵斗柄"(华山);等等。

与此同时,山脉绵延,高低起伏,又呈现出"千峰竞秀,万壑争流"一般的迂回与纵深。"青如泼黛,碧若浮蓝"(华山);"恰似青黛染成千块玉,碧纱笼罩万堆烟"(龙虎山),便旨在渲染出山色的青翠、沉郁与厚重。

而且,宇宙大生命在大山里潜伏涌动,若隐若现,神出鬼没,千变万化。有山必有水,"流水潺湲,涧内声声鸣玉珮;飞泉瀑布,洞中隐隐奏瑶琴"[53-707],从听觉的角度再现了溪流、泉水与瀑布的灵动与美妙。"岩前花木,舞春风暗吐清香;洞口藤萝,披宿雨倒悬嫩线"[4-58],描写的是花草树木的蓬勃生机。"两崖分虎踞龙蟠,四面有猿啼鹤唳"[53-707]与"引子苍猿献果,呼群麋鹿衔花"[85-1099]的句子,则展示了野禽猛兽的威风与活力。

还有早晚山色的不同与日月映照下山景的变化。前者是"朝看云封山顶,暮观日挂林梢";后者曰"深沉洞府,月光飞万道金霞;崒嵂岩崖,日影动千条紫焰"。不一而足,种种山景的好处都通过逃亡者的双眼展现在读者面前。

与名山相映衬的则是江河湖泊。诸如浔阳江、长江、太湖、西湖,都伴随着水浒好汉在小说故事里流淌与荡漾。与高山大岳给人峻峭、挺拔、雄伟的崇高印象不同,江河湖泊则以其辽阔、明净与流动而让人心旷神怡、流连忘返。"云外遥山耸翠,江边远水翻银"(浔阳江);"天连远水,水接遥天。高低水影无尘,上下天光一色"(太湖);"有一万顷碧澄澄掩映琉璃,列三千面青娜娜参差翡翠"(西湖),都是各诗作的首句,其着力展现的就是江湖水色这一面的特色。

水上风光,同样是大自然内在生命的外化。你看那纷飞的水鸟及水边的人物——“隐隐沙汀，飞起几行鸥鹭；悠悠别浦，撑回数只渔舟”，勾画的是浔阳江上的悠闲时光；“双双野鹭飞来，点破碧琉璃；两两轻鸥惊起，冲开青翡翠”，则描绘出了太湖水面的宁静景象。西湖是游人的天堂，自然热闹非凡：“碧琉璃滑净无尘。当路游丝迎醉客，隔花黄鸟唤行人。日斜归去奈何春。”

山中景色常随日夜而变化，湖上风光则因四季而不同。太湖上春夏秋冬景色异——“春光淡荡，溶溶波皱鱼鳞；夏雨滂沱，滚滚浪翻银屋。秋蟾皎洁，金蛇游走波澜；冬雪纷飞，玉洞弥漫天地。”西湖里则四季风雨换新颜——“春路如描桃杏发，秋赏金菊芙蓉，夏宴鲜藕池中。柳影六桥明月，花香十里熏风。也宜晴，也宜雨，也宜风，冬景淡妆浓。”

湖光山色之外，日落月出与四季气象，也是小说家反复咏叹的对象。

写黎明时分，有刘唐追雷横索要晁盖十两赠银时的胜景，所谓“几缕晓霞横碧汉，一轮红日上扶桑”[14-179]便是。

而于逃亡者，夜晚的降临更具意味。鲁智深去东京的路上，一路逍遥，临近桃花村，尽管已经错过了宿头，诗句“落日带烟生碧雾，断霞映水散红光”[5-74]却多少透露出他轻松与愉快的心境。林冲被押解沧州途中，所看到的“红轮低坠，玉镜将明”[8-117]的夜色，则折射出他内心里的惶惑与不安。

描写四季气象，小说家倾注了更多的笔墨。杨志黄泥冈押送金银担，遭遇的是酷暑——“四野无云，风突突波翻海沸；千山灼焰，必剥剥石烈灰飞。”[16-202]宋江杀婆惜后逃走，则正值秋末冬初时节——“柄柄芰荷枯，叶叶梧桐坠。蛩吟腐草中，雁落平沙地。细雨湿枫林，霜重寒天气。不是路行人，怎谙秋滋味。”[22-284]卢俊义断配沙门岛，北京起身时也是“纷纷黄叶坠，对对塞鸿飞”[62-827]的晚秋天气。

作家最得心应手的恐怕要算写雪景。小说里至少有七八首词作吟咏大雪。林冲风雪山神庙是读者十分熟悉的了。初到草料场，林冲便遭遇一场大雪。小说里有《临江仙》写这雪的好处——

> 作阵成团空里下，这回忒杀堪怜。剡溪冻住子猷船。玉龙鳞甲舞，江海尽平填。宇宙楼台都压倒，长空飘絮飞绵。三千世界玉相连。冰交河北岸，冻了十馀年。[10-137]

除了这场突如其来的大雪，尾随林冲而至的还有隐藏在暗处的陆虞候与富安，以及他们要致林冲于死地的毒计。大雪来势凶猛，所谓“玉龙鳞甲舞，江海尽平填”，世上一切阴暗污秽尽被冲洗出视野之外。林冲却正义凛然、光明磊落，四下里的魑魅魍魉均未放在眼里。大雪救了林冲。林冲手刃陆、富二人之后逃走。雪越发下得猛了。林冲内心里充溢着报仇雪恨后的大欢喜，而宇宙间则为热烈飞舞的大雪所弥漫——

> 凛凛严凝雾气昏，空中祥瑞降纷纷。须臾四野难分路，顷刻千山不见痕。银世界，玉乾坤，望中隐隐接昆仑。若还下到三更后，仿佛填平玉帝门。[10-141]

林冲离开柴进庄上，来到梁山泊的近旁。仍值暮冬天气，这天一大早又纷纷扬扬下起漫天大雪。行不到二十余里，只见满地如银。小说家又写起雪景来——

冬深正清冷，昏晦路行难。长空皎洁，争看莹净，埋没遥山。反复风翻絮粉，缤纷轻点林峦。清沁茶烟湿，平铺濮水船。楼台银压瓦，松壑玉龙蟠。苍松鬓发皓，拱星攒，珊瑚圆。轻柯渺漠，汀滩孤艇，独钓雪漫漫。村墟情冷落，凄惨少欣欢。[11-146]

这一回林冲真可谓"有家难奔，有国难投"了，大雪正述说着他内心里寂寥无助的苦况。①

一面是逃亡者投身于山水之间，另一面，宇宙自然的大生命何尝不也在召唤与激荡着这些逃亡中的纯朴的心灵？

先看鲁智深。鲁智深性格急躁，行为粗鲁，不通文墨，不善言辞，却欢喜于山间景色。小说除了在开头借鲁智深之眼向读者展示五台山的雄奇与壮观，尚有两处情节写到他对自然风光的热爱。其一是在半山亭酒醉闹事之后。这一次鲁智深一连三四个月不敢走出寺门。一天天气暴热，他离了僧房，信步踱出山门外，"看着五台山，喝采一回"[4-66]。接着又为山下传来的叮叮当当的响声所诱惑，走下山去。第二处则在离开五台山前往东京大相国寺的途中——"因见山水秀丽，贪行了半日"[5-74]，以致错过了宿头，入夜后不得已借宿桃花庄上。

还有宋江。发配到江州，与戴宗相识以后，宋江便要去城外看江州的景致。后又邀请李逵加入，三人来到江边的琵琶亭酒馆观赏江景。"云外遥山耸翠，江边远水翻银"的浔阳江风光，便以宋江的视角展现在读者的面前。又过了几天，宋江进城找戴宗、李逵、张顺三人不遇，便一人走到城外，再次来到浔

① 水浒很少写雨，却一而再吟唱好汉们眼中的大雪，一如鲁迅所言："是的，那是孤独的雪，是死掉的雨，是雨的精魂。"见鲁迅《雪》，载《鲁迅全集》第二卷（北京：人民文学出版社，1981），第181页。

阳江畔。这一回独自登上了浔阳楼。在浔阳楼上，凭栏而望，蓦然生出一番感慨来——“我虽是犯罪远流到此，却也看了些真山真水。我那里虽有几座名山古迹，却无此等景致。”[39-511]

到第五十九回，宋江率众前往华州解救陷在城里的史进与鲁智深。于一更时分，宋江与吴用、花荣、秦明、朱仝等五位头领骑马来到华州城下，探查地形。远远看到西岳华山，宋江又一次油然而生出惊叹来——“好座名镇高山！”小说家再一次以宋江之眼，把华山的险峻与秀丽展现在读者面前。

再有张顺。平定方腊时，宋江攻打杭州，久攻不下。张顺决计从西湖的西陵桥下水，一路汊水到涌金门，再从水门潜入城里，以引领各路军马攻城。小说家因此写到西湖。除了引用苏东坡的两首诗外，还从书会写西湖景色的诗作里，选出《水调歌词》与《临江仙》两首，抄录于小说中，赞美西湖的好处。其笔下人物张顺也为西湖美景所震撼——

> 张顺来到西陵桥上，看了半晌。时当春暖，西湖水色拖蓝，四面山光叠翠。张顺看了道：“我身生在浔阳江上，大风巨浪，经了万千，何曾见这一湖好水！便死在这里，也做个快活鬼！”说罢，脱下布衫，放在桥下，……从水底下摸将过湖来。[94-1217]

就是李逵也不例外。李逵在沂岭为母亲找水喝，远远闻到溪涧里水的响声，便扒过两三处山脚，来到那涧边。李逵不由得惊诧于眼前的这“一溪好水”；小说家又赋诗一首，写这溪水的好处——“穿崖透壑不辞劳，远望方知出处高。溪涧岂能留得住，终归大海作波涛。”[43-573]

名山大岳，往往成为宗教圣地，龙虎山、五台山、华山、二仙山便是。通商要道上的江河湖泊，则常常是建城筑寨的首选地，自古便是权力网格的重要据点。而地处偏僻的山林与水泊，尽管景色非凡，却是权力网络难以到达的地方。人间的种种罪恶流落到此，潜伏、生长与繁衍。我们看瓦罐寺鲁智深与寺里老和尚的一段对话：

> 智深道："胡说！量他一个和尚，一个道人，做得甚事，却不去官府告他？"老和尚道："师父你不知，这里衙门又远，便是官军也禁不的他。这和尚、道人好生了得，都是杀人放火的人，如今向方丈后面一个去处安身。"智深道："这两个唤做甚么？"老和尚道："那和尚姓崔，法号道成，绰号生铁佛；道人姓丘，排行小乙，绰号飞天夜叉。这两个那里似个出家人，只是绿林中强贼一般，把这出家影占身体。"[6-88]

就在这家被破坏了的瓦罐寺里，鲁智深目睹假出家人崔道成与丘小乙的恶行。因肚里肌饿，日间走了许多路途，再加上孤身一人，恶的克星鲁智深竟败在这两人手里，被赶出了山门。山门外，鲁智深来到一个大林子里，满林子都是赤松树，赤松林便是——

> 虬枝错落，盘数千条赤脚老龙；怪影参差，立几万道红鳞巨蟒。远观却似判官须，近看宛如魔鬼发。谁将鲜血洒树梢，疑是朱砂铺树顶。[6-91]

鲁智深惊叹"好座猛恶林子"的同时，看到一个人在树影里探头探脑，猜着一定是一个剪径的强人。赶上去与他斗了数十回合，那人因为熟悉鲁智深声音，跳出圈子外来，自报家门，原来是走投无路在此剪径谋食的史进。

小说出现的又一座“猛恶林子”是野猪林：

> 层层如雨脚，郁郁似云头。杈枒如鸾凤之巢，屈曲似龙蛇之势。根盘地角，弯环有似蟒盘旋；影拂烟霄，高耸直教禽打捉。直饶胆硬心刚汉，也作魂飞魄散人。[8-118]

依小说里的说法，野猪林是“东京去沧州路上第一个险峻去处。宋时，这座林子内，但有冤仇的，使用些钱与公人，带到这里，不知结果了多少好汉在此处”[8-119]。事实上，防送林冲的两位端公董超、薛霸，已经收受陆虞候贿赂的十两金子。他们选在这个“大松林猛恶处”，要把林冲结果了，回去交差。

还有杨志押送金银担的黄泥冈——“山边茅草，乱丝丝攒遍地刀枪；满地石头，碜可可睡两行虎豹”[16-202]——也是一个险恶的去处。杨志告诫老都管说，“这里正是强人出没的去处，地名叫做黄泥冈。闲常太平时节，白日里兀自出来劫人，休道是这般光景，谁敢在这里停脚！”[16-203]杨志好言相劝，讲的都是实情。

又有武松砍杀王道人的蜈蚣岭。“弄风山鬼，向溪边侮弄樵夫；挥尾野狐，立岩下惊张猎户”，写的便是岭上的阴森可怕。飞天蜈蚣王道人占据林中一座坟庵，干起欺男霸女的勾当。

宋江遭劫的清风山更是让人胆战心惊——“伫立草坡，一望并无商旅店；行来山坳，周回尽是死尸坑。”[32-420]行走在东小路上的宋江踮了一条绊脚索，被捉翻上山，差点被取了心肝为三位大王做醒酒酸辣汤。

沂水县沂岭，老虎大虫出没，整三五个月没人敢行，正所谓“茅荆夹路，惊闻更鼓之声；古木悬崖，时见龙蛇之影”。李逵慌乱中背着老娘依小路到达岭上。李逵去找水喝的当儿,老娘不幸落入虎口。

集大成者,当然数梁山泊了——

山排巨浪,水接遥天。乱芦攒万万队刀枪,怪树列千千层剑戟。濠边鹿角,俱将骸骨攒成;寨内碗瓢,尽使骷髅做就。剥下人皮蒙战鼓,截来头发做缰绳。阻当官军,有无限断头港陌;遮拦盗贼,是许多绝径林峦。鹅卵石叠叠如山,苦竹枪森森如雨。战船来往,一周回埋伏有芦花;深港停藏,四壁下窝盘多草木。断金亭上愁云起,聚义厅前杀气生。[11—149]

这些猛恶的去处,于平常人定然望而却步;其绝妙的景色,在水浒好汉,却是心驰神往。

宋江来到清风山,看到这座高山生得古怪,树木稠密,便"心中欢喜,观之不足,贪走了几程,不曾问的宿头"[32—421]。武松夜走蜈蚣岭,亦陶醉于岭上风光——"见月从东边上来,照得岭上草木光辉。看那岭时,果然好座高岭。"[31—409]

戴宗来到饮马川,同样异常兴奋。饮马川,四围都是高山,中间一条驿路。如杨林所说,"因为山势秀丽,水绕峰环,以此唤做饮马川"[44—586]。后为邓飞与孟康引荐,戴、杨两人来到饮马川山寨,与寨主裴宣相见,五人大吹大擂饮酒。酒至半酣,又移去后山断金亭上看那饮马川景致吃酒。都赞叹好个饮马川——

一望茫茫野水,周回隐隐青山。几多老树映残霞,数片采云飘远岫。荒田寂寞,应无稚子看牛;古渡凄凉,那得奚人饮马。只好强人安寨栅,偏宜好汉

展旌旗。[44-589]

事实上，水浒好汉本身便是"妖魔"的化身。戴宗为饮马川一派山景所震撼，不自禁喝彩道："好山好水，真乃秀丽！你等二位如何来得到此？"邓飞说，原是几个不成材小厮们在这里屯扎，后被他们夺了这个去处。[44-589]众人听后"皆大笑"。这谈笑声何尝不向读者暗示了饮马川之美景背后的刀光剑影？

同样，晁盖与吴用、公孙胜、刘唐、三阮上梁山的翌日，王伦请众好汉到山南水寨亭上筵会。晁盖等七人同样陶醉于这水亭一带的景致：

> 四面水帘高卷，周回花压朱阑。满目香风，万朵芙蓉铺绿水；迎眸翠色，千枝荷叶绕芳塘。画檐外阴阴柳影，琐窗前细细松声。一行野鹭立滩头，数点沙鸥浮水面。盆中水浸，无非是沉李浮瓜；壶内馨香，盛贮着琼浆玉液。江山秀气聚亭台，明月清风自无价。[19-244]

这绝美景色的背后也暗藏杀机。各位好汉均身怀暗器，对于林冲火并王伦，以及晁盖夺得寨主的大位，充满信心。

表三　山

名称 / 人物	描写	回目 / 页码
龙虎山（洪太尉）	根盘地角，顶接天心。远观磨断乱云痕，近看平吞明月魄。高低不等谓之山，侧石通道谓之岫，孤岭崎岖谓之路，上面极平谓之顶，头圆下壮谓之峦，隐虎藏豹谓之穴，隐风隐云谓之岩，高人隐居谓之洞，有境有界谓之府，樵人出没谓之径，能通车马谓之道，流水有声谓之涧，古渡源头谓之溪，岩崖滴水谓之泉。左壁为掩，右壁为映。出的是云，纳的是雾。锥尖像小，崎峻似峭，悬空似险，削磏如平。千峰竞秀，万壑争流。瀑布斜飞，藤萝倒挂。虎啸时风生谷口，猿啼时月坠山腰。恰似青黛染成千块玉，碧纱笼罩万堆烟。	一（8）
五台山（鲁智深）	云遮峰顶，日转山腰。嵯峨仿佛接天关，崒嵂参差侵汉表。岩前花木，舞春风暗吐清香；洞口藤萝，披宿雨倒悬嫩线。飞云瀑布，银河影浸月光寒；峭壁苍松，铁角铃摇龙尾动。宜是由揉蓝染出，天生工积翠妆成。根盘直压三千丈，气势平吞四百州。	四（58）
二仙山（戴宗、李逵）	青山削翠，碧岫堆云。两崖分虎踞龙蟠，四面有猿啼鹤唳。朝看云封山顶，暮观日挂林梢。流水潺湲，涧内声声鸣玉珮；飞泉瀑布，洞中隐隐奏瑶琴。若非道侣修行，定有仙翁炼药。	五三（707）

续表

名称 人物	描写	回目 页码
华山 (宋江)	峰名仙掌,观隐云台。上连玉女洗头盆,下接天河分派水。乾坤皆秀,尖峰仿佛接云根;山岳惟尊,怪石巍峨侵斗柄。青如泼黛,碧若浮蓝。张僧繇妙笔画难成,李龙眠天机描不就。深沉洞府,月光飞万道金霞;崒嵂岩崖,日影动千条紫焰。傍人遥指,云池深内藕如船;故老传闻,玉井水中花十丈。巨灵神忿怒,劈开山顶逞神通;陈处士清高,结就茅庵来盹睡。千古传名推华岳,万年香火祀金天。	五九 (779)
呼鱼鼻山 (宋江)	四围巀嵲,八面玲珑。重重晓色映晴霞,沥沥琴声飞瀑布。溪涧中漱玉飞琼,石壁上堆蓝叠翠。白云洞口,紫藤高挂绿萝垂;碧玉峰前,丹桂悬崖青蔓袅。引子苍猿献果,呼群麋鹿衔花。千峰竞秀,夜深白鹤听仙经;万壑争流,风暖幽禽相对语。地僻红尘飞不到,山深车马几曾来。	八五 (1099)

表四　江河湖泊

名称／人物	描写	回目／页码
梁山泊（王伦、杜迁、林冲、朱贵、晁盖）	四面水帘高卷，周回花压朱阑。满目香风，万朵芙蓉铺绿水；迎眸翠色，千枝荷叶绕芳塘。画檐外阴阴柳影，琐窗前细细松声。一行野鹭立滩头，数点沙鸥浮水面。盆中水浸，无非是沉李浮瓜；壶内馨香，盛贮着琼浆玉液。江山秀气聚亭台，明月清风自无价。	十九（244）
浔阳江（宋江）	云外遥山耸翠，江边远水翻银。隐隐沙汀，飞起几行鸥鹭；悠悠别浦，撑回数只渔舟。红蓼滩头，白发公垂钓下钓；黄芦岸口，青髻童牧犊骑牛。翻翻雪浪拍长空，拂拂凉风吹水面。紫霄峰上接穹苍，琵琶亭畔临江岸。四围空阔，八面玲珑。栏杆影浸玻璃，窗外光浮玉壁。昔日乐天声价重，当年司马泪痕多。	三八（500）
长江（宋江等）	万里长江水似倾，重湖七泽共流行。滔滔骇浪应知险，渺渺洪涛谁不惊。千古战争思晋宋，三分割据想英灵。乾坤草昧生豪杰，搔动貔貅百万兵。	四一（543）
	此时正是七月尽天气，夜凉风静，月白江清，水影山光，上下一碧。昔日参寥子有首诗，题这江景，道是："惊涛滚滚烟波杳，月淡风清九江晓。欲从舟子问如何，但觉庐山眼中小。"	四一（543）

续表

名称/人物	描写	回目/页码
太湖（李俊、童威、童猛）	天连远水，水接遥天。高低水影无尘，上下天光一色。双双野鹭飞来，点破碧琉璃；两两轻鸥惊起，冲开青翡翠。春光淡荡，溶溶波皱鱼鳞；夏雨滂沱，滚滚浪翻银屋。秋蟾皎洁，金蛇游走波澜；冬雪纷飞，玉洞弥漫天地。混沌凿开元气窟，冯夷独占水晶宫。仙子时时飞宝剑，圣僧夜夜伏骊龙。	九三（1199）
	溶溶漾漾白鸥飞，绿净春深好染衣。南去北来人自老，夕阳常送钓船归。	
西湖（张顺）	三吴都会地，千古羡无穷。凿开混沌，何年涌出水晶宫。春路如描桃杏发，秋赏金菊芙蓉，夏宴鲜藕池中。柳影六桥明月，花香十里熏风。也宜晴，也宜雨，也宜风，冬景淡妆浓。王孙公子，亭台阁内，管弦中。北岭寒梅破玉，南屏九里苍松。四面青山叠翠，侵汉二高峰。疑是蓬莱景，分开第一重。	九四（1217）
	自古钱塘风景，西湖歌舞欢筵。游人终日玩花船，箫鼓夕阳不断。昭庆坛圣僧古迹，放生池千叶红莲。苏公堤红桃绿柳，林逋宅竹馆梅轩。雷峰塔上景萧然，清净慈门亭苑。三天竺晓霞低映，二高峰浓抹云烟。太子湾一泓秋水，佛国山翠蔼连绵。九里松青萝共翠，雨飞来龙井山边。西陵桥上水连天，六桥金线柳，缆住采莲船。断桥回首不堪观，一辈先人不见。	

续表

名称 / 人物	描写	回目 / 页码
西湖（宋江、戴宗）	有一万顷碧澄澄掩映琉璃，列三千面青娜娜参差翡翠。春风湖上，艳桃秾李如描；夏日池中，绿盖红莲似画。秋云涵茹，看南园嫩菊堆金；冬雪纷飞，观北岭寒梅破玉。九里松青烟细细，六桥水碧响泠泠。晓霞连映三天竺，暮云深锁二高峰。风生在猿呼洞口，雨飞来龙井山头。三贤堂畔，一条鳌背侵天；四圣观前，百丈祥云缭绕。苏公堤，东坡古迹；孤山路，和靖旧居。访友客投灵隐去，簪花人逐净慈来。平昔只闻三岛远，岂知湖上胜蓬莱。	九五（1221）
	湖上朱桥响画轮，溶溶春水浸春云。碧琉璃滑净无尘。当路游丝迎醉客，隔花黄鸟唤行人。日斜归去奈何春。	

表五　猛恶林子

名称 / 人物	描写	回目 / 页码
赤松林（鲁智深）	虬枝错落，盘数千条赤脚老龙；怪影参差，立几万道红鳞巨蟒。远观却似判官须，近看宛如魔鬼发。谁将鲜血洒树梢，疑是朱砂铺树顶。	六（91）

续表

名称／人物	描写	回目／页码
野猪林（林冲）	层层如雨脚，郁郁似云头。杈枒如鸾凤之巢，屈曲似龙蛇之势。根盘地角，弯环有似蟒盘旋；影拂烟霄，高耸直教禽打捉。直饶胆硬心刚汉，也作魂飞魄散人。	八（118）
梁山泊（林冲）	山排巨浪，水接遥天。乱芦攒万万队刀枪，怪树列千千层剑戟。濠边鹿角，俱将骸骨攒成；寨内碗瓢，尽使骷髅做就。剥下人皮蒙战鼓，截来头发做缰绳。阻当官军，有无限断头港陌；遮拦盗贼，是许多绝径林峦。鹅卵石叠叠如山，苦竹枪森森如雨。战船来往，一周回埋伏有芦花；深港停藏，四壁下窝盘多草木。断金亭上愁云起，聚义厅前杀气生。	十一（149）
黄泥冈（杨志）	顶上万株绿树，根头一派黄沙。嵯峨浑似老龙形，险峻但闻风雨响。山边茅草，乱丝丝攒遍地刀枪；满地石头，磣可可睡两行虎豹。休道西川蜀道险，须知此是太行山。	十六（202）
蜈蚣岭（武松）	高山峻岭，峭壁悬崖。石角棱层侵斗柄，树梢仿佛接云霄。烟岚堆里，时闻幽鸟闲啼；翡翠阴中，每听哀猿孤啸。弄风山鬼，向溪边侮弄樵夫；揮尾野狐，立岩下惊张猎户。好似峨嵋山顶过，浑如大庚岭头行。	三一（409）

续表

名称/人物	描写	回目/页码
清风山（宋江）	八面嵯峨，四围险峻。古怪乔松盘翠盖，杈枒老树挂藤萝。瀑布飞流，寒气逼人毛发冷；巅崖直下，清光射目梦魂惊。涧水时听，樵人斧响；峰峦倒卓，山鸟声哀。麋鹿成群，狐狸结党，穿荆棘往来跳跃，寻野食前后呼号。伫立草坡，一望并无商旅店；行来山坳，周回尽是死尸坑。若非佛祖修行处，定是强人打劫场。	三二（420）
对影山（宋江、花荣）	两边两座高山，一般形势，中间却是一条大阔驿路。	三五（455）
沂岭（李逵）	暮烟横远岫，宿雾锁奇峰。慈鸦撩乱投林，百鸟喧呼傍树。行行雁阵坠长空，飞入芦花；点点萤光明野径，偏依腐草。茅荆夹路，惊闻更鼓之声；古木悬崖，时见龙蛇之影。卷起金风飘败叶，吹来霜气布深山。	四三（573）
饮马川（戴宗、杨林）	一望茫茫野水，周回隐隐青山。几多老树映残霞，数片采云飘远岫。荒田寂寞，应无稚子看牛；古渡凄凉，那得奚人饮马。只好强人安寨栅，偏宜好汉展旌旗。	四四（589）
翠屏山（杨雄、石秀）	远如蓝靛，近若翠屏。涧边老桧摩云，岩上野花映日。漫漫青草，满目尽是荒坟；袅袅白杨，回首多应乱冢。一望并无闲寺院，崔嵬好似北邙山。	四六（618）

续表

名称/人物	描写	回目/页码
枯树山（李逵、焦挺、鲍旭）	满山枯树，遍地芦芽。	六七（886）

表六　早晚

时间/人物	描写	回目/页码
天色已晚（鲁智深）	山影深沉，槐阴渐没。绿杨影里，时闻鸟雀归林；红杏村中，每见牛羊入圈。落日带烟生碧雾，断霞映水散红光。溪边钓叟移舟去，野外村童跨犊归。	五（74）
天色又晚（林冲）	红轮低坠，玉镜将明。遥观樵子归来，近睹柴门半掩。僧投古寺，疏林穰穰鸦飞；客奔孤村，断岸嗷嗷犬吠。佳人秉烛归房，渔父收纶罢钓。唧唧乱蛩鸣腐草，纷纷宿鹭下莎汀。	八（117）
天亮（刘唐）	北斗初横，东方渐白。天涯曙色才分，海角残星暂落。金鸡三唱，唤佳人傅粉施朱；宝马频嘶，催行客争名竞利。牧童樵子离庄，牝牡牛羊出圈。几缕晓霞横碧汉，一轮红日上扶桑。	一四（179）

续表

时间／人物	描写	回目／页码
黄昏（武松）	十字街荧煌灯火，九曜寺香霭钟声。一轮明月挂青天，几点疏星明碧汉。六军营内，呜呜画角频吹；五鼓楼头，点点铜壶正滴。四边宿雾，昏昏罩舞榭歌台；三市寒烟，隐隐蔽绿窗朱户。两两佳人归绣幕，双双士子掩书帏。	三一（398）
黄昏（宋江）	暮烟迷远岫，寒雾锁长空。群星拱皓月争辉，绿水共青山斗碧。疏林古寺，数声钟韵悠扬；小浦渔舟，几点残灯明灭。枝上子规啼夜月，园中粉蝶宿花丛。	三七（480）

表七　四时

季节／人物	描写	回目／页码
酷热（杨志等）	热气蒸人，嚣尘扑面。万里乾坤如甑，一轮火伞当天。四野无云，风穾穾波翻海沸；千山灼焰，必剥剥石烈灰飞。空中鸟雀命将休，倒攧入树林深处；水底鱼龙鳞角脱，直钻入泥土窖里。直教石虎喘无休，便是铁人须汗落。	十六（202）
秋末宋家村（宋江、宋清）	柄柄芰荷枯，叶叶梧桐坠。蛩吟腐草中，雁落平沙地。细雨湿枫林，霜重寒天气。不是路行人，怎谙秋滋味。	二二（284）

续表

季节 人物	描写	回目 页码
雪 草料场 （林冲）	作阵成团空里下，这回忒杀堪怜。剡溪冻住子猷船。玉龙鳞甲舞，江海尽平填。宇宙楼台都压倒，长空飘絮飞绵。三千世界玉相连。冰交河北岸，冻了十馀年。	十 （137）
	广莫严风刮地，这雪儿下的正好。扯絮挦绵，裁几片大如栲栳。见林间竹屋茅茨，争些儿被他压倒。富室豪家，却言道压瘴犹嫌少。向的是兽炭红炉，穿的是绵衣絮袄。手捻梅花，唱道国家祥瑞，不念贫民些小。高卧有幽人，吟咏多诗草。	十 （138）
	凛凛严凝雾气昏，空中祥瑞降纷纷。须臾四野难分路，顷刻千山不见痕。银世界，玉乾坤，望中隐隐接昆仑。若还下到三更后，仿佛填平玉帝门。	十 （141）
雪 梁山泊 （林冲）	冬深正清冷，昏晦路行难。长空皎洁，争看莹净，埋没遥山。反复风翻絮粉，缤纷轻点林峦。清沁茶烟湿，平铺濮水船。楼台银压瓦，松壑玉龙蟠。苍松髯发皓，拱星攒，珊瑚圆。轻柯渺漠，汀滩孤艇，独钓雪漫漫。村墟情冷落，凄惨少欣欢。	十一 （146）

续表

季节/人物	描写	回目/页码
雪 阳谷县 (武松)	万里彤云密布,空中祥瑞飘帘。琼花片片舞前檐。剡溪当此际,冻住子猷船。顷刻楼台如玉,江山银色相连。飞琼撒粉漫遥天。当时吕蒙正,窑内叹无钱。	二四 (305)
雪	岂知一夜乾坤老,卷地风严雪正狂。隐隐林边排剑戟,森森竹里摆刀枪。六花为阵成机堑,万里铺银作战场。却似玉龙初斗罢,满天鳞甲乱飞扬。	六五 (857)
雪 扬子江 (张顺)	嘹唳冻云孤雁,盘旋枯木寒鸦。空中雪下似梨花,片片飘琼乱洒。玉压桥边酒旆,银铺渡口鱼艖。前村隐隐两三家,江上晚来堪画。	六五 (859)

4　节日、建筑与器物

遁入民间,好汉们亦获得了机会,于权力网络的缝隙,体验和分享风土民俗所蕴藏的意味与愉快。我们先看小说里写到的各种传统节日的盛筵。

小说第二回,史进邀请少华山三位头领朱武、陈达、杨春,中秋夜到史家庄宴饮及赏月。小说先细述了史进的准备工作——吩咐家中庄客,宰了一腔大羊,杀了百十个鸡鹅,准备下酒食筵宴。[2-38] 又插入词作一首,描写中秋夜月下宴饮的好处——

午夜初长，黄昏已半，一轮月挂如银。冰盘如昼，赏玩正宜人。清影十分圆满，桂花玉兔交馨。帘栊高卷，金杯频劝酒，欢笑贺升平。年年当此节，酩酊醉醺醺。莫辞终夕饮，银汉露华新。[2-38]

接下来写三位头领。他们离开山寨，只带了三五个喽啰做伴，不骑鞍马，悄悄步行下山，来到史家庄上。史进请三人来到后园。三位头领上坐，史进对席相陪。又叫庄客把前后庄门拴了。于是“一面饮酒，庄内庄客轮流把盏，一边割羊劝酒”。酒至数杯，东边推起一轮明月。小说又引词作一首，状写月色的明亮、透彻与普照——

桂花离海峤，云叶散天衢。彩霞照万里如银，素魄映千山似水。一轮爽垲，能分宇宙澄清；四海团圞，射映乾坤皎洁。影横旷野，惊独宿之乌鸦；光射平湖，照双栖之鸿雁。冰轮展出三千里，玉兔平吞四百州。

小说再次写中秋，是在武松被张都监取到家里，做了亲随体己人以后。此时小说家笔下的“中秋好景”又是另外一番光景——

玉露泠泠，金风淅淅。井畔梧桐落叶，池中菡萏成房。新雁初鸣，南楼上动人愁惨。寒蛩韵急，旅馆中孤客忧怀。舞风杨柳半摧残，带雨芙蓉逞妖艳。秋色平分催节序，月轮端正照山河。[30-388]

这一天，张都监在后堂深处安排筵宴，叫来武松与他的家人一起饮酒赏月。趁着月色，再加上张都监连珠箭劝酒，武松一开始就吃得半醉，之后便忘了礼数，只顾痛饮。其间，张都监又让貌美养娘玉兰，唱苏东坡吟咏中秋的名作《水调歌头》助兴，并于月下许诺，日后把玉兰嫁给武松做个妻室。武松尽管嘴上推辞，心里不免高兴，又豪饮了十数杯酒。月光下大醉而归。

宋江也有类似的经历。宋江到了花荣寨里，花荣每日使唤体己人，陪宋江到清风街上观看市井喧哗，村落宫观寺院，享用"闲走乐情"。

元宵节这一天，花荣职务在身，不能外出，便安排两三个亲随陪宋江上街看灯。伴随着明月从东边升起，元宵夜的"灯火"与"热闹"也开始登场——"玉漏铜壶且莫催，星桥火树彻明开。鳌山高耸青云上，何处游人不看来。"宋江与花荣家仆三人游玩到土地大王庙前，看小鳌山花灯。所谓"山石穿双龙戏水，云霞映独鹤朝天"，也是流连忘返。之后又到一个大墙院门首，看一伙舞鲍老的。"那跳鲍老的，身躯扭得村村势势的。宋江看了，呵呵大笑。"[33-432]这一声大笑却意外招致刘高太太的注意，以致被认出，暴露了身份。

节日是百姓情感在时间上的复述，建筑则是民众想象于空间上的聚集。小说里写到的大城市有北京与东京。

为赚得卢俊义上山，吴用与李逵分别装扮成算命先生与道童，来到北京城。两人远远望见城门，惊叹"端的好个北京"。不仅防守的军马摆得整齐，所谓"敌楼雄壮，缤纷杂采旗幡；堞道坦平，簇摆刀枪剑戟"。财货人物也确是繁华——"千百处舞榭歌台，数万座琳宫梵宇。东西院内，笙箫鼓乐喧天；南北店中，行货钱财满地。"[61-804]

图六　宋江夜看小鳌山

小说详尽描写东京的热闹景象，是在宋江私下进京看灯的时候。梁山泊座次排定以后，有一日，元宵节近，梁山泊兵马于路上劫获五架玉棚玲珑九华灯。宋江赏灯之余，对众头领说："我生长在山东，不曾到京师。闻知今上大张灯火，与民同乐，庆赏元宵，自冬至后，便造起灯，至今才完。我如今要和几个兄弟，私去看灯一遭便回。"吴用与众人苦谏不住。宋江领柴进、李逵、燕青、戴宗一道，来到东京万寿门外，找了一个客店住下。

柴进与燕青先一日进城探路。两人进得城来，便发现"果然好座东京去处！"小说引词作一首，先细述古都东京的历史，所谓"周公建国，毕公皋改作京师；两晋春秋，梁惠王称为魏国"。又铺陈当下京师的昌盛："金明池上三春柳，小苑城边四季花。十万里鱼龙变化之乡，四百座军州辐辏之地。"

到了十四日晚，宋江引一干人入城看灯。除了留下李逵看房，宋江与其他四人，杂在社火队里，取路哄入封丘门来。所谓"遍玩六街三市，果然夜暖风和，正好游戏"[72-941]。叙述间，小说家还备古乐府一篇，写"东京胜概"——

一自梁王，初分晋地，双鱼正照夷门。卧牛城阔，相接四边村。多少金明陈迹，上林苑花发三春。绿杨外溶溶汴水，千里接龙津。潘樊楼上酒，九重宫殿，凤阙天阍。东风外，笙歌嘹亮堪闻。御路上公卿宰相，天街畔帝子王孙。堪图画，山河社稷，千古汴京尊。[72-941]

大小城镇之外，不少著名楼台亭阁也在水浒故事里出现。譬如浔阳江畔的琵琶亭、浔阳楼。写前者，有曰："四围空阔，八面玲珑，栏杆影浸玻璃，窗外光浮玉壁。"[38-500]后者则是："雕檐映日，画栋飞云。碧阑干低接轩窗，翠帘幕高悬户牖。"[39-510]琵琶亭上，宋江与戴宗初识，两个“笑语说话取乐”。浔阳楼上，宋江独酌，酒醉间，挥毫写下“反诗”。

最雄伟的要数泰安州岱岳庙。所谓“庙居岱岳，山镇乾坤，为山岳之至尊，乃万神之领袖”[74-965]。也就在这家岳庙的献台上，燕青以一扑“鹁鸽旋”将任原攧到献台下。扬子江江心里还有一座金山寺。所谓“无边阁，看万里征帆；飞步亭，纳一天爽气。郭璞墓中龙吐浪，金山寺里鬼移灯”[91-1171]，写的正是宋江军马攻打润州的紧急时刻。

节日、建筑之外，还有器物。器物是民间智慧的结晶，是无名百姓的杰作。

徐宁的雁翎砌就锁子甲便是代表。汤隆介绍说，这副甲，披在身上，又轻又稳，刀剑箭矢急不能透，人都唤作赛唐猊。徐宁视这副甲为身家性命，用一个皮匣子盛着，直挂在卧房中梁上。祖宗留传下来，到徐宁手里，已经四代，都不曾有失。花儿王太尉出三万贯钱，也不曾卖与他。多少贵公子要求一见，造次不肯与人看。[56-741]也算一件民间的宝物。

奉旨去西岳降香的宿太尉，所带的御赐金铃吊挂乃东京内府作坊的高手匠人做成。“浑是七宝珍珠嵌造，中间点着碗红纱灯笼”[59-783]，平日里挂在圣帝殿上正中。不是内府降来，民间则难以见到。小说里描述了大家小心翼翼把金铃吊挂取出观看的过程。先是吴用佯装禀告，取来钥匙。开了锁，就香帛袋中取出金铃吊挂。再把条竹竿叉起让人看。还引词一首，所谓“浑金打就，五彩装成。双悬缨络金铃，上挂珠玑宝盖。黄罗密布，中间八爪玉龙盘；紫带低垂，外壁双飞金凤绕”[59-783]，详细描述了这金铃吊挂无与伦比的精美与珍贵。

第七十一回写到的玉棚玲珑九华灯，乃出自莱州灯匠之手。宋江部下掳抢上山来，被宋江取出挂在忠义堂上，“搭上四

边结带，上下通计九九八十一盏”。宋江放走承差公人及灯匠，唯独把这碗九华灯挂在晁天王孝堂内。[71-936]

宋江、卢俊义领得征讨方腊的圣旨，骑马出城来，在大市街上看到的胡敲，则是民间小物件了。这胡敲由一个汉子拿在手里，两条巧棒，中穿小索，以手牵动，便发出声来。宋江在马上作诗两首，以咏胡敲：

> 一声低了一声高，嘹亮声音透碧霄。空有许多雄气力，无人提处谩徒劳。
>
> 玲珑心地最虚鸣，此是良工巧制成。若是无人提挈处，到头终久没声名。[90-1166]

这两首诗既写胡敲，也抒写了宋江此时复杂的内心世界，且暗示了民间技艺的地位及命运。

第四讲

行动在大地上

1　饥饿

逃亡者的生命境界极高，生活的位置却被挤到最低处。逃亡路上，好汉们常常遭受饥饿的折磨。

我们先看鲁智深与史进的两次偶遇。第一次是在渭州。史进火烧庄院，只身逃到这里，只要寻找师傅王进。在一个无名小茶坊里，邂逅时任经略府提辖的鲁达。两人一见如故，手挽手要上街去吃杯酒。在路上，史进又认出在街上使枪棒卖药的打虎将李忠。三人一同来到州桥下的潘家酒店。在这家酒店里，听到金翠莲哭诉她与父亲的凄惨遭遇，鲁达便要筹钱救他们脱离郑屠的魔掌。

他自己先"去身边摸出五两来银子，放在桌上"。接着问史进借钱，史进"去包裹里取出一锭十两银子"。再向李忠借，李忠"去身边摸出二两来银子"。鲁达看了，见少，埋怨李忠"也是个不爽利的人"。只把十五两银子与了金老，要他父女俩拿去做盘缠。却把剩下的二两银子"丢还了李忠"[3-47]。为解救这两个素昧平生的被欺凌被侮辱者，鲁智深与史进，慷慨解囊，一展其仗义疏财的好汉胸襟。

第二次在赤松林相遇，情形便不同了。鲁智深闯入瓦罐寺，本来要为寺里的老和尚讨回公道。却因为劳累、饥饿、势单力薄，反被霸占寺院的假出家人崔道成、丘小乙合力打败。更要紧的是，随身包裹又落在了寺里的监斋使者面前。“路上又没一分盘缠，又是饥饿，如何是好？”[6-91]待要回去，又打不过那两人，只好望前走。不觉间来到赤松林，遇到了在林子里出没的史进。

史进说，鲁智深打死镇关西逃走后，他也离开了渭州，继续寻找师傅王进，直到延州，又寻不着。回到北京，住了几时，盘缠使尽，所以来到这里，试图靠剪径寻些盘缠。不想遇到了鲁智深。

史进知道鲁智深肚中饥饿，当即取出干肉烧饼与他吃。两人再返回瓦罐寺，于路上一起斗杀了那两个假扮出家人的真强徒。鲁智深从寺里取回自己的包裹。史进拿了两个强徒遗下的钱物。分别时，鲁智深又从包裹里取些金银，与了史进，两人得以继续逃亡路。

鲁智深以外，杨志也曾两度陷入身无分文的困境。杨志因失陷花石纲而逃走，丢了官职。后来罪责获得赦宥，便花钱收得一担钱物，来到东京枢密院，打通关节，试图恢复先前在殿司府的制使的职役。钱物使尽，方才得申文书，引去见殿帅高太尉。不想高俅看了从前的历事文书后大怒，一笔把文书批倒了，将杨志赶出殿司府来。杨志在客店里又住了几日，盘缠都用完了。只剩下祖上留下的一口宝刀。“如今事急无措，只得拿去街上货卖得千百贯钱钞，好做盘缠，投往他处安身。”[12-157]这便有了杨志卖刀的故事。

杨志再一次落难是在黄泥冈丢了生辰纲之后。杨志一行人中计被蒙翻在地。杨志吃的酒少，醒来后，知道中计，爬将起来，赶紧逃走。走了半夜，来到一个林子里。眼看又一次堕入了绝路——“盘缠又没了，举眼无个相识，却是怎地好！”[17-210]

天亮后又走了二十余里，看到一个酒店。腹中饥饿难忍，只好虚张声势在店里要酒要肉，吃饱了，便要走人，惹来与店主曹正的一场恶斗。

燕青也有同样的遭遇。卢俊义在刺配沙门岛的途中，被燕青放冷箭从薛霸的水火棍下救了出来。两人已经别无去处，决计逃往梁山泊避难。一开始，他们从两位被杀的公人身上搜出银两，来到一个小村店里，买食物充饥。不想却遭到店小二的告发，重伤在身的卢俊义随即被官府捉住。燕青从外面找吃的回来，看到做公的人多势众，自己又无军器，只好取路逃走，独自上梁山泊报信。行了半夜，"肚里又饥，身边又没一文"[62-830]，也是几近绝望。后来狭路相逢，遇到前来打探消息的杨雄、石秀，才摆脱饥饿，连夜上了梁山。

这是逃亡路上的情形。事实上，诸多潜在的逃亡者，本来便身陷穷困，生活在社会底层。比如阮氏三雄。阮氏兄弟打鱼为生。自从王伦等人聚集五七百人，占据梁山泊，打家劫舍，抢掳过往客人，他们就被绝了衣饭，已经一年多不敢去泊子里打鱼。而小五、小七两兄弟又嗜赌如命，常常输得精光。阮小二与吴用去找五哥吃酒，便找不到，只听阮家母亲说："鱼又不得打，连日去赌钱，输得没了分文，却才讨了我头上钗儿，出镇上赌去了。"接着阮小七在后船搭话说："哥哥正不知怎地，赌钱只是输，却不晦气。莫说哥哥不赢，我也输得赤条条地。"[15-187]

李逵也是如此。宋江一日到江州城去找李逵，也是找不到人。多人说："他是个没头神，又无住处，只在牢里安身。没地里的巡检，东边歇两日，西边歪几时，正不知他那里是住处。"[39-510]宋江最初见到李逵时，他便在向别人讹钱。宋江当即给了他十两银子，也被他拿到赌场上顷刻间输得精光。随后又在赌场使野，大打出手，抢掳赌伴的钱物。

石秀则靠卖柴度日。人都唤石秀作拼命三郎。自小学得些枪棒功夫在身,平生性直,路见不平,便要去相助。后来因随叔父来外乡贩羊马卖,不想叔父半途亡故,消折了本钱,还乡不得。所以流落在蓟州,以卖柴赚得收入。[44-592]

鼓上蚤时迁,偷听到杨雄、石秀讨论投奔梁山泊的计划时,他正在翠屏山盗掘古坟,以"觅两分东西"。他恳求杨、石两位带挈他一同入伙,因为在蓟州城里,干偷鸡盗狗的勾当,看不到前途。[46-621]

汤隆则是一名铁匠。汤隆引李逵到他屋里坐地,李逵便看见满屋的铁砧、铁锤、火炉、钳、凿等家伙。原来汤隆父亲便是打铁出身,也因为打铁被老种经略相公帐前叙用。父亲亡故后,因为贪赌,汤隆流落在江湖上。遇见李逵时,权且在武冈镇打铁维持生计。[54-719]

2 死亡的边缘

饥饿、穷困之外,水浒英雄常常行走在死亡线上。追求生命的境界者,不仅生活窘迫,生命亦受到威胁。实质上,他们都是幸存者。小说所能讲述的无非是逃亡途中的幸存者的故事。

逃亡者走到死亡的边缘有三种情形。

其一,逃亡前的被陷害。林冲便是最典型的例子。我们看发生在野猪林的一个吓人场景——

> 薛霸腰里解下索子来,把林冲连手带脚和枷紧紧的绑在树上。两个跳将起来,转过身来,拿起水火棍,看着林冲,说道:"不是俺要结果你,自是前日来时,有那陆虞候传着高太尉钧旨,教我两个到这里结

果你，立等金印回去回话。便多走的几日，也是死数。只今日就这里，倒作成我两个回去快些。休得要怨我弟兄两个，只是上司差遣，不由自己。你须精细着，明年今日是你周年。我等已限定日期，亦要早回话。”林冲见说，泪如雨下，便道：“上下！我与你二位，往日无仇，近日无冤。你二位如何救得小人，生死不忘。”董超道：“说甚么闲话！救你不得。”薛霸便提起水火棍来，望着林冲脑袋上劈将来。8—119

卢俊义也有同样的遭遇——

薛霸道：“莫要着你道儿，且等老爷缚一缚！”腰间解麻索下来，兜住卢俊义肚皮，去那松树上只一勒，反拽过脚来，绑在树上。薛霸对董超道：“大哥，你去林子外立着，若有人来撞着，咳嗽为号。”董超道：“兄弟，放手快些个。”薛霸道：“你放心去看着外面。”说罢，拿起水火棍，看着卢员外道：“你休怪我两个，你家主管李固，教我们路上结果你。便到沙门岛也是死，不如及早打发了，你阴司地府不要怨我们。明年今日，是你周年。”卢俊义听了，泪如雨下，低头受死。薛霸两只手拿起水火棍，望着卢员外脑门上劈将下来。62—828

小说甚至仍旧安排了董超、薛霸两个人物担任行凶者的角色。两个场景中人物的动作、语言、表情也几近重复。这无非暗示了，董超、薛霸一流的人物，只是恶势力的工具，作恶者的象征。他们如影随形，无处不在。林冲、卢俊义等正义之士，则常常被陷害、消灭在社会历史的黑暗处。

还有草料场林冲再次遭到陆谦、富安的暗算[10-140]；飞云浦武松被张都监追杀[30-396]；解珍、解宝被毛太公栽诬，押在登州死囚牢里[49-654]；柴进被迫蹲枯井躲避高廉施刑[54-725]；宋江、戴宗与卢俊义分别在江州与北京市曹十字路口候斩[40-531/62-833]。好汉们可谓死里逃生，出走逃亡路。

其二，逃亡路上因暴露身份而陷入险境。

宋江清风寨元宵节看舞鲍老的表演，忘情处呵呵大笑，被刘知寨老婆闻声在灯下认出，以致连累花荣，两人被黄信、刘高合力捕获，押送青州问罪。[33-439]好在从清风山经过时被燕顺、王英、郑天寿截住。[34-441]

李逵沂岭杀四虎，被尊为壮士，请到曹太公庄上吃酒。后被人群中李鬼老婆发现，并报告曹太公。曹太公施计把李逵灌醉，绑在板凳上。[43-577]也是在押解到县里治罪的路上，为朱富、朱贵兄弟救下。

鲁智深救史进，要去华州州衙里打死陷害史进的贺太守。走到州桥上，被打道回府正路过的贺太守在轿里发觉。贺太守设计把鲁智深诱捕到案，关押在死囚牢里。[59-777]宋江东平府借粮，史进自告奋勇要只身潜入东平府放火内应。他企图潜伏在城中昔日与他有染的妓女李瑞兰家里，不想却被李瑞兰家人首告，也被捉进了死囚牢。[69-907]鲁智深、史进两人，均由宋江的大队人马从死囚牢里救出。

第三种情形，便是落入了潜伏在荒林野店中的杀人越货者之手。

离开了权力网络的围困与压迫，同时也失去了权力网络的保护。最为典型，也为读者所熟悉的，要算菜园子张青与母夜叉孙二娘在孟州道十字坡的人肉买卖了。小说先以鲁智深之口，讲述了他来到十字坡于死亡边缘历险的经过——

来到孟州十字坡过，险些儿被个酒店里妇人害了性命，把洒家着蒙汗药麻翻了。得他的丈夫归来的早，见了洒家这般模样，又看了俺的禅杖、戒刀吃惊，连忙把解药救俺醒来。[17-214]

鲁智深的这一番经历，随后又被张青再一次复述：

原是延安府老种经略相公帐前提辖，姓鲁名达，为因三拳打死了一个镇关西，逃走上五台山落发为僧。因他脊梁上有花绣，江湖上都呼他做花和尚鲁智深，使一条浑铁禅杖，重六十来斤，也从这里经过。浑家见生得肥胖，酒里下了些蒙汗药，扛入在作坊里，正要动手开剥，小人恰好归来，见他那条禅杖非俗，却慌忙把解药救起来，结拜为兄。[27-364]

再有武松的亲身遭遇。武松血洗鸳鸯楼后，连夜逃走，藏身在一个树林子里的小古庙睡觉。还未合眼，就被庙外边探入的两把挠钩搭住，再一条绳索绑了，被拖进十字坡母夜叉的杀人作坊：

武松只不做声，由他们自说。行不到三五里路，早到一所草屋内，把武松推将进去。侧首一个小门里面，点着碗灯，四个男女将武松剥了衣裳，绑在亭柱上。武松看时，见灶边梁上，挂着两条人腿。武松自肚里寻思道："却撞在横死人手里，死得没了分晓！早知如此时，不若去孟州府里首告了，便吃一刀一

剐，却也留得一个清名于世。”[31-403]

可资对照的还有一个头陀的故事——

只可惜了一个头陀，长七八尺一条大汉，也把来麻坏了，小人归得迟了些个，已把他卸下四足。如今只留得一个箍头的铁戒尺，一领皂直裰，一张度牒在此。别的都不打紧，有两件物最难得：一件是一百单八颗人顶骨做成的数珠，一件是两把雪花镔铁打成的戒刀。想这头陀也自杀人不少，直到如今，那刀要便半夜里啸响。小人只恨道不曾救得这个人，心里常常忆念他。[27-364]

逃亡者落得头陀的命运，连名字也消失得无影无踪。只有如鲁智深、武松一般的幸存者，其人物与故事才得以流传。

小说除了写母夜叉的人肉店的恐怖，还讲述了宋江前后三次落入强盗之手的惊险。第一次是在清风山。与武松在瑞龙镇分手以后，宋江转身投东，来到清风山。约莫一更时分，在大林子里疾走，踊了小路上的一条绊脚索，被小喽啰一条麻索缚了，押到山上。

宋江只得叫苦。却早押到山寨里。宋江在火光下看时，四下里都是木栅，当中一座草厅，厅上放着三把虎皮交椅，后面有百十间草房。小喽啰把宋江捆做粽子相似，将来绑在将军柱上。有几个在厅上的小喽啰说道：“大王方才睡，且不要去报。等大王酒醒时，却请起来，剖这牛子心肝做醒酒汤，我们大家吃块新鲜肉。”宋江被绑在将军柱上，心里寻思道：

"我的造物只如此偃蹇！只为杀了一个烟花妇人，变出得如此之苦！谁想这把骨头却落在这里，断送了残生性命。"[32－421]

第二次已经到了揭阳岭。在催命判官李立的酒店里，宋江及两个防送公人被麻翻在地。随即被拖入"山崖边人肉作坊里，放在剥人凳上"，只等几个火家归来开剥。[36－474]第三次，则在浔阳江江面上，宋江要在吃"板刀面"，还是吃"馄饨"之间做出抉择——

那梢公睁着眼道："老爷和你耍甚鸟！若还要吃板刀面时，俺有一把泼风也似快刀在这艎板底下，我不消三刀五刀，我只一刀一个，都剁你三个人下水去。你若要吃馄饨时，你三个快脱了衣裳，都赤条条地跳下江里自死！"宋江听罢，扯定两个公人说道："却是苦也！正是福无双至，祸不单行！"[37－485]

除了宋江，水浒好汉里头，戴宗在朱贵酒店，亦曾被火家扛到杀人作坊里，等待开剥。[39－520]张顺则在扬子江上求得"囫囵死"[65－860]。小说家在第二十二回说："但凡客商在路，早晚安歇，有两件事免不得：吃癞碗，睡死人床。"[22－284]而事实上，水浒好汉常在生死之间往返。

图七　揭阳岭宋江逢李俊

3 是与非

置生死于度外，在逃亡路上，水浒英雄仍旧是强权与压迫的反抗者。

我们看鲁智深。打死镇关西，鲁智深只好逃走。已经逃走在路上，鲁智深并未改弦更张，重新做人，而是一如既往担当正义的使者、弱者的救星。事实上，鲁智深在整部小说里所留下的，便是一个行动者的足迹，一位言必信、行必果的侠客的典范。

鲁智深再一次仅凭自己的双手，伸张正义锄强扶弱，是在桃花村。从五台山文殊院前往东京大相国寺的途中，鲁智深来到桃花村借宿。村里财主刘太公这一日小女招夫，却满脸烦恼，让鲁智深大为不解。听刘太公讲完眼下这门不情愿的亲事的来龙去脉，鲁智深即刻提出要帮助刘太公阻止这门亲事。鲁智深仍旧只身一人，只是从前赤手空拳，现在手上多了一条禅杖与一把戒刀。而对手却从过去的单个的恶霸，变成了占山为王的一群强盗。

——智深听了道："原来如此！小僧有个道理，教他回心转意，不要娶你女儿如何？"[5-76]

——众人灯下打一看时，只见一个胖大和尚，赤条条不着一丝，骑翻大王在床面前打。[5-79]

——鲁智深把直裰脱了，拽扎起下面衣服，跨了戒刀，大踏步提了禅杖，出到打麦场上。[5-80]

——智深道："既然兄弟在此，刘太公这头亲事再也休题。他止有这个女儿，要养终身。不争被你把了去，教他老人家失所。"[5-82]

——智深道:“大丈夫作事,却休要翻悔。”周通折箭为誓。刘太公拜谢了,纳还金子段匹,自下山回庄去了。5－82

第三次是在瓦罐寺。鲁智深放下包裹,提一把禅杖,一面到处找食物,一面诘问到底是谁侵占与损坏了寺院。在桃花村,鲁智深仅听刘太公的倾诉,便判断出了事情的曲直。这一回听了双方的说辞,却难以分辨出是与非,以及被欺凌者与欺凌者来。直到生铁佛崔道成仗一条朴刀,赶到槐树下来抢他时,才确信老和尚所言不假。鲁智深大吼一声,抡起手中的禅杖,便与崔道成斗起来。后因丘道人的助阵,再加上腹中饥饿与连日的劳累,寺里寺外两次打斗,鲁智深都败下阵来,只好逃走——鲁智深并非常胜不败的将军,却是勇往直前的猛士。

第四次则是野猪林救林冲。鲁智深打听到林冲断配沧州,担心林冲路上遭人暗算,便一路跟了过来。而且于五更时分在野猪林等候。正当薛霸双手举起水火棍望林冲脑袋上劈下来时——

只见松树背后雷鸣也似一声,那条铁禅杖飞将来,把这水火棍一隔,丢去九霄云外,跳出一个胖大和尚来,喝道:“洒家在林子里听你多时!”9－121

这一次鲁智深开罪的却是权力金字塔塔尖上的人物高俅。大相国寺待不下去了,只好又逃走在江湖上,最终在二龙山落草。

小说里最后一次讲述的鲁智深不顾安危只身挑战强权的故事,是华州救史进。鲁智深上了梁山,便向宋江推荐,希望邀请曾在瓦罐寺救他于危难中的史进,入伙梁山泊。宋江便让武松与鲁智深一同前往少华山请史进。来到少华山下，小喽啰通报后，朱武、陈达、杨春三位头领都下山来迎客，唯独不见史进露面。鲁智深问起缘故，朱武说，待上山后再备细告诉。鲁智深却要朱武有话便说，即刻解释缘由。

于是小说的大故事里又生出一个小故事来。原来，在鲁智深来到少华山前的数日，史进下山撞见一个流配犯人。这个犯人本来是一名画匠，北京大名府人氏，叫王义。他带着女儿玉娇枝，来西岳华山金天圣帝庙内装画影壁。不想华州贺太守来庙里烧香，看见玉娇枝有些颜色，便要娶她为妾。王义不从，贺太守乃抢走他的女儿，又把王义刺配远恶军州，所以才打这里经过。史进听完王义的述冤，当即成为鲁智深第二，杀了两个防送公人，把王义救在山上。随后便要去府里刺杀贺太守，不料暴露了行踪，反被吃拿了监在牢里。

鲁智深听完朱武这一番叙述，便说："这撮鸟敢如此无礼，倒恁么利害。洒家与你结果了那厮！"上山后，在筵席间，又说："贺太守那厮好没道理！我明日与你去州里打死那厮罢。"朱武与武松出面劝阻。鲁智深便焦躁起来，说："都是你这般慢性的人，以此送了俺史家兄弟！你也休去梁山泊报知，看洒家去如何！"第二天，鲁智深"起个四更，提了禅杖，带了戒刀，径奔华州去了"。[58－774]结果被贺太守发觉，捉拿到案，押在死囚牢里。

如此不畏强暴、不堪凌霸的故事，史进救王义以外，还有杨志搠翻牛二，宋江怒杀阎婆惜，雷横枷劈白秀英，李逵拳打殷天锡，石秀长街上为杨雄解围等等，在小说里穿插。而最壮观者，莫过于武松醉打蒋门神了。武松赢了蒋门神之后的一番陈词，可谓奏出了水浒英雄乐章的最强音——

> 众位高邻都在这里。小人武松，自从阳谷县杀了人，配在这里，闻听得人说道：快活林这座酒店，原

是小施管营造的屋宇等项买卖，被这蒋门神倚势豪强，公然夺了，白白地占了他的衣饭。你众人休猜道是我的主人，我和他并无干涉。我从来只要打天下这等不明道德的人！我若路见不平，真乃拔刀相助，我便死了不怕！今日我本待把蒋家这厮一顿拳脚就打死，除了一害，且看你众高邻面上，权寄下这厮一条性命。则今晚便教他投外府去。若不离了此间，再撞见我时，景阳冈上大虫便是模样！[30－386]

4 真实不假

水浒好汉一面是强权与压迫的反抗者，一面又是奸佞的克星。反抗者与行动者如一面镜子，照出了一切魑魅魍魉的真实面目。

先看武松这一面的本事。潘金莲毒杀武大以后，假哭起来。说话人如是说——

看官听说，原来但凡世上妇人哭有三样哭：有泪有声谓之哭；有泪无声谓之泣；无泪有声谓之号。当下那妇人干号了半夜。[25－337]

接下来，潘金莲在人面前只是假哭。邻舍坊厢来吊问时，“那妇人虚掩着粉脸假哭”。众街坊问大郎的死因时，那婆娘回答完，“又哽哽咽咽假哭起来”[25－338]。何九叔来了，“只见武大老婆穿着些素淡衣裳从里面假哭出来”[25－339]。出殡日，“那妇人带上孝，一路上假哭养家人，来到城外化人场上，便教举火烧化”[26-342]。武松回来了。那妇人仍旧假哭——“慌忙去面盆里洗落了胭粉，拔去了首饰钗环，蓬松挽了髻儿，脱去了红裙绣袄，旋穿上孝裙孝衫，便从楼上哽哽咽咽假哭下来。”[26-344]

武松却要揭开这“假”之后的“真”来。

而事实上，掩盖恶行靠的却不仅仅是假哭。

其一，恶势力令社会良知噤声。武大捉奸被西门庆踢成重伤，不仅郓哥走了，“街坊邻舍都知道西门庆了得，谁敢来多管”。武大死了，“众邻居明知道此人死得不明”，也不敢多问。[25-338]专责处理死尸的何九叔，遭到西门庆的胁迫，殓尸时，急中生智，咬破舌头装死，以为自己脱去干系。

其二，谋杀者销毁证据易如反掌。也就是王婆所说的，武大死了，“便入在棺材里，扛出去烧了，有甚么鸟事！”[25-336]

其三，代表公权力的官府，平日里便与恶势力相勾结——“原来县吏都是与西门庆有首尾的”；到了办案，则收受贿赂，不但无人主持公道，相反都成了恶势力的保护者。

武松要做的第一件事，就是寻找证据。挑战“邪恶与权力”所构筑的强大网络，武松唯一所能倚仗的就是个人的气力与胆魄。一如西门庆所说：“苦也！我须知景阳冈上打虎的武都头，他是清河县第一个好汉。”[25-334]也正因此，头一天武松盘问潘金莲，不得要领，便去县里拿了一把“尖长柄短、背厚刃薄的解腕刀”带在身边。武松深信，唯有这把解腕尖刀，可以划开恶势力密实的保护网，从而获得武大被谋杀的真相。

第二天，武松继续盘问潘金莲。获得的唯一线索是，处理武大遗体的是本处团头何九叔。武松当即请何九叔到巷口酒店坐下。武松先只顾喝酒。酒已数杯，“武松揭起衣裳，飕地掣出把尖刀来插在桌子上”。武松对何九叔说：

> 小子粗疏，还晓得冤各有头，债各有主。你休惊

> 怕，只要实说，对我一一说知武大死的缘故，便不干涉你。我若伤了你，不是好汉。倘若有半句儿差错，我这口刀，立定教你身上添三四百个透明的窟窿！闲言不道，你只直说，我哥哥死的尸首是怎地模样？[26-347]

武松的到来也在何九叔的预料当中。何九叔知道，“武大有个兄弟，便是前日景阳冈上打虎的武都头，他是个杀人不斩眼的男子”[26-341]。在恶霸西门庆与好汉武松之间如何取舍，何九叔还颇费了一番思量。他一看到武大的遗体，便断定武大乃中毒身亡。倘当即向公众说出真相，就会得罪了西门庆；如果完全不作为，睁一只眼闭一只眼把武大胡乱殓了入棺，又怕武松归来时，不好交代。所以一开始，在看到死尸的当儿，他倒在地上装死，以为自己开脱。随后又听从他老婆的建议，做了两手准备。一面照西门庆的吩咐，“所殓的尸首，凡百事遮盖”；一面暗中收集武大被毒杀的证据，万一武松前来问罪便可应付。

在武松的解腕尖刀的威胁下，何九叔说出了殓尸时所目睹的真相——武大“七窍内有瘀血，唇口上有齿痕，系是生前中毒的尸首”。还交给武松一个袋子，里面装着西门庆所付的封口费十两银子，以及从火化现场捡来的两块酥黑骨头，作为大证见。

武松循线索再找到郓哥。郓哥一来年少，不谙世事，二来家中只有一个老父。武松给了他五两银子，为他解除了后顾之忧。从郓哥的口里，武松获知西门庆与潘金莲的奸情，以及西门庆把武大踢成重伤的事实。人证物证俱全，武松期待作为公权力的官府能够行使职权——捉拿嫌犯，挖掘案情，把凶手绳之以法。所以立即带上郓哥、何九叔，以及何九叔收集与保存的证据，一并到县厅告官。

第三天，武松到县厅催逼知县拘捕嫌犯、审理案情。不想知县与狱吏均收了西门庆的贿赂，不仅不批准武松所告，还把提交的物证，退还给了武松。武松无法可想，只好再一次求助于他的解腕尖刀。武松请来了王婆、四位邻居与潘金莲共六位，围坐吃酒。然后又掣出了那口尖刀来——

> 右手四指笼着刀靶，大母指按住掩心，两只圆彪彪怪眼睁起，道："诸位高邻在此，小人冤各有头，债各有主，只要众位做个证见！"[26-352]

此时这口尖刀的功能，其一，强征社会力量担任证人；其二，刑讯逼供，以进一步揭露案情；其三，私下行刑杀死了两位谋杀者。之后，武松再一次来到县厅首告。他一面把自己行凶的刀子与割下的两个人头放在阶下，以示为自己的凶杀行为负责；一面带来王婆、四位邻居、何九叔及郓哥，以让武大被毒杀的真相大白于天下。武松置生死于度外，奸佞者自然无处藏身。

相类似的故事在小说里重复。接下来的故事的主角乃拼命三郎石秀。① 石秀透露给杨雄潘巧云与裴如海的奸情的当晚，杨雄醉酒失言，走透了消息。潘巧云当即反坐石秀，说石秀连日来，引诱、调戏她，一天前还对她动手动脚。杨雄信以为真，大骂石秀"画龙画虎难画骨，知人知面不知心"[45-612]，把石秀从家里赶了出去。

石秀念及，若不揭出奸情，杨雄迟早会枉送了性命。为了留下证据，石秀也是仰仗一口防身的解腕尖刀以及这刀下的滥

---

① 施蛰存以填充文本缝隙的方式，写了一篇叫《石秀》的小说，既使得这个故事有了更广泛的读者，也可以看作是一个以故事来解释与挖掘故事的文学批评的尝试。见施蛰存《石秀》，载《施蛰存文集·十年创作集》（上海：华东师范大学出版社，1996），第172—211页。

杀。探得杨雄当牢的一个夜晚，石秀潜伏于杨雄家后门头巷内，于五更时分，先勒杀了前来通风报信的头陀，再搠死从杨雄家偷情出来的和尚海阇黎，剥光了两人的衣物。正是这头陀与和尚，留在民居巷口的两具赤身裸体的死尸，以及被石秀剥下来带在身边的他们两人的衣物，令潘巧云的奸情无从藏匿。[45—613]

除了奸情，还有邪祟。李逵大闹东京后，与燕青一块逃到四柳村狄太公庄上借宿。狄太公看到李逵绾着两个丫髻，面目生得又丑，尽管没有穿道袍，也以为他是一位有本事能捉鬼的师父。又听燕青说，这位师父是个跷蹊人，狄太公更是以之为神。待燕青说完，狄太公倒地便拜，请求师父救他。李逵问其中的缘故，狄太公说——

> 我家一百馀口，夫妻两个，嫡亲止有一个女儿，年二十馀岁。半年之前，着了一个邪祟：只在房中茶饭，并不出来讨吃。若还有人去叫他，砖石乱打出来，家中人多被他打伤了。累累请将法官来，也捉他不得。[73—950]

鲁智深当初答应桃花村刘太公，以说因缘劝强盗改变主意。李逵则许诺狄太公，他要施法术捉拿鬼祟。李逵说："我的法只是一样，都没甚么鸟符，身到房里，便揪出鬼来。"[73—950]而事实上，鲁智深有一条禅杖，一把戒刀，李逵则带了两把板斧。板斧到处，鬼神闪避，邪祟现身——

> 李逵道："你真个要我捉鬼？着人引我去你女儿房里去。"太公道："便是神道如今在房中，砖石乱打

出来，谁人敢去！”李逵拔两把板斧在手，叫人将火把远远照着。李逵大踏步直抢到房边，只见房内隐隐的有灯。李逵把眼看时，见一个后生搂着一个妇人，在那里说话。李逵一脚踢开了房门，斧到处，只见砍得火光爆散，霹雳交加。定睛一看时，原来把灯盏砍翻了。那后生却待要走，被李逵大喝一声，斧起处早把后生砍翻。[73—951]

四柳村李逵的无惧鬼神，正是桃花村鲁智深不畏强暴的呼应。

这样我们就能理解小说为何要安排一位叫李鬼的人物出场了。小说家的匠心，乃在写出李鬼的双层“假”来。

第一层，李鬼盗了李逵的大名，装扮成李逵的模样，学李逵使两把板斧，在山中剪径打劫，专挑单身客人下手。李逵以这位真李鬼、假李逵败坏了他的名声，又学他使两把板斧，所以要让李鬼真的吃一板斧。第二层，李逵要杀李鬼时，李鬼又骗李逵说，就是因为家里九十岁老母无人养赡，才不得已冒充李逵在山中剪径。而且也只是单提黑旋风的大名唬人，夺些单身客人的包裹行李，从来便没有害人。

听了李鬼这一番话，这位天杀星，也就是小说家所说的“杀人不眨眼的魔君”，立即改变了主意。他放下板斧来，嘱咐李鬼以后不要再冒充他，坏了他的名声。非但如此，还看在李鬼有孝顺之心的份上，与他十两银子做本钱，教他立即去改行干别的事业。

而事实上，李鬼说的全是假话。不但家中有位九十岁老母是一派胡言，而且还要恩将仇报，设计向正在家中吃饭的李逵狠下毒手。李逵听到李鬼夫妻的诡计，立即发作起来——“捉

图八　假李逵剪径劫单身

住李鬼，按翻在地，身边掣出腰刀，早割下头来。”[43－571]

“假李逵”以外，小说里紧接着又有一位“假宋江”落在了真李逵的手里。而且小说家同样在故事里叠起了两重的“真与假”来。所不同的是，小说这回揭示真假的矛头，对准的是梁山泊第一把交椅宋江。

离开四柳村以后，李逵与燕青又来到离荆门镇不远的一个大庄院借宿。庄院主刘太公，安排了李逵与燕青的食宿。李逵当夜未得酒喝，翻来覆去睡不着，又听得太公太婆一夜里哽哽咽咽的哭声，更是心焦，一夜未合眼。天亮后，李逵跳将起来，质问太公，家里何人夜哭，搅得人睡不着觉。太公回答说，他家女儿，年方十八岁，被人强夺走了。再问抢夺者是谁，太公说，抢人者乃梁山泊头领宋江，他有一百单八个好汉。

李逵立即的反应，便是要问罪宋江——

> 李逵道：“我且问你，他是几个来？”太公道：“两日前，他和一个小后生，各骑着一匹马来。”李逵便叫：“燕小乙哥，你来听这老儿说的话。俺哥哥原来口是心非，不是好人了也。”燕青道：“大哥莫要造次，定没这事。”李逵道：“他在东京兀自去李师师家去，到这里怕不做出来！”[73－953]

到了梁山泊，李逵更是直截了当。先到忠义堂，砍倒了杏黄旗，把“替天行道”四个字扯做粉碎。然后拿了双斧，抢上堂来，径奔宋江。

> 李逵道：“我闲常把你做好汉，你原来却是畜生！你做得这等好事！”宋江喝道：“你且听我说：我和三

二千军马回来，两匹马落路时，须瞒不得众人。若还得一个妇人，必然只在寨里，你却去我房里搜看！”李逵道：“哥哥，你说甚么鸟闲话！山寨里都是你手下的人，护你的多，那里不藏过了。我当初敬你是个不贪色欲的好汉，你原正是酒色之徒，杀了阎婆惜便是小样，去东京养李师师便是大样。你不要赖，早早把女儿送还老刘，倒有个商量。你若不把女儿还他时，我早做早杀了你，晚做晚杀了你。”73-954

接下来小说借李逵之手还了宋江一个清白，既展现了李逵的“求真问假”，无人可以例外的好汉境界；也暗示了“真实不假”乃水浒英雄一条基本的人生准则。①

小说也借宋江之口，专门称赞李逵的“真实不假”。江州琵琶亭上，戴宗抱怨李逵“全没些体面，羞辱杀人”时，宋江便说：“他生性憨的，如何教他改得！我到敬他真实不假。”38-501

事实上，李逵除了语言、行动上，求真辨假不含糊，情感上也完全不加掩饰。在梁山泊，看到宋江把家里的老父亲取上山来，其后公孙胜又收拾好行装要下山探望家里老母，李逵便在关下放声大哭。说：“干鸟气么！这个也去取爷，那个也去取娘，偏铁牛是土掘坑里钻出来的！”

宋江破辽奏凯归来，在东京城外驻扎。省院出榜禁止宋江军马入城。上元节至，燕青、乐和、李逵乔装打扮，混入京城，到

① 也正如“五湖老人”序《忠义水浒全传》的首句所说：“夫天地间真人不易得，而真书亦不易数觏。有真人而后一时有真面目，真知己；有真书而后千载有真事业，真文章。”转引自马蹄疾编《水浒资料汇编》（北京：中华书局，2004），第 9 页。张国风的《话说水浒》专辟一节曰：“抓住一个真字。”见张国风《话说水浒》（桂林：广西师范大学出版社，2009），第 134 页。

桑家瓦听人讲评话。说书人正讲到关云长刮骨疗毒的紧要关头——关公大笑道：大丈夫死生不惧，何况只手？不用铜柱铁环，只此便割何妨！随即又叫取出棋盘，与客对弈，伸起左臂，命华佗刮骨取毒，面不改色，对客谈笑自若。听到这里，李逵便完全忘记了自己的身份，在人丛中高叫起来——"这个正是好男子！"[90－1164]

李逵真可谓梁山好汉的一面旗帜。①

① 历史上不少评论者从这个角度看取李逵的好处。譬如，明代无名氏说："李逵者，梁山泊第一尊活佛也，为善为恶，彼俱无意。"见《梁山泊一百单八人优劣》，载《明容与堂刻水浒传》第一卷（上海：上海人民出版社，1973年影印本）。清代金人瑞的意见则是："李逵是上上人物，写得真是一片天真烂漫到底，看他意思，便是山泊中一百七人，无一个入得他眼。"见《读第五才子书法》，载《第五才子书施耐庵水浒传》（北京：中华书局，1975），第七页。

第五讲

愤怒的聚积与释放

1　叙事的动力

行动者又是愤怒者。愤怒的聚积与释放构成了各篇人物传记共享的情节结构，为小说的逃亡叙事提供了动力。① 小说常常不动声色，不着痕迹，让“愤怒”层层累积，逐渐加厚，为最终的爆发积聚能量。我们看“宋江怒杀阎婆惜”。

故事一开始仅铺垫了一层隐隐的怨愤。

宋江是因为王婆的游说，出于一片好心布施棺材与银两给阎家，才遭遇阎婆一流人物。后来阎婆找上门来，加上王婆极力撺掇，宋江又依允把阎婆惜娶为外宅。没半月时间，“打扮得阎婆惜满头珠翠，遍体金玉”。连阎婆也得到了若干头面衣服。真可谓“养的婆惜丰衣足食”[21-261]。

婆惜却与宋江的同房押司张文远勾搭成奸。本来，如小说所言，宋江只爱学使枪棒，于女色上不十分要紧。而婆惜正在妙龄之际，宋江便不能令她满意。与张文远搭识上以后，两人如胶似漆，夜去明来，阎婆惜就更加无半点儿情分放在宋江身

---

① 金人瑞说：“别一部书，看过一遍即休，独有《水浒传》，只是看不厌，无非为他把一百八个人性格，都写出来。”见《读第五才子书法》，载《第五才子书施耐庵水浒传》，第五页。我以为，“‘愤怒的聚积与释放’的情节安排”是《水浒传》让读者百读不厌的最主要的原因。

上。宋江来时,“只把言语伤他,全不兜揽他些个”。宋江便去得少了,半月十日去走一遭。

后来,阎婆惜与张文远的事,宋江也听到风声。宋江半信不信,也不放在心上,只是推故不再上门了。宋江虽一面宽慰自己,想着——婆惜“又不是我父母匹配的妻室,他若无心恋我,我没来由惹气做甚么”。另一面,内心里无疑埋下了一层怨愤。只是宋江并未想到要责难这一对忘恩负义的母女,他只想消极躲避,让事情不了了之。

宋江想躲避却不能。小说接下来写阎婆对宋江的纠缠,这纠缠让宋江的不悦又增添了三分。

阎婆纠缠的手法也可谓细密。宋江不去了,阎家母女断了衣食。一天晚间,阎婆竟然找到县前来了。阎婆先是好言好语相劝,说:“便是小贱人有些言语高低,伤触了押司,也看得老身薄面,自教训他与押司陪话。”[21-262]宋江只是不答应,说县里事务忙,摆拨不开。

阎婆便开始动手,把宋江衣袖扯住,且明确道出了事情的利害:“我娘儿两个下半世过活都靠着押司,外人说的闲是闲非都不要听他,押司自做个张主。”宋江也直说,要阎婆“不要缠”了,自己真的有事在身不能去。

阎婆看到就是动手亦不能奏效,便摊了牌威胁说:“这回错过,后次难逢。押司只得和老身去走一遭。”[21-263]宋江吃缠不过,只好答应,让阎婆放了手,便跟她去了。

进了门,阎婆帮在宋江身边坐下,宋江便脱不了身了。等宋江上了楼,阎婆又把楼上房门的屈戌扣上,宋江再也无法逃走。遭到阎婆的纠缠与算计,宋江内心里的不悦无疑又加剧了。到这一步,宋江的办法仍旧是伺机逃走了事。

接下来婆惜出场了。小说家开始逐层涂染婆惜对宋江的挑拨与刺激。

宋江先是默默忍受婆惜的言语伤害。

——那婆惜在床上应道:“这屋里不远,他不会来!他又不瞎,如何自不上来,直等我来迎接他。”
——宋江听了那婆娘说这几句,心里自有五分不自在。
——婆惜把手拓开,说那婆子:“你做甚么这般鸟乱,我又不曾做了歹事!他自不上门,教我怎地陪话!”
——宋江听了,也不做声。[21-265]
——婆惜道:“不把盏便怎地我!终不成飞剑来取了我头!”
——宋江低着头不做声。[21-265]

宋江对于婆惜的言语攻击,仍旧选择忍让。

到了夜里,宋江的愤怒开始在表情与言语中流露出来。

——当下宋江坐在杌子上,睃那婆娘时,复地叹口气。约莫也是二更天气,那婆娘不脱衣裳,便上床去,自倚了绣枕,扭过身,朝里壁自睡了。
——半个更次,听得婆惜在脚后冷笑。宋江心里气闷,如何睡得着。
——捱到五更,宋江起来,面桶里洗了脸,便穿了上盖衣裳,带了巾帻,口里骂道:“你这贼贱人好生无礼!”

——婆惜也不曾睡着，听得宋江骂时，扭过身回道："你不羞这脸！"宋江忿那口气，便下楼来。
——宋江出得门来，就拽上了。忿那口气没出处，一直要奔回下处来。[21-269]

宋江的愤怒郁积于心，不觉间还骂出了口。然而，就是婆惜回击他，宋江仍旧不想生出事来，他压抑住了内心里涌动着的愤怒，希望一走了之。

故事发生逆转是在婆惜捡到宋江遗下的銮带、招文袋以后。婆惜如获至宝，得意非常，以为机会来了。小说先让婆惜自言自语了一番。婆惜背义、贪婪的真面目也在她不经意的说笑间显露无遗。

——婆惜见了，笑道："黑三那厮吃喝不尽，忘了銮带在这里。老娘且捉了，把来与张三系。"
——婆惜笑道："天教我和张三买物事吃。这几日我见张三瘦了，我也正要买些东西和他将息。"
——婆惜道："好呀！我只道吊桶落在井里，原来也有井落在吊桶里。……原来你和梁山泊强贼通同往来，送一百两金子与你。且不要慌，老娘慢慢地消遣你！"[21-271]

接下来婆惜便要"慢慢消遣宋江"。小说不惜笔墨，细述这"消遣"的过程。宋江的愤怒也就在这消遣间，慢慢蓄积、压实；婆惜的奸诈、狠毒与放肆亦被逐层剥露出来。

消遣其一。宋江折返阎家，要找回他遗下的銮带、招文袋，婆惜非但不理不睬，还恶语相向，要给宋江一个下马威。宋江知道已经授人以柄，只好忍气吞声。

——宋江撞到房里，径去床头栏干上取时，却不见了。宋江心内自慌，只得忍了昨夜的气，把手去摇那妇人道："你看我日前的面，还我招文袋。"那婆惜假睡着，只不应。

——宋江又摇道："你不要急躁，我自明日与你陪话。"婆惜道："老娘正睡哩，是谁搅我？"

——宋江道："你晓的是我，假做甚么。"婆惜扭转身道："黑三，你说什么？"

——宋江道："你还了我招文袋。"婆惜道："你在那里交付与我手里，却来问我讨？"

——宋江道："忘了在你脚后小栏干上。这里又没人来，只是你收得。"婆惜道："呸！你不见鬼来！"

——宋江道："夜来是我不是了，明日与你陪话。你只还了我罢，休要作耍。"婆惜道："谁和你作耍，我不曾收得。"

消遣其二。婆惜含沙射影，转守为攻，要为接下来的胁迫制造声势。宋江只求息事宁人，不得不一再退让。

——只见那婆惜柳眉踢竖，星眼圆睁，说道："老娘拿是拿了，只是不还你。你使官府的人便拿我去做贼断。"宋江道："我须不曾冤你做贼。"

——婆惜道："可知老娘不是贼哩。"宋江见这话，心里越慌，便说道："我须不曾歹看承你娘儿两个。还了我罢，我要去干事。"

——婆惜道："闲常也只嗔老娘和张三有事，他有些不如你处，也不该一刀的罪犯，不强似你和打劫贼通同。”宋江道：“好姐姐，不要叫。邻舍听得，不是要处。”

——婆惜道：“你怕外人听得，你莫做不得！这封书老娘牢牢地收着，若要饶你时，只依我三件事便罢。”宋江道：“休说三件事，便是三十件事也依你。”21－272

消遣其三。婆惜的贪婪与狠毒显露无遗。宋江的忍让妥协几近极限。

婆惜提出要依她三件事。这与其说是三件事，不如说，是点燃了最后的三把火。把宋江与读者都推挤到了怒火喷发的边缘。

阎婆惜道：“第一件，你可从今日便将原典我的文书来还我，再写一纸任从我改嫁张三，并不敢再来争执的文书。”宋江道：“这个依得。”婆惜道：“第二件，我头上带的，我身上穿的，家里使用的，虽都是你办的，也委一纸文书，不许你日后来讨。”宋江道：“这个也依得。”阎婆道：“只怕你第三件依不得。”宋江道：“我已两件都依你，缘何这件依不得？”婆惜道：“有那梁山泊晁盖送与你的一百两金子，快把来与我，我便饶你这一场天字第一号官司，还你这招文袋里的款状。”宋江道：“那两件倒都依得。这一百两金子，果然送来与我，我不肯受他的，依前教他把了回去。若端的有时，双手便送与你。”

就是写这第三件事，小说家对阎婆惜的算计、贪婪又进行了一番渲染——

> 婆惜道："可知哩！常言道：公人见钱，如蝇子见血。他使人送金子与你，你岂有推了转去的，这话却似放屁！做公人的，那个猫儿不吃腥？阎罗王面前须没放回的鬼，你待瞒谁？便把这一百两金子与我，直得甚么！你怕是贼赃时，快熔过了与我。"宋江道："你也须知我是老实的人，不会说谎。你若不信，限我三日，我将家私变卖一百两金子与你。你还了我招文袋。"婆惜冷笑道："你这黑三倒乖，把我一似小孩儿般捉弄。我便先还了你招文袋这封书，歇三日却问你讨金子，正是棺材出了讨挽歌郎钱。我这里一手交钱，一手交货。你快把来，两相交割。"宋江道："果然不曾有这金子。"婆惜道："明朝到公厅上，你也说不曾有这金子？"[21-273]

宋江被逼到了忍无可忍的境地——"宋江听了公厅两字，怒气直起，那里按纳得住，睁着眼道：'你还也不还？'"到婆惜大叫"黑三郎杀人也！"，这一声大叫最后拉开了宋江愤怒爆发的闸门——

> 只这一声，提起宋江这个念头来，那一肚皮气正没出处。婆惜却叫第二声时，宋江左手早按住那婆娘，右手却早刀落，去那婆惜嗓子上只一勒，鲜血飞出，那妇人兀自吼哩。宋江怕他不死，再复一刀，那颗头伶伶仃仃落在枕头上。[21-274]

事实上，水浒人物愤怒的积聚与释放，就像起伏跌宕的浪涛,贯穿于小说的前七十回。其显著者,还有第三回鲁提辖拳打镇关西,第十回林冲杀死陆虞候,第十二回杨志搠翻牛二,第二十六回武松斗杀西门庆,第二十九回武松醉打蒋门神,第三十一回武松鸳鸯楼杀张都监,第四十五回石秀智杀裴如海,第五十一回雷横枷劈白秀英,第五十二回李逵打死殷天锡,第六十六回卢俊义捉拿李固,等等。这一情节结构的不断重复,构成了一条内在的情感线索,推动了小说情节的演进与发展。

2　恶的叠加

愤怒的聚积与释放的情节的主角是正义者。而与此相交织的另一情节线索,则是邪恶者恶的叠加与毁灭。

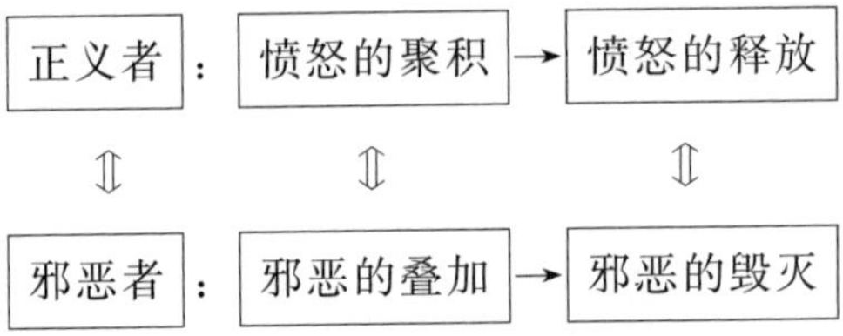

在“宋江怒杀阎婆惜”的故事单元里,正义者与邪恶者几乎面对面出现在情节中,愤怒的聚积与邪恶的叠加在阎家这一狭小的空间里同步演进,相互交织。

事实上,在阅读中,读者亦进入了角色。读者的情绪与正义者的步调相同。伴随着故事里正义者愤怒的聚积,阅读中读者也经历了一个相同的心理过程。正义者愤怒的释放,同样也是读者愤怒心理获得平息的时刻。而且,读者的愤怒的聚积与释放和邪恶者的作恶与毁灭亦紧密关联。在邪恶者的恶的叠加的过程中,读者的愤怒也随之增厚,甚至超出正义者之上。邪恶者被打败乃至被毁灭,让读者的愤怒得到彻底的释放。

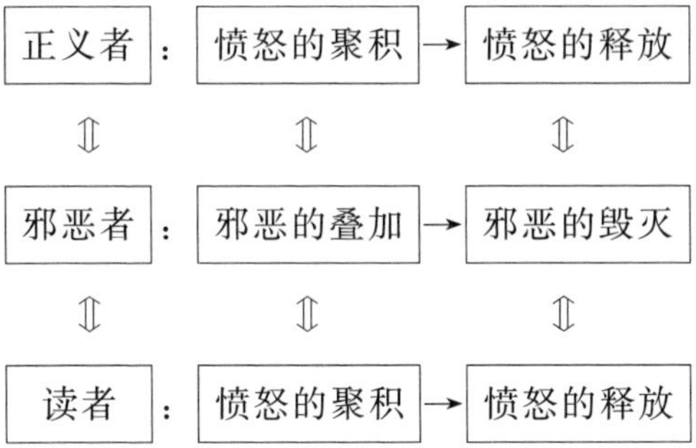

这样一个情绪结构的关系图，在“宋江怒杀阎婆惜”的故事里，表现得最为完满。正义者与邪恶者发生了面对面的交锋。读者不仅见证了邪恶者的恶的叠加，亦目睹了正义者对邪恶即时做出的回应。尽管作为正义者的宋江一味逃避、容忍、退让，让读者的愤怒在压抑中不断膨胀，读者多少可以在正义者的即时回应中得到抚慰，并且把惩恶的希望寄托在他们身上。

在小说的人物传记里头，并非所有的正义者与邪恶者在情节中都取了这同样的面对面的关系。小说常常安排邪恶者先行出场，让邪恶者的恶行发生在正义者的视野之外，有甚者读者成为邪恶者恶行的唯一见证人。在这样的情节安排下，失去了正义者的监督与约束，一方面，邪恶者的恶行肆无忌惮，小说家描写的手腕也得到尽情施展；另一方面，邪恶的叠加仅仅作用于读者，愤怒的聚积便集中在读者的身上，令读者压抑的情绪在正义者缺席的情景下急剧积压。

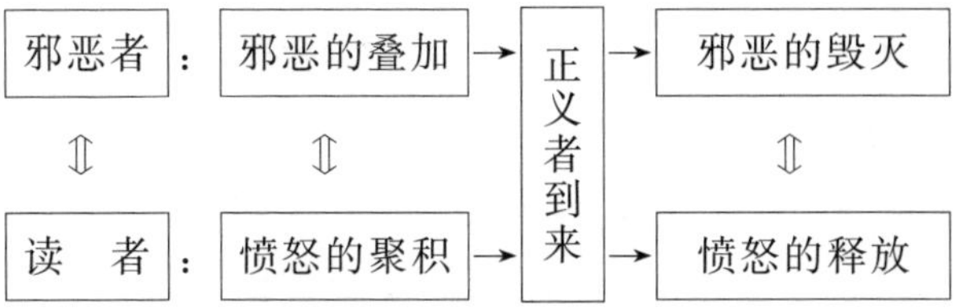

这样我们就可以梳理出小说里“王婆贪贿说风情”一回的叙事策略了。

故事的开头，武松与潘金莲之间也发生了一段面对面较量的故事。这一段故事的讲述沿用了“宋江怒杀阎婆惜”的结构手法：故事情节一波三折，却也层次分明。

小说先写潘金莲内心里生出的歪念头，以及对武松最初的言语撩拨。武松做了阳谷县都头，一日在县前闲玩，被武大认出，武大把武松请到紫石街的家里。潘金莲一见到武松，便动了坏心思，所谓“说他又未曾婚娶，何不叫他搬来我家住？不想这段因缘却在这里！”[24-302]武松搬来住以后，潘金莲“半夜里拾金宝”一般欢喜，常把些言语来挑逗武松。武松却不为所动。如小说家所言，武松是个直性的汉子，只把她当亲嫂嫂看待。

接下来潘金莲便要动手，她择了一个大雪天行事。先是一只手来捏武松的肩胛，武松只是内心里生出“五分不快意”，并没有应她。潘金莲再劈手来夺武松手里的火箸，武松也只是“有八分焦躁”，仍旧不作声。最后潘金莲摊了牌，对武松说，“你若有心，吃我这半盏儿残酒”。武松才睁起眼道：“武二是个顶天立地噙齿带发男子汉，不是那等败坏风俗没人伦的猪狗！”还警告潘金莲，“倘有些风吹草动”[24-307]，武松拳头必不认人。

潘金莲眼看勾引武松不能得逞，反过来就行诬陷与离间。武大回来，潘金莲说武松趁雪天里，看到前后没人，把言语来调戏她。武松无法，只好搬走。

最后是潘金莲的放肆与撒泼。武松要去东京办事，来与武大告别，同时也一并警告潘金莲，不要趁他外出，做出什么事情来。潘金莲恼羞成怒，说自己“是一个不带头巾男子汉，叮叮当当响的婆娘，拳头上立得人，胳膊上走的马，人面上行的人”[24-310]，还反过来质问武大，何以会跑出武松这样一位不明不白的弟弟来，时时教训她。

尽管如小说家所言，“金莲怀恨起风波”“气杀英雄小二哥”。邪恶者之恶仅仅冒出头来，正义者亦仅担当起最初的监督的责任。然而这一段情节的铺垫功能却十分显明——让即将缺席故事现场的正义者露面，也为接下来邪恶者的表演涂上了一层底色。

小说安排正义者离场，便给邪恶者腾出了空间。与“宋江怒杀阎婆惜”的故事里，阎婆惜一人担当起恶的角色不同，“王婆贪贿说风情”一回，潘金莲以外，还加入了西门庆、王婆两位人物，构成了一组邪恶三重唱。

小说先介绍西门庆。这西门大官人西门庆，“原来只是阳谷县一个破落户财主，就县前开着个生药铺；从小也是一个奸诈的人，使得些好拳棒；近来暴发迹，专在县里管些公事，与人放刁把滥，说事过钱，排陷官吏，因此满县人都饶让他些个”[24-313]。

小说家又有专门的一首长词讲王婆的好处。词的末两句曰：“甜言说诱，男如封涉也生心；软语调和，女似麻姑须动念。教唆得织女害相思，调弄得嫦娥寻配偶。”[24-315]也一如王婆向西门庆自我介绍时所说：“老身为头是做媒，又会做牙婆，也会抱腰，也会收小的，也会说风情，也会做马泊六。”[24-317]与西门庆一般，王婆也是一个“不依本分”的人。

三位邪恶者的故事，摆脱了正义者的监督与约束，又在密室里进行，其恶的编织与叠加的过程与细节，便纤毫毕露地展现在读者的眼下。

恶的叠加的第一层，便是王婆定计。西门庆撞见潘金莲的当天，前后三次踅进王婆的茶坊。第一次踅进来，西门庆打听到，潘金莲原来是武大的老婆。隔了大约两个时辰，西门庆“又踅将来王婆店门口帘边坐地，朝着武大门前”[24-314]。这一次，王婆为西门庆做了一个梅汤，“梅”去“媒”来，王婆提出要为西门庆做媒。到晚上点灯时分，西门庆“又踅将来，径去帘底下那座头上坐了，朝着武大门前只顾望”[24-315]。这一回王婆点一盏和合汤给西门庆吃。

第二天清早，还未开门，王婆便看到西门庆在门前两头来往踅。开得门来，西门庆“一径奔入茶房里来，水帘底下，望着武大门前帘子里坐了看”。离去后，西门庆又在门前，东来西去，走了七八遍，最后又“径踅入茶坊里来”。

小说细致地描写了西门庆五次踅进王婆的茶坊，又每次都是“笑了去”“又笑了去”的离开。这一进一出，都记在读者的心里。读者不禁要问，这位平日里的放刁把滥之徒，这一次到底会干出什么事来？

就在第五次踅进王婆茶坊时，西门庆在王婆的逗引下，道出了自己的心事。他说，“吃他（潘金莲）那日叉帘子时见了这一面，却似收了我三魂七魄的一般，只是没做个道理入脚处”[24-317]。他又问王婆会不会弄出手段来帮他。

这一问正中王婆下怀。事实上，王婆早就猜中了西门庆的心思，只是她知道，要从西门庆的手里谋得钱财，得让他自己上钩。这一下西门庆已经问起，王婆便自诩说，她平日里，专一靠做杂趁养口。说风情，做马泊六，正是她的本行。西门庆当即许下事成后送她十两银子的诺言。奔着这十两银子，王婆便要大显身手。一桩谋人妻子、坏人性命的勾当，便要在这两位贪鄙、奸诈的邪恶者之间展开。

王婆先说了“挨光”要成功须必备的五件事，也就是读者所熟悉的出自王婆之口的“潘、驴、邓、小、闲”。这与其说是王婆在算计取得成功的条件，不妨说王婆在揭皮，揭出邪恶者西门

图九　王婆贪贿说风情

庆一流的真面目。

接下来，小说家用了约两千字的篇幅，让王婆向西门庆讲述十件“捱光”事。每成一件事，获得一分光。十件事，环环相扣，天衣无缝。这一面见出王婆手段的细腻，经验的老到；一面又何尝不是在读者的内心里堆积仇恨与愤怒？当王婆的嘴里说出“这便有一分光了”“这光便有二分了”“这光便有三分了”……“若是他不做声时，此是十分光了”，读者的愤怒不也就应声而“一分怒”“两分怒”地增厚压实？

恶的叠加的第二层，便是王婆计成。情节完全按照王婆事先设计的剧本向前发展。第一日，得二分光。潘金莲答应了为王婆裁送终衣服，也愿意到王婆家里来做活。第二日，三分光成。潘金莲在王婆家裁衣服，吃了王婆安排的酒食点心。第四天，西门庆来了，潘金莲并未动身离去。四分光有了。邪恶三人剧也正式开演。

西门庆一进门，先赞潘金莲的针线，再夸武大郎的善良，潘金莲却来应答。五分光有了。之后，王婆要出门备办酒食供两人饮用，潘金莲口中反对，却并未动身离去。得六、七分光。王婆买酒归来，潘金莲与西门庆同桌饮酒。八分光有了。之后王婆又借口外出买酒，潘金莲口里虽说不用，却坐着不动身。于是房间里便只剩下西门庆与潘金莲两人。九分光有了。之后西门庆甚至依王婆的设计，“先假做把袖子在桌上拂落一双箸去，你只做去地下拾箸，将手去他脚上捏一捏”[24-320]。

“捱光”十件事，事事依王婆的计划，在小说里重演了一番，读者的愤怒同样也一分光一分怒地积压起来。

恶的叠加的第三层，便是武大的出场。西门庆与潘金莲勾搭上以后，每日在王婆家幽会，不到半月间，街坊邻舍都知道了，唯瞒着武大一人。郓哥撺掇武大捉奸，武大却反被潘金莲教唆西门庆一脚踢中心窝。因为西门庆了得，不仅武大不是对手，就是街坊邻居也不敢多问，他们与读者一同成了西门庆行凶的无能为力、毫无作为的见证者。

武大被踢以后，卧病在床。“要汤不见，要水不见，每日叫那妇人不应。又见他浓妆艳抹了出去，归来时便面颜红色。”武大这时想起了武二。武大对潘金莲说：“我的兄弟武二，你须得知他性格，倘或早晚归来，他肯干休！”[25－334] 事实上，和武大一样，读者也在期盼着武松早日归来。

恶的叠加的第四层。王婆再设计，潘金莲药鸩武大郎。武松还没有回来，王婆的毒计却出炉了——

> 如今武大不对你说道，教你看活他？你便把些小意儿贴恋他。他若问你讨药吃时，便把这砒霜调在心痛药里。待他一觉身动，你便把药灌将下去，却便走了起身。他若毒药转时，必然肠胃迸断，大叫一声，你却把被只一盖，都不要人听得。预先烧下一锅汤，煮着一条抹布。他若毒药发时，必然七窍内流血，口唇上有牙齿咬的痕迹。他若放了命，便揭起被来，却将煮的抹布一揩，都没了血迹，便入在棺材里，扛出去烧了，有甚么鸟事！[25－336]

这条毒计为了防武松而设计。所谓“一把火烧得干干净净的，没了踪迹。便是武松回来，待敢怎地？”[25－335] 武松没有回来，读者的心却被揪紧了。如同“捱光”十件事一般，这个毒杀四步曲，也在小说里重复。读者眼睁睁看着，邪恶三人组合计毒杀武大，且逍遥法外。武大死了，盼望着武松回来伸张正义的，唯有愤怒的积压已经达到极点的读者。

3 复仇者

倘若愤怒的聚积与释放在正义者与邪恶者面对面的较量中完成，这一方面要求作为正义的化身的好汉豪杰，担任被压迫、被凌辱的角色，另一方面邪恶者也必定是嚣张跋扈、肆无忌惮的人物。“宋江怒杀阎婆惜”不用说了，“杨志搠翻牛二”“雷横枷劈白秀英”“李逵打死殷天锡”都是显著的例子。

如果邪恶者的恶行发生在正义者的视野之外，有甚者唯有读者担当邪恶者恶行的见证人，在这样的情节里，正义者要么不在场，且邪恶者行恶的对象乃社会的弱者；要么由于邪恶者与权力系统合谋，正义者被拘禁，丧失了反抗能力。而邪恶者，则往往使出了奸诈阴险的手段。这一面的例子，“王婆贪贿说风情”以外，还有“高太尉计取林冲”“张都监诱捕武松”“黄文炳密谋宋江”“曹太公捉拿李逵”“毛太公诬陷双解”“李固首告卢俊义”等等。

这后一种情形，正义者或者正义力量的到来，便不仅仅意味着愤怒的释放，更重要的是正义者同时也变成了复仇者。报仇雪恨成为小说叙事的着力点。

我们看“张都监血溅鸳鸯楼”。这一回里头武松的杀人，历来是人们讨论《水浒传》滥杀的重要证据。事实上，小说家详述武松鸳鸯楼的杀戮行动，便旨在延展被压抑的愤怒的释放过程，让读者在时间的维度体味复仇的快意。如果说“王婆贪贿说风情”里面，王婆口中的一分光便意味着读者内心里积压一分怒，那么，这一回，武松每一次杀人，尽管殃及无辜，则对应着读者被压抑的情绪的一次解放，以及报仇雪恨得以实现的一分痛快。

蒋门神的两位徒弟与两位防送公人，被武松搠死在飞云浦以后，武松立于阔板桥上，寻思了半晌，“踌躇起来，怨恨冲天”，说：“不杀得张都监，如何出得这口恨气！”[31－398]

第一次，是杀后槽。一来要打通道路，扫清障碍；二来要杀人灭口，以防走漏风声让张都监跑了；第三，也清理出了一条逃路来。武松用絮被包了散碎银两，放入缠袋，挂在门边便是证据。

第二次，是厨房里的两个使女。厨房坐落在前往鸳鸯楼的通道上，杀人夺路也。

第三次，来到鸳鸯楼，先劈脸剁翻了蒋门神；再一刀齐耳根连脖子砍倒张都监；最后推倒张团练，也一刀剁下头来。武松蘸血在白粉壁上写下“杀人者，打虎武松也！”这一面展示了武松真实不假的好汉气概，一面也向读者宣告了正义者的在场，以及作恶者的最终走向毁灭。

第四次，乃张都监的两个自家亲随人。前日里这两人便参与捉拿武松。杀这两人，一来灭口，二来，也正好报仇雪恨。

第五次，轮到了张都监夫人。楼上出了人命，夫人哪能不知道？所以武松下楼来时，便听到夫人在问——“楼上怎地大惊小怪？”武松抢到房前，劈面门把她剁倒在地。一如武松所说：“一不做，二不休。杀了一百个，也只是一死。”再者，武松要掩藏行凶痕迹，以获得时间逃走。

第六次，这时武松夺来的腰刀已经砍缺，又到门外换取先时寄放的朴刀。再翻身进入楼来，看见唱曲的养娘玉兰，引着两个使女过来。玉兰乃引诱武松堕入陷阱的元凶。杀玉兰者，解恨也。其他两人也被搠死。这时武松走出中堂，把拴拴了前门。

第七次，杀了在房里找到的两三个妇女。武松复仇的火焰席卷了整座鸳鸯楼，一如小说里的诗句所言，“岂知天道能昭鉴，渍血横尸满画楼”。

在阅读中，读者作为正义的见证人，同样被卷进了愤怒的释放与复仇的实现的快意当中。

典型的复仇故事，还有“宋江智取无为军，张顺活捉黄文炳”。张顺一伙九人、晁盖带领的十七人，再加上宋江、戴宗、李逵，共二十九人，“白龙庙小聚会”以后，杀退江州军马，投穆太公庄上安歇。当日穆弘安排筵席，宋江在席间亲自吹响了复仇的号角——

> 小人宋江、戴院长，若无众好汉相救时，皆死于非命。今日之恩，深于沧海，如何报答得众位！只恨黄文炳那厮，无中生有，要害我们，这冤仇如何不报！怎地启请众位好汉，再做个天大人情，去打了无为军，杀得黄文炳那厮，也与宋江消了这口无穷之恨。[41—540]

五天后，被派往侦查的薛永从无为军带回侯健来见宋江。侯健除了告知黄文炳家在无为军的位置，还把黄文炳与他的哥哥黄文烨一恶一善作了对照——黄文炳“虽是罢闲通判，心里只要害人。胜如己者妒之，不如己者害之，只是行歹事，无为军都叫他做黄蜂刺”。相反，黄文烨“平生只是行善事，修桥补路，塑佛斋僧，扶危济困，救拔贫苦，那无为军城中都叫他黄佛子”。[41—541]听完侯健的汇报，宋江当即号召众弟兄为他报仇。一众好汉临战前宣誓道——

> 当以死向前。正要驱除这等赃滥奸恶之人，与哥哥报仇雪恨，当效死力！[41—542]

众好汉杀进黄文炳家里，把黄文炳一门内外大小四五十口尽皆杀了，唯独不见黄文炳。而黄文烨一家及城中百姓，则毫发未损。撤退的途中，张顺从江水中捉住了黄文炳。行刑前，宋江又当面宣判了黄文炳的受刑与他的作恶之间的关联——

> 黄文炳！你这厮！我与你往日无冤，近日无仇，你如何只要害我？三回五次，教唆蔡九知府杀我两个。……我知道无为军人民都叫你做黄蜂刺，我今日且替你拔了这个“刺”！[41-546]

到了割杀黄文炳的关头，李逵甚至还就他的酷刑慷慨陈词了一番——

> 你这厮在蔡九知府后堂，且会说黄道黑，拨置害人，无中生有撺掇他！今日你要快死，老爷却要你慢死！[41-547]

复仇的行为与表达的连接与对应，令复仇在时间的维度，层次分明，意义清晰。

4 恶的构成

“恶”是差异的产物。小说致力于建构出一个具有多重意义的“恶”来，这些意义便来自种种对照与分类。

第一组对照是“闲”与“勤”。小说里出现的第一位恶人高俅，便以帮闲的身份出场，所谓“只在东京城里城外帮闲”。因为帮一个生铁王员外儿子使钱，“每日三瓦两舍，风花雪月”，被告到官府。府尹把他断配出界发放，不许东京城里人民容他在家宿食。帮闲如高俅者，实为上层社会的寄生虫。相反，高俅最早要迫害的人物王进乃八十万禁军教头。王进逃离京师，一心要去延安府，便是因为老种经略镇守边庭，正是用人之际。而老种经略手下的军官，多有到京师来，不少人赏识王进的武艺，正好前往投奔。

小说里另一位恶人西门庆，自称王婆所说的"捱光"五件事他都有些。尤其是第五件事，他是"最有闲工夫"[24-317]。与之对照的则是每日上街挑卖炊饼的武大郎。武大郎早出晚归，勤奋持家，正是底层民众的普遍品格。

这一流帮闲人物时常成群结队，在小说故事里露面。比如东京岳庙里调戏林冲妻子的高衙内——"数个人拿着弹弓、吹筒、粘竿，都立在栏干边。胡梯上一个年小的后生，独自背立着，把林冲的娘子拦着。"[7-102]其中一位帮闲，人称干鸟头的富安，在人前便自称"小闲"。[7-104]

还有蓟州街头的"踢杀羊"张保。他领着七八个军汉——"都是城里城外时常讨闲钱使的破落户汉子"[44-590]——在大街上逛荡。看到杨雄赏赐得许多缎匹，便要抢走。横行高唐州的高廉的妻舅殷天锡的阵仗尤其盛大——

> 只见这殷天锡骑着一匹撺行的马，将引闲汉三二十人，手执弹弓、川弩、吹筒、气球、拈竿、乐器，城外游玩了一遭，带五七分酒，佯醉假颠，径来到柴皇城宅前，勒住马，叫里面管家的人出来说话。[52-693]

上层社会往往深居高墙大院里头，其日常生活处于普通百姓的视野之外。唯有这些寄生于上流人家的闲杂人物，横行乡里，招摇过市，让民众得以窥见统治阶层的荒淫与糜烂。

第二组对照是“强”与“弱”。最初也是最鲜明的例子，便是金老父女与郑屠。金老父女恐怕是世上最不幸、最弱势的人物了。正是这样一对弱者的组合，在小说里对照出一个恃强凌弱的恶霸来。

金老一家三口原本从东京来到渭州投奔亲眷，亲眷却搬到南京去了。住在客店里，母亲又染病身故。十八岁的女儿翠莲与六十岁的老父相依为命，生活没有着落。不想翠莲又被财主镇关西郑屠看上。镇关西先是强媒硬保，要娶翠莲为妾。之后又让翠莲签下虚钱实契的三千贯文书，强占翠莲在家里。不出三个月，翠莲被郑家大娘子赶打出来，却不被镇关西放过，他吩咐店主，追要原本金老父女没有得到半文的三千贯典身钱。父女俩无法可想，每日在酒楼里唱曲赶座子，得到的微薄赏钱大半被镇关西拿走。[3-46]

事实上，这位镇关西只是一个操刀屠户，他投托在小种经略相公门下，开了两间门面，两副肉案，手下十来个刀手，做着杀猪卖肉的买卖。他自称镇关西，横行街坊，干起了强骗勒索翠莲的勾当，只因他是一个惯常向弱者下手的破落户。

社会底层百姓常常生活在最基本的安全与生存保障的边缘。一旦遇到变故，便陷入贫困、饥饿的绝境。偏偏是这一群可怜人，成了“损不足以补有余”的破落户恶行肆虐的对象。

事实上，不仅仅是社会底层，其他各阶层人物，也常常成为更强势者欺凌的对象。比如流落东京街头的军官杨志。这便讲到了“牛二”。如小说家所言，牛二也是一位有名的“破落户泼皮”。他形貌生得粗丑，“面目依稀似鬼，身材仿佛如人”，专在街上撒泼行凶撞闹，官府也治他不了，满城人看见他，都直呼大虫来了，四处躲开。

杨志遇到这位黑凛凛大汉的时候，可谓落魄到了极点。带到东京的金银财物都使尽了，只得到了高俅一顿怒骂，文书被一笔批倒，随即被赶出殿司府来。住在客店里，又没了盘缠，只好把祖上留下的宝刀拿到街上货卖，希望能换取千百贯钱钞做盘缠，以投他处安身。卖刀当日，在马行街内立了两个时辰，没有一人过问。再转到天汉州桥时，便遇到牛二，牛二吃得半醉，一步一颠过来。

满街人都躲开了，桥上只有卖刀的杨志，牛二自然不会放过。他先要杨志试刀，“砍铜剁铁”“吹毛得过”，杨志都为他试了。接着牛二便要杨志拿刀杀人，必须杀人而不是杀一条狗，以验证“杀人刀上无血”。杨志说做不到。牛二便逼进一步，质问杨志：“你敢杀我？”杨志说没来由杀他。牛二又进一步，揪住杨志说：“我鳖鸟买你这口刀。”杨志要他付钱，牛二说没钱。杨志不给他刀，牛二又要杨志剁他一刀。杨志大怒，把牛二推了一跤。牛二爬起来，钻入杨志怀里。一面说：“你说我打你，便打杀直甚么”，一面挥起右手，来打杨志。杨志一时性起，一刀把牛二搠翻在地。[12-159]

像牛二一流的人物，还有当街抢夺杨雄物事的“踢杀羊”张保，公然要霸占柴皇城花园的“殷直阁”殷天锡，等等。

恃强凌弱的集大成者当属蒋门神蒋忠。蒋忠既有九尺来长身材，江湖上起他一个诨名，叫作蒋门神。又有一身好本事，相扑尤其了得，自称天下无敌。另外，他跟着本营内张团练来到这里，后台实力雄厚。蒋门神一来，便夺走了施恩在快活林的道路。施恩开始不让，被蒋门神一顿拳脚打了，两个月起不得床。

而施恩早先能在快活林开酒肉店，一来倚仗他自身的本事，再者牢城营里有八九十个弃命囚徒相帮。又如老管营所说，“愚男原在快活林中做些买卖，非为贪财好利，实是壮观孟州，增添豪杰气象。不期今被蒋门神倚势豪强，公然夺了这个

图十　汴京城杨志卖刀

去处”[29-377]。可以想见，蒋门神不仅强夺了施恩在快活林每月三二百两银子的稳当收入，也灭了施恩在江湖上的威风。

正因此，武松打败蒋门神后，除勒令他把强夺来的一应家伙什物，交还原主施恩；还要蒋门神央请快活林为头为脑的英雄豪杰，都来与施恩陪话，以重塑施恩的威信。可以想见，弱肉强食、暴力掠夺渗透到了社会的各个领域。

第三组对照是“贪婪”与“本分”。恶者贪婪。贪婪第一要数阎婆惜。阎婆惜得了紫罗銮带、一条金子，并不罢休，又以梁山书信胁迫宋江答应她三件事。第一件事改嫁张三，宋江答应了；第二件事不再来讨还之前给她的所有财物，宋江也答应了；婆惜又不依不饶提出第三件事，要宋江把信中所说的一百两金子给她。宋江解释说，他并没有收受这一百两金子，婆惜不相信；宋江答应事后变卖家私凑积一百两金子给她，婆惜仍旧不答应，直到丧命于无可阻挡的贪婪之下。

相反，宋江却多少算得上一个本分的人。刘唐送来一百两黄金，宋江仅愿收下一条。宋江推辞说，一来晁盖等人初到山寨，正需要金银使用；二来自己家里现在还可以维持，倘日后缺了盘缠再教兄弟去取不迟。风传婆惜与自己的同房押司张文远勾搭成奸，宋江不愿追究。被阎婆纠缠到婆惜的楼上，任由婆惜尖酸言语伤人，宋江也没有计较，只是一心想脱身了事。最后被逼无奈，犯下杀人命案。

小说另一组承载着贪婪与本分的对照的人物乃潘金莲与武大。正如小说家所言，“原来这妇人见武大身材短矮，人物猥獕，不会风流，这婆娘倒诸般好，为头的爱偷汉子”。相反，“武大是个懦弱依本分的人”[24-301]。潘金莲过门以后，在清河县武大常招人轻侮，便搬到阳谷县来躲避是非。到了阳谷县不期遇见武松，武大把武松接到家里来。潘金莲便打起了武松的主意，设计撩拨勾引。武松不为所动，潘金莲便反诬武松，把武松赶出家门。与西门庆勾搭成奸以后，唆使西门庆把前来捉奸的武大踢成重伤，后又合计下毒杀死武大，以达到与西门庆长做夫妻的目的。

这一节故事里面，与潘金莲相辉映的角色还有贪图贿赂的王婆。王婆为了十两银子，替西门庆"捱光"潘金莲出谋划策，牵线搭桥。计成后，王婆又佯装捉奸，胁迫潘金莲每日来她家里与西门庆厮会。之后便每天为西门庆与潘金莲的幽会，提供场地，望风报信。直至设计谋害武大，王婆无所不用其极。她唯一的目的则在从西门庆那里谋得财物。

贪婪如薛霸与董超者则连接着小说的开头与结尾。一开始是押解林冲，陆虞候奉高太尉钧旨，送给他们俩十两金子，吩咐出了东京，找一个险恶林子，把林冲结果了，揭取林冲脸上金印回来表证。这一回，两人多少是受人胁迫——高太尉传令，不得不依。所以当他们在野猪林行凶时，林冲从鲁智深的禅杖下，救下两人的命来。

第二回，则到了北京，两人押送卢俊义。李固送来了两锭大银，指使他们在北京城外结果卢俊义的性命，也要揭取脸上金印回来表证。还许诺事成之后，每人再送五十两蒜条金。也就在向卢俊义下毒手的瞬间，两人一前一后被燕青快箭射杀。[62-829]

还有假扮李逵之李鬼也是被贪婪的品性送入死地。他遇到真李逵时，先是编了一个家有九十岁老母的谎话，不但骗得了李逵的怜悯，令李逵斧下留人，而且还得到了李逵赠予他做本钱的一锭银子。李鬼回到家里，看到李逵正在寻找食物，竟然又生出歹心来。他与妻子密谋，要毒杀李逵，夺取他手里余下的金银，以致最终死在李逵手里。

第四组对照是“欺诈”与“诚实”。最早在小说故事里出现的欺诈者是陆虞候。富安要讨好高衙内，为高衙内献计谋取林冲妻子。他想到的可以利用的人物，乃高衙内的心腹陆虞候陆谦。因为陆虞候“与林冲最好”。陆虞候被高衙内召来商量计策时，便“顾不得朋友交情”，只为衙内喜欢，应允担任富安诡计中的诱骗者角色——利用林冲夫妇对他的信任，先出面引开林冲，再派人骗林冲妻子来到自己家里就范。也正如事后林冲所言——“叵耐这陆谦畜生，我和你如兄若弟，你也来骗我！”[7-106]

相反，林冲却是一位老实人，也因此屡次上当。第一回陆虞候把他骗了，利用的是他平日里看重朋友交情。第二回，富安与陆谦让他再中圈套，持刀误入节堂，则是基于对他为人诚实、缺少心计的品格的估算。

武松遭张都监陷害，正与林冲误入白虎堂相呼应。李逵被曹太公灌醉后拿下，也是中了曹太公的奸计。年轻气盛的解珍、解宝兄弟，同样为毛太公一家设计陷在牢里，所谓“解氏深机捕获，毛家巧计牢笼”[49-653]便是。卢俊义从梁山泊脱身，回到北京，他不听燕青的劝阻，也不信燕青所说的李固与他的妻子的奸情，执意回家，以致惨遭李固的毒手。如同林冲、武松与李逵，卢俊义也承载了一段同样的诚实者栽在了欺诈者手里的情节。

小说里欺诈者常常与几类社会身份相关联。其一类便是娼妓。阎婆惜、潘巧云不用说了，东平府首告史进的李瑞兰，还引出吴用的一番感慨来——

> 常言道：娼妓之家，讳“者扯丐漏走”五个字。得便熟闲，迎新送旧，陷了多少才人。更兼水性，无定准之意，纵有恩情，也难出虔婆之手。此人今去，必然吃亏。[69-907]

其二类是使女。潘金莲便是使女出身。一如小说所叙述，“武松是个直性的汉子，只把做亲嫂嫂相待，谁知那妇人是个使女出身，惯会小意儿，亦不想那妇人一片引人的心”[24-303]。张都监派使女玉兰来笼络、引诱武松，原因也在这里。潘巧云的使女迎儿，小说家则给了一个奴才的称谓。所谓“自古道：人家女使，谓之奴才，但得了些小便宜，如何不随顺了，天大之事也都做了”[45-608]。并引诗一首，说这奴才的坏处——

送暖偷寒起祸胎，坏家端的是奴才。请看当日红娘事，却把莺莺哄得来。[45-608]

其三类乃和尚、道人。瓦罐寺的和尚生铁佛崔道成、道人飞天夜叉丘小乙，算是假冒的了。这一僧一道，如绿林中强贼一般，把寺里和尚赶走，占着瓦罐寺，掳来一妇女养着，每天吃酒吃肉，干着杀人放火的勾当。又有蜈蚣岭的飞天蜈蚣王道人，以善习阴阳，能识风水，骗取张太公的信任。后杀死张太公夫妇以及儿子媳妇，强骗张太公女儿在张家祖上坟庵里住着。[32-411]更有甚者，乃报恩寺“老诚的和尚”裴如海。所谓“那和尚光溜溜一双贼眼，只睃趁施主娇娘；这秃驴美甘甘满口甜言，专说诱丧家少妇”[45-598]。小说还引苏东坡所言——“不秃不毒，不毒不秃；转秃转毒，转毒转秃”——来描述这和尚的两面人生。[45-600]

第五组对照是“官”与“民”。如第一讲所述，邪恶者向权力网络聚集，正义者却被驱逐到江湖世界。恶者往往与官场勾结。高俅以外，还可以列举出西门庆、黄文炳、曹太公、毛太公等人来。西门庆，又叫“西门大官人”，“近来暴发迹，专在县里管些公事，与人放刁把滥，说事过钱，排陷官吏，因此满县人都饶让他些个”[24-313]。

依侯健的说法，黄文炳“虽是罢闲通判，心里只要害人。胜如己者妒之，不如己者害之，只是行歹事，无为军都叫他做黄蜂刺”[41-541]。由于江州蔡九知府是当朝蔡太师的儿子，所以黄文炳常过江来谒访知府，指望他引荐出职，再欲做官。黄文炳正是前往蔡家送礼的当日，因府里公宴，不敢进去，才转往浔阳楼闲玩，读到了宋江的题诗。次日，黄文炳向蔡九知府告发宋江写反诗，之后又先后向蔡九知府献言，揭露宋江与戴宗的计谋，也意在获得升擢高任的资本。

曹太公“原是闲吏，专一在乡放刁把滥，近来暴有几贯浮财，只是为人行短”[43-576]。听说杀虎者张大胆，乃官府出三千贯赏钱追捕的逃犯李逵，便立即要定计捉拿，以解去县里请功。陷害解家兄弟的毛太公亦有一女婿在州里担任六案孔目。正是通过这位孔目，毛家打通了知府的关节，以至不加审讯，便把二解屈打成招，钉在大牢里。[49-654]

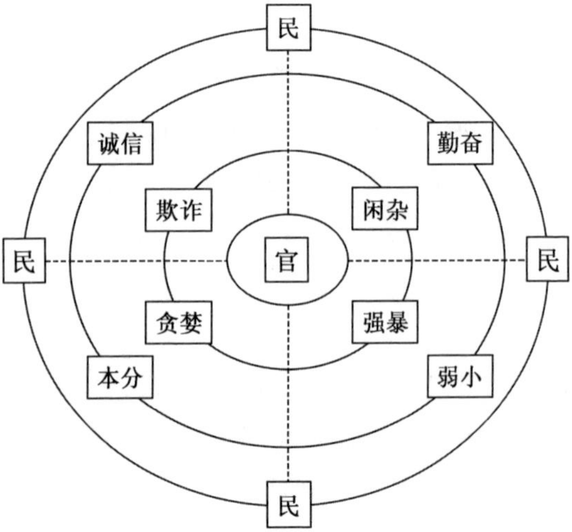

第六讲

智与趣

1　智取贪婪

邪恶占据了社会的中心，主宰着社会心理的建构与维护；正义则被遮蔽、压抑，放逐到社会的边缘。正义者以血与肉的反抗，摆脱邪恶的围困，走上逃亡路。他们一面获得了明是非、辨真假、报仇雪恨的机会，一面也为其生命——智与趣——的伸展开辟了舞台。事实上，邪恶者控制了权力、财富，内心世界却堕入卑下，生命空间几近干涸。这正与逃亡者生命的飞扬形成鲜明的对照。

我们看"吴用智取生辰纲"。小说先写梁中书一家在后堂庆赏端午的盛况——"食烹异品，果献时新。弦管笙簧，奏一派声清韵美；绮罗珠翠，摆两行舞女歌儿。"[13-171] 真可谓奢华富贵之至。然而，也就在梁中书"消遣壶中闲日月，遨游身外醉乾坤"之幸福时刻，蔡夫人却大煞风景地问道："相公自从出身，今日为一统帅，掌握国家重任，这功名富贵从何而来？"实际上，这个身份渊源的疑问，并非蔡夫人偶然记起，于梁中书也当萦绕在心。梁中书回答说："世杰自幼读书，颇知经史。人非草木，岂不知泰山之恩，提携之力，感激不尽。"[13-171]

梁中书能够在权力网络中取得重要位置，乃因他的岳父——当朝蔡太师蔡京——的提携。梁中书与蔡太师之间的权力关系，缘自两人自然的翁婿关系。但是这一自然关系必须时时加以维护，才足以保障梁中书在权力网络中的位置的稳定。这一来为经史所暗示，大家都不敢违背；二来也出于报恩——表达服从与依附的需要。梁中书借以维护这一关系的手段，便是使钱十万贯收买金珠宝贝，送到京师为蔡太师庆寿。

事实上，为了维护在权力网络中的位置或者得到晋升，这一手段为权力者所常用。武松担任阳谷县都头时，便被知县差遣监押一担金银前往东京。知县到任阳谷两年半多，"赚得好些金银，欲待要使人送上东京去与亲眷处收贮，恐到京师转除他处时要使用"[24-309]。只是与梁中书所送的生辰纲需十辆太平车子来装载相比，这位知县仅一辆车子便已足够。

曾在军中担任制使的杨志也干过同样的勾当。他为了补制使的职役，也收得一担钱物，自己担着往东京到枢密府买上告下，打点关节。[12-157]

权力的获得与连接所倚仗的媒介乃物质的利益而不是其他。物质成为权力者之间感情与身份维系的基本手段。物质珍贵如金珠宝贝者，既难以掩藏，又十分笨重，流通起来路途艰险，且须耗以时日。这便成为水浒时代权力网络维护与交通的一个难题。

梁中书一年前已经送出十万贯金珠宝贝，上东京与他丈人蔡太师庆生辰。只是在半路上不知被谁人打劫了去，至今还没有侦查到下落。今年梁中书又收买了十万贯金珠宝贝，就要启程。[14-178]

十万贯金珠本身便是贪婪与掠夺的产物。去年送丢了，今年再送，更见其贪婪之至。权力的维护与交通，便成了贪婪的演武场。这贪婪沿着权力之网四处蔓延。一如阮小五所言，

"如今那官司,一处处动撣便害百姓。但一声下乡村来,倒先把好百姓家养的猪羊鸡鹅,尽都吃了,又要盘缠打发他"[15-190]。还有阮小七接下来补充的——"我虽然不打得大鱼,也省了若干科差。"[15-190]

而梁中书对杨志接受押送金银担任务的奖励,便是他三番五次许诺的"太师跟前重重保你"[16-198/199],也就是让杨志获得进入权力系统的机会。贪婪的流通与传递之任务的承担者,其所获得的回报仍旧是贪婪与掠夺的权力。

沿着权力之网,和贪婪与掠夺共同生长的,还有猜忌与自大。梁中书让杨志委一纸领状,监押生辰纲赴京,却又安排奶公谢都管与两个虞候随行监督。老都管尽管在梁中书面前,答应一路上早起晚行住歇都听从杨志安排,上了路,却不以杨志为然。一来,他是太师府里的奶公,内心里瞧不起遭刺配的军人杨志;其二,老都管自以为见多识广,四川、两广都去过,杨志所谓路途的艰险在他眼中便只是危言耸听。杨志提醒说如今比不上太平时节,还招来老都管的一番恐吓:"你说这话该剜口割舌,今日天下怎地不太平?"[16-204]

而且,卑怯与贪婪为邻。生辰纲被劫以后,老都管便与一众军汉商议,把责任全部推在杨志身上。说杨志与强人做一路,用蒙汗药将他们麻翻,缚了手脚,将金宝都掳去了。[17-210]

本来梁中书筹划中的押送队伍,包括十辆太平车子,与十个负责监押的厢禁军。每辆车上还要插一把黄旗,上面写着"献贺太师生辰纲",且安排军健跟随其后。杨志反对这样做。他的理由是,去东京,全是旱路,途中好几处有强人出没,如此张扬,必遭劫杀。

梁中书便提议多派军校护送,杨志仍旧认为不可行。他说就是差五百人去,也不济事。因为"这厮们一声听得强人来时,都是先走了的"[16-199]。这也应了阮小五所说,梁山泊被强人占了以后，“那捕盗官司的人，那里敢下乡村来。若是那上司官员差他们缉捕人来，都吓得尿屎齐流，怎敢正眼儿看他”[15-190]。

所以只好依杨志的建议，弃用车子，把礼物装做十余条担子，装点成客商货物的样子，由十个壮健厢禁军打扮成脚夫挑着。杨志自己也打扮成客人模样。如此掩人耳目，悄悄送往东京。

相反，谋取生辰纲者，尽管也是为了“物”而行动，其行动却闪耀着正义的色彩——他们所谋的物，乃“不义之财”。也是因为这样一面正义的旗帜，这个七人小组鬼使神差般聚集到了一起。

最先来到晁家庄的是刘唐。刘唐与晁盖素昧平生，所谓“有缘千里来相会，无缘对面不相逢”。他拜见晁盖，献上这一套宝贵，却也理直气壮——“小弟想此是一套不义之财，取而何碍！便可商议个道理，去半路上取了，天理知之，也不为罪。”[14-178]晁盖向吴用介绍不速之客刘唐，又重复了这一说法，所谓“此等不义之财，取之何碍！”

而且刘唐的到来，还应了晁盖前一天晚上的一个“星照本屋”之梦——“北斗七星，直坠在我屋脊上，斗柄上另有一颗小星，化道白光去了。”[14-182]待吴用劝说阮氏三弟兄加盟，也是同样的慷慨说辞，所谓“取此一套富贵，不义之财，大家图个一世快活”[15-192]。

这之后公孙胜不期而至，就在他对晁盖说“这北京生辰纲是不义之财，取之何碍”[16-196]之时，小说安排吴用从外面抢将进来，把公孙胜吓得面如土色。而公孙胜的说法是，“此一套富贵，不可错过！古人有云：当取不取，过后莫悔”[15-195]——伸张正义甚至为他们的行动增添了紧迫感。

还不仅仅如此。事实上，他们深谙，七星聚义，不只是谋取不义之财，更重要的是挑战权力之网的连接与传递。刘唐便有备而来。他说："小弟不才，颇也学得本事，休道三五个汉子，便是一二千军马队中，拿条枪也不惧他。"[14-178]

而阮小二的誓言是："晁保正敢有件奢遮的私商买卖，有心要带挈我们，以定是烦老兄来。若还端的有这事，我三个若舍不得性命相帮他时，残酒为誓，教我们都遭横事，恶病临身，死于非命。"阮小五和阮小七的陈词尤为简洁，他们手拍着脖项说："这腔热血，只要卖与识货的！"[15-192]

之后，晁盖、刘唐、吴用、三阮等六人，在晁盖家后院又立下誓言："梁中书在北京害民，诈得钱物，却把去东京与蔡太师庆生辰，此一等正是不义之财。我等六人中，但有私意者，天地诛灭，神明鉴察。"[15-193]七星聚义，还聚集了一腔一往无前、视死如归的好汉气概。

这就有了两个阵营的对决。一面是权力者，他们贪婪、猜忌、卑怯，胆小如鼠；一面的小百姓，则仗义、赤诚、勇敢，无所畏惧。

对决的处所，便在权力网络最薄弱的节点。事实上，杨志押送的金银担本身便是权力之间的连接物。只是他们所连接的两端是权力的聚集地，而途经的黄泥冈却处于权力延伸的最末端。事实上，这些权力连接物的运载者，也同样是权力压迫的对象——他们必须扮成客人与脚夫；到了人家渐少，行客又稀的"尴尬去处"，还得正热里赶路，又是在火热的天气里。不仅如此，他们还不得不与权力网络之外的民间社会保持距离。来到黄泥冈，这支押送队伍，几乎被逼进了绝境——失去权力保护的忧惧，酷热的难耐，疲劳，饥渴，一切都到了极致。

相反，这个地方却是小百姓的天下。金银担的到来为他们带来了一个捉弄权力、表演才智的绝好机会。他们的策略便是，把押送者们所处的绝境推向更深处。

你看，他们从阴暗处走来——“只见松林里影着一个人在那里舒头探脑价望。”权力的阴暗处的一切都是对权力的威胁。这无疑加深了押送者们的恐惧。杨志连忙撇下抽打军汉的藤条，拿了朴刀，赶入松林里来。

到了松林里，杨志看到的却只是七个贩枣子的客人——他们有七辆江州车子；个个都脱得赤条条的；而且他们也害怕歹人打劫，自称一路上说着“我七个只有些枣子，别无甚财赋”，以求让路贼放过。这七个由“真的歹人”所扮演的“假的客人”，展现出了“真实的小百姓”的做派。尽管这并没有让杨志彻底放松对他们的警惕，他们的“客人”的身份一时却不被杨志怀疑。甚至杨志对他们还多少萌生了同为天涯沦落人的同情。

接着出场的是“卖酒的汉子”。他挑着一桶酒，唱着歌上冈子来。歌词里说，“赤日炎炎似火烧，野田禾稻半枯焦。农夫心内如汤煮，楼上王孙把扇摇”。这一担桶酒，一首歌，不仅充斥着对金银担的运送者们的讽刺与嘲弄，更重要的是，又一次加剧了他们的困境。老都管与众军汉本来接近权力，都是聚集在“楼上王孙”身边的人物，现在非但不能“把扇摇”，相反只能如“农夫”一般，“心内如汤煮”。

杨志知道他们打扮成了“假的”小百姓的模样，真实身份却是权力连接物的运载者，必须对“小百姓”保持警惕——他自己既没有从七个枣贩那里“请几个枣子”，也决不允许“军汉们”胡乱买酒吃。他甚至当着酒贩的面挑明，“多少好汉，被蒙汗药麻翻了”，以让军汉们警醒。

相反，“野田”里的“农夫”，却逍遥自在，自得其乐。一面嘴里说着——“既是他们疑心，且卖一桶与我们吃”，一面立即付诸行动——七个人立在桶边，开了桶盖，轮替换着舀那酒吃，把枣子过口，无一时，一桶酒都吃尽了。而且，这七位“客人”还与卖酒汉子打闹了起来。他们喝完了一桶酒，又要汉子送一瓢酒吃。趁一人付钱之际，便有一位“客人”从剩下的一桶酒里舀了一瓢吃了。

金银担的运送者们眼看着被逼入更深的困境——剩下的一桶酒很快就会被吃掉，他们的饥渴却越加厉害了。只是这困境的恶化突然被阻止——第二个“客人”从林子里赶来再舀出一瓢酒时，被卖酒汉子把酒抢回倒入了桶里。这是困境中人所盼望的时刻，也就在这最后一步——第二瓢酒被抢回倒入桶里——圈套的关键一环最终完成。

“倒也，倒也！”伴随着所处困境的彻底解除，金银担的运送者们纷纷倒了下去。权力的连接又一次被切断。正义者的智慧在贪婪者空虚的躯壳上空尽情飞舞。①

2　闲耍威福

权力网络的维护，一面依靠掩藏起来的物质利益的连接与传递，一面又借助于公开与虚饰的威福的展示与实践。“威福”符号化，表现于服饰装束、空间位置及相应的仪式与规范。倘付诸实践，则担负着权力的威慑与暗示功能。无论是在符号领域，或者实践处所，威福的基础乃权力网络。权力网络受到威胁，或者被削弱，威福就会摇摇欲坠，有甚者，威风扫地，露出其虚饰夸大的本来面目。

小说第一回，殿前太尉洪信作为天使，赍擎御书丹诏，前往

① 也有研究者从社会学的角度探讨“智取生辰纲”的“不义”与“危害”。比如，周思源《从生辰纲下落谈〈水浒传〉》，收入傅光明主编《插图本品读水浒传》（济南：山东画报出版社，2005），第197—203页；刘再复《双典批判》（北京：生活·读书·新知三联书店，2010），第33—39页。

江西信州龙虎山，宣请张天师进京，祈禳瘟疫。洪太尉是权力的承载者与传递者，一路上看上去也是威风凛凛。来到江西信州，"大小官员出郭迎接"。第二天，"众位官同送太尉到于龙虎山下，只见上清宫许多道众，鸣钟击鼓，香花灯烛，幢幡宝盖，一派仙乐，都下山来迎接丹诏，直至上清宫前下马"[1-6]。

上了龙虎山，事情就发生了变化。其一，太尉上山正逢权力网络受到威胁之时，所谓"目今天灾盛行，军民涂炭，日夕不能聊生，人遭缧绁之厄"[1-6]。其二，上清宫地处权力的边缘，张天师更是不受约束——"虽在山顶，其实道行非常，清高自在，倦惹凡尘，能驾雾兴云，踪迹不定，未尝下山。"[1-7]其结果是，洪太尉所赍捧丹诏，被供奉在三清殿上，张天师踪影全无。

接下来，住持真人奉劝洪太尉——"斋戒沐浴，更换布衣，休带从人，自背诏书，焚烧御香，步行上山礼拜，叩请天师"[1-8]——便旨在剥除他作为天使所拥有的种种与威福相连接的符号、仪式与规范。

上山的路上，突然出现的锦毛大虫与雪花蛇，则让这位太尉彻底从威福的包裹里走出，显露原形。前者跳出来时，洪太尉"扑地望后便倒"。"那心头一似十五个吊桶，七上八落的响，浑身却如重风麻木，两腿一似斗败公鸡，口里连声叫苦。"当后者再从林中抢出，太尉"望后便倒在盘砣石边"，惊得"三魂荡荡，七魄悠悠"，"身上寒栗子比馉饳儿大小"。等见到道童，知道天师已经乘鹤驾云去了东京，太尉连忙寻旧路，"奔下山来"。真可谓，灭了威风，本相毕露。好一个卑怯的权力者！

"李逵寿张乔坐衙"便是以上情节的重复。只是锦毛虎与雪花蛇，换成了比虎蛇更凶猛的黑旋风"李逵"。李逵来到离梁山泊最近的寿张县的县衙。这里尽管是权力延伸的最末端，却是一个完备的权力实践的场所。李逵声称，他并不想打搅县里的人，也就是不想破坏这里的权力格局与运作机制，他从这里经过，只想“闲耍一遭”——揭出“威福”的真面目来。①

李逵闲耍的对象，首先是支撑起“威福”的空间布局与位置安排。李逵来到县衙门口，大叫一声——“梁山泊黑旋风爹爹在此！”县中人便“手脚都麻木了，动掸不得”。也由此，“李逵径去知县椅子上坐了”，知县相公则开了后门，不知走往那里去了。之后，李逵又到一处学堂，一走进去，“那先生”也是“跳窗走了”。权力网络为“知县”与“先生”安排的空间与位置，被李逵彻底颠覆与破坏了。

其次便是展示威福的服饰与道具。知县相公跑了，却留下了“那幞头衣衫匣子”。李逵扭开锁，取出幞头，插上展角，戴在头上。又把绿袍公服穿上，把角带系了。再脱了麻鞋，换上朝靴，拿着槐简，走出厅前。李逵还问县里众人：“我这般打扮，也好么？”众人回答道：“十分相称。”也是这身打扮，李逵来到忠义堂。他放下绿襕袍，执着槐简，来拜宋江。拜了两拜，绿襕袍被踏裂，李逵绊倒在地，引众人大笑。

最后是实践威福的仪式。李逵穿上知县的服饰，便吩咐“吏典人等，都来参见”，又要令史祗候在他面前排衙。结果几个公吏，擎着牙杖骨朵，打了三通擂鼓，对着李逵声喏，引李逵呵呵大笑。李逵又让公吏安排两人“装做告状的来告”，好让他“取一回笑耍”。审完案，李逵掣出大斧，把“打人的”放了，直看着把“被打者”枷号在衙门前示众才罢休。李逵笑耍间，无疑也告诉了读者，支撑起威福的种种仪式的主要功能，在于维护与暗示权力的存在。一旦权力基础被破坏，这仪式与仪式里的人

① 《批评〈水浒传〉述语》里头有一则曰：“和尚读《水浒传》第一当意黑旋风李逵，谓为梁山泊第一尊活佛，特为手订《寿张县令黑旋风集》。此则令人绝倒也，不让《世说》诸书矣，艺林中亦似少此一段公案不得。”见《明容与堂刻水浒传》第一卷（上海：上海人民出版社，1975）。

图十一　李逵寿张乔坐衙

物便露出其荒谬与可笑来。[74－970－971]

无独有偶，阮小七也干过同样戏耍的事。宋江军队攻破帮源洞，阮小七杀入内苑深宫里面，搜出一箱方腊"伪造"的"平天冠、衮龙袍、碧玉带、白玉圭、无忧履"。与李逵把一个稳固的权力网络的种种虚饰戏弄了一番不同，阮小七捣翻的是一个被颠覆了的权力体。阮小七心里想着，这是方腊穿的，如今方腊被打败，自己便玩一玩也不打紧。便把衮龙袍穿了，系上碧玉带，着了无忧履，戴起平天冠，把白玉圭插放怀里，跳上马，手执鞭，跑出宫前。三军将士一开始还以为是方腊，走拢来见是阮小七，"众皆大笑"[99－1278]。而真的方腊见大势已去，连忙"脱了赭黄袍，丢去金花幞头，脱下朝靴，穿上草履麻鞋，爬山奔走，要逃性命"[99－1280]。

宋江班师回朝后，阮小七也受了诰命，往盖天军做都统制职事。他曾经戴过方腊的平天冠一事便遭人告发，说阮小七当时虽是一时戏耍，内心里难免心怀反意。所以不久便被追夺官诰，复为庶民。阮小七"也自欢喜"，带了老母回还梁山泊石碣村，依旧打鱼为生。[100－1296]水浒好汉对待权力以及权力的装饰物的超然态度，正映照出权力的争夺者们的卑怯与猥琐。

3 剥除绅士的外衣

在统治者与小百姓之间尚有一个中间阶层，姑且称之为绅士。玉麒麟卢俊义便是代表。与统治者居心险恶、面目狰狞相比较，这一类人物则显得友善、慈爱、体恤下民，为全社会所敬重。卢俊义家里的李都管李固，原是东京人，到北京找亲戚不遇，冻倒在卢员外门前。卢俊义不仅救了他性命，养在家里；还看他勤谨，能写会算，又教他管顾家务，五年之内抬举他做了都管，以致"一应里外家私都在他身上"。卢俊义的另一个心腹燕青，也是苦命人出身。燕青自小父母双亡，卢俊义把他养大，又请一个高手匠人为他刺了一身遍体花绣。这一左一右两位助手正暗示了卢俊义对下层社会的爱护。

而且，卢俊义家境富裕，又安分守己。正如他自己所说，"卢某生于北京，长在豪富之家，祖宗无犯法之男，亲族无再婚之女；更兼俊义作事谨慎，非理不为，非财不取，又无寸男为盗，亦无只女为非"[61－806]。更重要的是，卢俊义武艺高强，声名远播。大圆和尚介绍北京的风土人物，便专门提起"河北玉麒麟"，让宋江想起了这个卢大员外——"一身好武艺，棍棒天下无对"，乃河北三绝。宋江以为"若得此人时，何怕官军缉捕，岂愁兵马来临！"[60－801]

事实上，卢俊义尽管身无官职，与下层百姓亲近，却是权力秩序的维护者与忠诚者。他打梁山泊过，便打出四面大旗，扬言"一心只要捉强人，那时方表男儿志！"捉得强人，把贼首解上京师，请功受赏，乃是他的人生理想。被宋江捉上梁山后，一众头领劝他投身山寨，共举大义，卢俊义断然拒绝，态度坚定，一再声称——"小可身无罪累，颇有些少家私。生为大宋人，死为大宋鬼，宁死实难听从。"[62－818]

可以想见，卢俊义作为一名豪绅，在既有的社会-权力结构中，他不仅拥有可观的财富与相当的地位，也裹上了一层与权力网络相适应的厚实的外衣。这外衣把他包裹起来，以致置身其中而浑然不觉。与其说宋江们要"勾得他来梁山落草"，不妨说，乃竭全力把他从这层包裹中解放出来，引他到广阔的好汉世界。①

---

① 胡适以为施耐庵若全副精神来单写鲁智深、林冲、武松、宋江、李逵、石秀等七八个人，他的《水浒传》一定会格外精采，一定格外有价值。但是施耐庵终不能完全冲破那历史遗传的水浒轮廓，（未完，转下页）

被包裹得严严实实的，首先是内心里的忧惧。

卢俊义身世显赫，家境富裕，武艺了得，又安分守己，理应无忧无虑，在北京大名府安身立命。然而，这只是表面的情形。揭除裹在身上的外衣，便显露他出内心里令人目瞪口呆的惶惑与不安来。极具讽刺意味的是，担任这揭露任务的却是两位“亡命之徒”。

吴用一面喊着关于“生死富贵”的四句口号——“甘罗发早子牙迟，彭祖颜回寿不齐。范丹贫穷石崇富，八字生来各有时”，一面又声称“乃时也，运也，命也。知生知死，知因知道。若要问前程，先请银一两”。[61-805]这个悉心编造的“命运”与“前程”的钓钩与诱饵，精准地勾住了卢俊义的心魂。

见到吴用之前，卢俊义所谓“既出大言，必有广学”[61-805]，正道出了这位“自命不凡”的绅士，内心里深藏着的对命运的不安。听到吴用的“血光之灾”的恐吓之后，又说“宁可信其有，不可信其无”[61-810]，则展示了这位大汉性格中的犹疑与软弱。

其次是深院内的自大。

当燕青劝说，这所谓血光之灾，很可能是梁山泊歹人，假装

总舍不得那一百零八人。因此，不能不东凑一段，西补一块，勉强把一百零八人“挤”上梁山去。其中最明显的例子是写卢俊义的一大段。“这一段硬把一个坐在家里享福的卢俊义拉上山去，已是很笨拙了；又写他信李固而疑燕青，听信了一个算命先生的妖言便去烧香解灾，竟成了一个糊涂汉了！还算得什么豪杰？至于吴用设的诡计，使卢俊义自己在壁上写下反诗，更是浅陋可笑。”见胡适《〈水浒传〉考证》，载《胡适全集》第 1 卷（合肥：安徽教育出版社，2003），第 512—513 页。我以为，这却是胡适最明显地误解了小说家的地方。

图十二　吴用智赚玉麒麟

阴阳人前来煽惑，要赚他落草。卢俊义便不以为然，声称梁山泊那伙贼男女在他眼中如同草芥，非但不敢来赚他入伙，他“兀自要去特地捉他，把日前学成武艺显扬于天下，也算个男子大丈夫”[61-809]。

来到梁山泊近旁，他又夸下海口，说车子上的叉袋里，已准备了一袋熟麻索，倘梁山泊人马下山，他一朴刀一个砍翻，让李固与一众车脚夫把他们缚在车子上，解上京师请赏。就是遭遇梁山泊好汉的车轮战术以后，卢俊义也一直坚信，他能搠翻几个，以解困局。直至被张顺在水里拦腰抱住，才最后屈服。

还有体面家庭的藏污纳垢。

卢俊义从梁山泊脱身回到北京，在城外遇到头巾破碎、衣衫褴褛，已经靠行乞度日的燕青。燕青告知缘故，说李固从梁山泊回来以后，先对卢家娘子讲述了卢俊义归顺宋江，坐了梁山泊第二把交椅的经过。如今去官府首告了。而且李固与娘子，做了一路，还把燕青赶出了家门，更吩咐一应亲戚相识，不准周济燕青。所以燕青才有了如此下场。卢俊义便完全不信，认为他家的娘子不是这般人。

之后燕青又告诫说，平昔卢俊义只顾打熬气力，不亲女色。娘子旧日里便与李固有了私情，现今推门相就，做了夫妻。如果执意要回家，必惨遭毒手。卢俊义听了反而大怒，喝骂燕青，声称自己五代在北京住，声名在外，量李固不敢胡来。

不出燕青所料，卢俊义回家后便被李固设计抓捕送官，落到梁中书手里。又因为李固上下使钱，卢俊义被打得皮开肉绽，鲜血迸流。终因打熬不过，只好屈招，被定死罪。卢俊义仰天长叹曰——“是我命中合当横死”[62-822]——正呼应了吴用所说的百日内的血光之灾。

4 小百姓的欢喜

小说家还不惜笔墨，写小百姓的智慧与乐趣。

其一是陷入困境的急中生智。

譬如晁盖从雷横手里救出刘唐。晁盖即刻想出的计策是让刘唐叫他阿舅，还给刘唐取了个王小三的名字。小说里，晁盖喝道："小三！你如何不径来见我，却去村中做贼？"[14-177]实在让人忍俊不禁。无独有偶，宋江清风寨看灯，被刘高老婆认出后，被捉到官厅里审讯，宋江连忙告曰："小人自是郓城县客人张三，与花知寨是故友。"[33-433]可是接下来，花荣又寄书刘高，说"所有薄亲刘丈，近日从济州来"，令两人的假话立即露出破绽。

就是李逵，化名与说谎的本事也十分了得。他杀四虎后，被领到曹太公庄上。曹太公问起他的姓名，李逵便说："我姓张，无讳，只唤做张大胆。"曹太公便称赞他——"真乃是大胆壮士！"[43-576]回家接娘，李逵也学会了掩饰——"铁牛如今做了官，上路特来取娘。"[43-571]再有一次，被罗真人施道法，从天上落到蓟州府厅屋上，府尹马士弘当即判李逵为妖人降世。李逵开始还辩护，被这位知府吩咐"加力打"以后，李逵只好自招是妖人"李二"。后被钉了大枷，关在死囚牢里。在狱中，李逵又耍这一招，说他是罗真人的亲随直日神将，吓得押牢节级、禁子赶紧买酒买肉在狱中款待他。[53-714]

其二是平民之间的打闹与取乐。

最好的例子，是"小霸王醉入销金帐"。大王周通深夜里到桃花村成亲，这位大王委实打扮了一番。小喽啰齐声道贺，所谓"帽儿光光，今夜做个新郎。衣衫窄窄，今夜做个娇客"。到了刘太公厅前，大王问起夫人在哪里，太公道："便是怕羞，不敢出来。"大王走进新房，里面黑洞洞的。大王一面叫娘子，一面摸来摸去，摸到了销金帐子，便揭起来，探一只手进去摸，摸着鲁智深的肚皮，被鲁智深就势揪住，拳头脚尖一齐上。众人把着灯烛进屋看时，"只见一个胖大和尚，赤条条不着一丝，骑翻大王在床面前打"[5-79]。真是一幅绝妙的嬉戏图。

还有武松十字坡戏弄孙二娘。孙二娘给武松及两个防送公人下了麻药，虚转一遭回来，拍手叫道："倒也，倒也！"眼看着两个公人与武松都被麻翻在地，孙二娘笑着说："由你奸似鬼，吃了老娘的洗脚水。"便要把人扛进去开剥。武松无人扛得动，需孙二娘亲自动手。孙二娘"一头说，一面先脱去了绿纱衫儿，解下了红绢裙子，赤膊着便来把武松轻轻提将起来"。武松也是就势把她抱住，"把两只手一拘，拘将拢来，当胸前搂住，却把两只腿望那妇人下半截只一挟，压在妇人身上"，孙二娘杀猪也似的叫将起来。[27-362]

再看船火儿张横的黑色幽默——"你三个却是要吃板刀面？却是要吃馄饨？"宋江被穆家兄弟追赶到了浔阳江边，上了张横的贼船。张横详述这板刀面与馄饨的不同，以供宋江三人选择——"若还要吃板刀面时，俺有一把泼风也似快刀在这艎板底下，我不消三刀五刀，我只一刀一个，都剁你三个人下水去。你若要吃馄饨时，你三个快脱了衣裳，都赤条条地跳下江里自死！"[37-485]

其三就是李逵的滑稽戏了。

第一回，是戴宗耍他。宋江要对付高廉，需派人去蓟州找回能降妖镇魔的公孙胜。这种跑腿的事，当然非神行太保戴宗莫属了。戴宗愿意前往，只是希望再派一人路上为他做伴。李逵便自告奋勇，说他愿意陪戴宗前往蓟州。戴宗一看李逵主动请缨，便要他允诺一个条件——一路上只能吃素，而且事事得听他的吩咐。李逵满口答应，并且在宋江与吴用面前放话，为了救得因他一时逞气杀人而入狱的柴进，他义不容辞，路途中绝不惹事。

可是才离开高唐州，走了六十余里，来到一个客店，李逵便私下里喝酒吃肉，完全忘了出发时的诺言。戴宗决定施法术耍他。第二日他在李逵腿上缚了两个马甲，念起咒语来，李逵便如驾云一般，飞了起来。李逵只听耳朵边风雨之声，却没有办法停住脚。一直到红日平西，还是停不下来，肚里已经饥肠辘辘。

戴宗从背后赶来，打趣他，问他为何不买些点心吃，又从怀里拿出几个炊饼自己吃起来。李逵饥饿难忍，求戴宗也给两个充饥。戴宗说，只要他追上来便给，可是，李逵伸着手，眼看仅隔一丈来远近，只是赶不上。李逵只好求饶，说出他前一晚偷吃牛肉的事来，又向戴宗保证，日后决不吃荤。戴宗便把衣袖去李逵腿上只一拂，李逵停了下来，可是，又似钉住了一般，完全不能动弹。李逵又再次求饶，并发誓不敢再违了戴宗的言语。这才被戴宗放过。[53-703-704]

第二次，是罗真人要让他吃些“磨难”。戴宗与李逵在二仙山找到了公孙胜，可是罗真人无意放人，公孙胜仍旧不能前往高唐州帮助宋江破高廉的妖法。眼看无法可想，李逵半夜里起来，摸上山来到松鹤轩，砍杀了在云床上诵经的罗真人。还笑道：“眼见的这贼道是童男子身，颐养得元阳真气，不曾走泻，正没半点的红。”[53-711]

到了第二天，罗真人却仍旧活着。而且答应放公孙胜下山，又唤道童取三个手帕来，要让戴宗、公孙胜、李逵三人腾云驾雾片时回到高唐州。罗真人先安排公孙胜站红手帕上，罗真人一声“起”，手帕便化作一片红云，载着公孙胜升到半空中。

随后，青手帕化作一片青云，把戴宗载到半空里。李逵看呆了，被罗真人叫来站在白手帕上，也升到了天上。眼看公孙胜、戴宗平平坠将下来，李逵却飞在天上。

罗真人这时告诉李逵，他夜里只是砍杀了他的两个葫芦，尽管如此，这一次要让他受些磨难。说完李逵便被一阵恶风吹入云端。旋即又被两个黄巾力士押往蓟州地界，从蓟州府厅屋上滚了下去。[53—713]

这之后，李逵探穴救柴进，又被宋江耽搁在井底受苦。正所谓去蓟州着了两道儿，如今又撞上第三遍。李逵简直是水浒里头第一号的笑星。①

还有描绘小百姓的众生相，小说家也于字里行间流露出抑制不住的欢喜。鲁智深失手打死郑屠后，逃到代州，入得城来，看到一簇人众，围住十字街口看榜。在作家的笔下，便出现这样一个热闹的场景：

> 扶肩搭背，交颈并头。纷纷不辨贤愚，攘攘难分贵贱。张三蠢胖，不识字只把头摇；李四矮矬，看别人也将脚踏。白头老叟，尽将拐棒柱髭须；绿鬓书生，却把文房抄款目。行行总是萧何法，句句俱依律

① 李贽以为，《水浒传》的文字当以这第五十三回为第一。又说："试看种种摩写处，那一事不趣，那一言不趣？天下文章当以趣为第一。"见《明容与堂刻水浒传》第三卷，第五十三回，第十九页。马幼垣在《水浒人物之最》一书里说："每次读《水浒》至此，都觉得这一回多的故事（第五十三回和第五十四回开始）莫名其妙，甚至可以说是胡闹透顶。除了把公孙胜找回来，并让他自师父处多学一套法宝外，究竟这个故事，特别是李逵和罗真人对着干的部分，对整体情节的发展起了什么作用？罗真人和李逵之间的活剧本身又有何意义？百思不得其解。"见《水浒人物之最》（北京：生活·读书·新知三联书店，2006），第118页。我想马氏"不得其解"的最关键的原因在于，他没弄明白，《水浒传》是一本展示生命境界的书。

令行。[3-52]

第三十二回，写孔亮引三二十个庄客来捉武松。小说戏谑地写道，这三二十个庄客，都是有名的汉子。怎样有名法呢？正是叫作：

> 长王三，矮李四，急三千，慢八百，笆上粪，屎里蛆，米中虫，饭内屁，鸟上刺，沙小生，木伴哥，牛筋等。[32-415]

无论是“为头的庄客”，还是“村中揭子”，都是活生生的人物，于故事讲述者，都是趣味与快乐的源泉。

第七讲

性

1　绝缘与阻隔

在水浒里头，性的欲望与贪图女色于好汉境界是妨碍与拖累。宋江来到清风山，看到王矮虎王英抢得一个妇人，抬到了自己的房里，便以为“不是好汉的勾当”。之后奉劝王英放还这位被掳的知寨夫人时，又说，“但凡好汉，犯了‘溜骨髓’三个字的，好生惹人耻笑”[32-425]。事实上，在小说家的笔下，水浒人物均表现出了种种摆脱色与性的妨碍与拖累的努力。

小说里，彻底与性的欲望绝缘的人物，有鲁智深与李逵。

我们看鲁达解救金翠莲。这又讲到了史进、鲁达与李忠于渭州潘家酒楼的聚会。三人酒至数杯，正说些闲话，较量些枪法，说得入港，突然听到隔壁阁子里有人啼哭。鲁达被坏了兴头，便焦躁起来，把碟儿盏儿都丢在楼板上。酒保连忙把啼哭的那一对父女叫了来。看到那女儿，鲁达的最初印象是，“虽无十分的容貌，也有些动人的颜色”，所谓“大体还他肌骨好，不搽脂粉也风流”[3-46]。鲁达却对“颜色”与“风流”视而不见，他关心的是金氏父女被欺侮被凌辱的境况。第二天，鲁达来到客店，亲身放金氏父女踏上回乡路。因为担心店小二赶去拦截，在店里又坐等了两个时辰，直到金氏父女走远才离去找郑屠算账。紧接着又失手打死了郑屠，陷自己于官府的追捕之中。

逃亡到代州雁门县，鲁达遇见被他救出虎口的金老。金老父女在这里仍旧靠"颜色"吃饭——结交此间大财主赵员外，被养作外宅，父女俩因此衣食无忧。金老把鲁达请到家里，金翠莲迎了出来，鲁达再一次看到了金翠莲。此时的金翠莲在鲁达眼中"另是一般丰韵，比前不同"。金翠莲请恩人到楼上坐。鲁达推辞不得，只好上楼。金老出去安排酒食水果时，金翠莲仍旧留鲁达在楼上饮酒。意料之外，却让赵员外生出一个误会，以为"老汉引甚么郎君子弟在楼上吃酒"，因此带庄客前来闹事。鲁达不是"郎君子弟"，却是金老挂在嘴边的"豪杰"。赵员外一个大逆转，邀请鲁达到庄上做客，还安慰他说，"四海之内，皆兄弟也"[4-57]。

隐喻功能更为鲜明的是"花和尚大闹桃花村"。鲁智深吃得酒足饭饱，先让刘太公把女儿寄送到邻舍庄里去。然后他来到新妇房里，将戒刀放在床头，禅杖倚在床边。"脱得赤条条地，跳上床去坐了。"[5-77]之后，前来成亲的大王走到了黑洞洞的新房。黑暗里他摸到了销金帐，揭来帐子，探一只手到帐子里去，正好摸到了鲁智深的肚皮。众人抢入房中看时，"只见一个胖大和尚，赤条条不着一丝，骑翻大王在床面前打"[5-79]。鲁智深赤裸裸一腔身体，却一味伸张正义，于女色，尽管近在咫尺，不但丝毫不加侵犯，也绝无觊觎之心。

李逵也是如此。鲁智深因金翠莲哭泣而愤怒，李逵则为宋玉莲卖唱而动手。前一回是史进、李忠、鲁达在渭州的潘家酒楼聚会；这一次则是宋江、戴宗、李逵、张顺于浔阳江畔琵琶亭上说话。宋江等四人饮酒，各叙胸中之事。正说得入耳，一个二八女子前来卖唱。所谓"声如莺转乔林，体似燕穿新柳"。歌声一起，其他三人都要听唱，正待要卖弄胸中许多豪杰事务的

图十三　小霸王醉入销金帐

李逵,被无端打断,顷刻间大怒,跳起身来,两个指头把女子点倒在地。倒地女子叫宋玉莲,也是贫苦人家出身,一时间"桃腮似土,檀口无言"[38-507]。被救醒后,宋江问得原曲,便打发二十两白银,周济宋氏一家,要玉莲不再卖唱,日后嫁个良人。宋玉莲本是卖唱女,乃性的载体。李逵与性绝缘,他的两个指头,不仅让这位卖唱女一时间丧失了性的诱惑力,而且还把她从以"声色"谋生的困境里解救了出来。

李逵四柳村乔捉鬼,则呼应了鲁智深的大闹桃花村。鲁智深"赤裸裸"等待大王到来,李逵则大踏步走进房内,看见"一个后生搂着一个妇人,在那里说话"。鲁智深让大王周通退了亲事,李逵天煞星降世,则以两个血淋淋的头颅,把这个以闹鬼为掩护的私下幽会,公之于世。

除了塑造"性的欲望"的绝缘者,小说家的另一番努力,便是描述好汉们对萦绕于周遭的性的诱惑的排斥与阻隔。比如武松。武松打虎做了阳谷县的都头,被武大认出请到家里,潘金莲便打起他的主意来,所谓"一片引人之心",无可遮挡。而武松却只把她"做亲嫂嫂相待",并不在意。潘金莲把武松请到家里住以后,又常以言语来撩拨,"硬心直汉"武松,也不见怪。直到趁一个大雪天,潘金莲动起手来,又明言挑逗,才引来武松的训斥:"武二是个顶天立地噙齿带发男子汉,不是那等败坏风俗没人伦的猪狗!"[24-307]兄弟人伦与好汉胸襟,令武松把性的诱惑阻隔于身外。

这同样的故事也发生在燕青身上。燕青第二次赴东京,投在李师师家里,与李师师解释了前次与宋江、柴进、戴宗、李逵入肩李宅的意图。又央求李师师,把宋江等人替天行道、保国安民的一片衷心告知皇上,让梁山泊数万人马早得招安。李师师答应了燕青的请求,允诺日后别作商议。看到燕青一表人物，能言快说，口舌利便，这位绝代名妓，又打心里看上了燕青，并决计付诸行动。李师师先是劝酒，言语撩拨。见燕青无动于衷，又与燕青一块吹箫唱曲，却仍旧不能奏效。这位李师师眼中的义士，以自己的好汉身份，以及宋江所托付的事业，阻止了李师师的美色及才艺的诱惑。

李师师并未罢休，又以言语来惹燕青，燕青便紧紧的低了头，唯诺而已。末了，李师师要看燕青一身文绣，燕青推辞不得，只得脱膊下来。李师师一面看，一面动起手来。燕青连忙把衣服穿上，又恐李师师再想出别的办法，便心生一计，问起李师师的年龄来。待李师师说出年龄，燕青便自称年小两岁，随即起身，拜了李师师八拜，认她作了姐姐。一如小说家所言，“那八拜，是拜住那妇人一点邪心”，也“单显燕青心如铁石，端的是好男子！”[81－1049]

2 清洗再清洗

尽管如此，性的欲望却在顽强地生长。小说对好汉世界里萌生的性的欲望与性的行为，通过各种方式加以清洗与再清洗。

先看宋江。小说写道，王婆向宋江介绍阎婆惜，宋江初时不肯，只是王婆一再撺掇，宋江才勉强答应。可是这以后，宋江在阎婆惜身上，却很下了一番功夫。“没半月之间，打扮得阎婆惜满头珠翠，遍体金玉”，以至于宛若“金屋美人离御苑，蕊珠仙子下尘寰”。[21－261]

可以想见，宋江被压抑的性的想象，在阎婆惜的身上一时得以付诸实践。而且，“初时宋江夜夜与婆惜一处歇卧”，只是“向后渐渐来得慢了”。小说列出的原因是，“宋江是个好汉，只爱学使枪棒，于女色上不十分要紧”。而且，“阎婆惜水也似后生，况兼十八九岁，正在妙龄之际”，宋江并不能令她满意。[21-261]事实上，小说家也告诉了读者，一开始，强有力的“性的欲望”让宋江走近并迷恋阎婆惜，宋江甚至一时无法从这性的束缚中脱身。时间一长，情况便发生了变化。其一，宋江性的欲望在减弱。其二，阎婆惜忘恩负义，背叛了宋江。

尽管如此，宋江彻底脱身的企图却难以实现。阎婆视宋江为衣食父母，上门纠缠；宋江的态度似乎也不能决绝；阎婆惜更是不易对付，她不仅背叛宋江，移情别恋，还伺机敲诈勒索，甚至无惧置宋江于死地。最终宋江无法可想，一怒之下，割下了阎婆惜的头来。所谓“手到处青春丧命，刀落时红粉亡身”。阎婆惜脖颈上迸射出的鲜血，把宋江一度萌发的性的想象与欲望清洗得一干二净。[21-274]

武松也是如此。张都监陷害武松，便是安排了貌美的养娘“玉兰”作为诱饵。张都监选在中秋夜，请武松到他家后堂深处鸳鸯楼，与他的夫人宅眷一同饮酒赏月。一开始武松并非全无顾忌，看到张都监的女眷在场，武松便三番五次要告辞。只因张都监一再挽留，武松才远远地斜着身坐下。席间张都监先让丫嬛、养娘斟酒。五七杯以后，张都监换来大杯，又连劝武松数杯，把武松灌得半醉。武松便“忘了礼数，只顾痛饮”。这位顶天立地的好汉，对于性的诱惑的防备，便这样被逐步解除。

这时玉兰出场了。在武松眼里，这位养娘，“纤腰袅娜，绿罗裙掩映金莲；素体馨香，绛纱袖轻笼玉笋”[30-389]，的确是一个性的想象的投射对象。张都监又吩咐玉兰月下唱曲，一支苏东坡的《水调歌》，也不知道唤起了武松内心里怎样的英雄气概。之后，张都监再让玉兰为武松斟酒，武松已经不敢抬起头来，只远远拿起酒一饮而尽。这时水到渠成，张都监发话，要把玉兰许配给武松为妻。武松推辞不得，又连饮十数杯酒，便离席回房。

这时武松听到后堂里有人大喊有贼。武松一面出于报恩，如小说所言“都监相公如此爱我，又把花枝也似个女儿许我，他后堂内里有贼，我如何不去救护？”[30-390]，一面也难免不想借此显露一番他的英勇神武。所以立即提着梢棒，抢入后堂来。路上又遇见唱曲的玉兰慌慌张张走出来，告诉他一个贼奔入后花园里去了！武松更是放松了警惕，只想一展其英雄与义士风采。以至落入圈套，几乎丢了性命。武松最后血洗鸳鸯楼，玉兰被武松向着心窝用朴刀搠死，武松被唤醒的性的欲求在小说里同样遭到鲜血的清洗。[31-402]

史进则另有一个故事。宋江寻求从性的欲望里脱身，武松被性的诱饵所迷惑而中了圈套，史进则试图通过一个昔日的性的对象完成一番事业。宋江攻打东平府，史进自告奋勇要先行潜入城中做内应。他对宋江说，旧时在东平府，院子里的一个娼妓与他有染，叫作李瑞兰。一度他们往来情熟，所以这一回他要多带些金银，潜入城内，在李瑞兰家里藏身。然后约定时日，里应外合，成就大事。史进潜入李家后，见到了久未谋面的李瑞兰，所谓“万种风流不可当，梨花带雨玉生香”，仍旧“甚是标格出尖”[69-905]。李瑞兰则引史进到楼上，问起史进这些年的遭际。史进了无顾忌，既说出了他在梁山泊做了头领的犯罪勾当，又泄露了这次潜入李家担当内应的绝密任务。史进还许诺说：“明日事完，一发带你一家上山快活。”[69-906]

我们无从推断，史进的这一番陈词，多大程度上源于他内心里被压抑的想法，又有几分属于要稳住李瑞兰做他的掩护的策略。一个无可辩驳的事实是，连接史进与李瑞兰的重要因素是性，而李家只是一个性交易的场所。只是这一次在性之外，又加上了协助宋江攻打城池的英雄事业。其结果，正如吴用所言，史进必然吃亏。李家当即告发，史进被官府捉住，关在死囚牢里。待史进被宋江救出，他便带人去了李瑞兰家，把李家一门大小，碎尸万段——同样是刀与血，切断了史进最后的与性的社会联系。

而且，性的欲望需要清洗，再清洗。最有典范意义的一个再清洗的故事安排在宋江的身上。被调遣来担当这再清洗重任的则是性的绝缘者李逵。李逵与燕青离开四柳村，行走了一天，来到刘太公庄上投宿。刘太公一家夜里哭哭啼啼不停，李逵不得安睡。第二天起来问起缘故，原来这家的女儿被强人抢走。刘太公说，这位强人无人敢惹，他是梁山泊头领宋江，手下有一百单八好汉。就在两日前，他带一个后生，各骑一匹马来到村里，把他的女儿抢走。

李逵听完刘太公的哭诉，当即在燕青面前发作，直斥宋江口是心非，不是好人。李逵想到几天前在东京，亲眼看见宋江带柴进与娼妓李师师对坐饮酒，因此深信，这次抢夺民女，一定是宋江所为。

李逵辞了刘太公，一路无话，赶回梁山泊，来到忠义堂，也不搭理宋江的问候，“睁圆怪眼，拔出大斧”，先砍倒了杏黄旗，把“替天行道”四个字扯做粉碎。又拿了双斧，抢上堂来，径奔宋江。亏得关胜、林冲等人把李逵拦住，夺了大斧，揪下堂来。尽管燕青出面解释，李逵仍旧怒不可遏。他大骂宋江——“我闲常把你做好汉，你原来却是畜生！你做得这等好事！”宋江要以随行二千军马为证，还要李逵到寨里搜看。李逵亦不相信。李逵以为，山寨里都是宋江的手下人，一定都护着他。既无人作证，就是搜也不会有结果。而明摆在眼前的，杀了阎婆惜是小样，去东京养李师师便是大样，这些都证明宋江并非一个不贪图女色的好汉，相反正是一个酒色之徒。他警告宋江——

"你不要赖,早早把女儿送还老刘,倒有个商量。你若不把女儿还他时,我早做早杀了你,晚做晚杀了你。"[73-954]

李逵的清洗工作不可谓不彻底。李逵以贪图女色与"替天行道"的豪言壮语及英雄事业水火不相容。而性的欲望于好汉胸襟更是大敌。李逵完全无法容忍,宋江们打着"替天行道"的大旗,却干着满足自己私欲的阴险勾当。更重要的是,李逵对宋江业已建立起来的权力系统不抱幻想,他深信只有通过他自己的双手,才可能揭露真相与主持公道。

最终李逵将功补过,把被抢的女子夺了回来交还刘太公,又提着两个强盗的头颅拜见宋江,以谢他冤枉宋江之罪。事实上,尽管李逵错怪了宋江,这两个人头,对于宋江内心里的任何非分的念头,何尝不是一次警告?而对于这个新建立起来的权力系统,也不啻一个血淋淋的威慑。

3 性的展示

水浒好汉努力摆脱性的妨碍与拖累。性却幽灵一般,无处不在,挥之不去。小说以好汉们的双眼,在故事里,接连不断地向读者展示这性的存在。

我们首先会发现,小说家对承担性的展示功能的载体做了一番细致的选择。

良家妇女尽管被凌辱与被侵占,却不是性的凝视的对象。诸如桃花村刘太公女儿、林冲妻子、蜈蚣岭张太公女儿,小说便没有写到她们的长相。作家不惜笔墨渲染的是她们的美貌所引起的邪恶者的非分之想。

桃花村刘太公的女儿未在小说里露面,便被鲁智深吩咐送到别的庄上。相反,前来成亲的小霸王周通遭到鲁智深一顿暴打。

同样，小说家没有让林冲的妻子正面面对读者，却不无夸张地渲染林冲妻子的外貌所引起的高衙内一流的恶行。高衙内两次使出手段，欲霸占林冲的妻子，未能得手，因而卧病在床。其病症，先是高衙内自己所说的，“眼见的半年三个月，性命难保”。再有老都管的一番详尽的描述——

> 不痒不疼，浑身上或寒或热；没撩没乱，满腹中又饱又饥。白昼忘餐，黄昏废寝。对爷娘怎诉心中恨，见相识难遮脸上羞。七魄悠悠，等候鬼门关上去；三魂荡荡，安排横死案中来。[7-107]

最后是陆虞候和富安与老都管密谋出的解决办法——害死林冲，“勾得他老婆和衙内在一处”，以救得衙内的性命。

一丈青扈三娘则以一身戎装出场——

> 雾鬓云鬟娇女将，凤头鞋宝镫斜踏。黄金坚甲衬红纱，狮蛮带柳腰端跨。霜刀把雄兵乱砍，玉纤手将猛将生拿。天然美貌海棠花，一丈青当先出马。[48-645]

不仅她的女性特征被包裹得严严实实，其魅力亦来自一位纤弱美女所拥有的高强武艺。事实上也如此，一丈青甫一出场，便大显身手，把好色之徒王矮虎活捉了去。

北京大名府画匠王义的女儿玉娇枝，被华州贺太守强夺为妾。尽管小说写到了玉娇枝的外貌，其目的却在凸显贺太守的强盗行径——

> 花颜云鬓玉娇枝，太守行香忽见之。

不畏宪章强夺取，黄童白叟亦相嗤。[58－774]

李逵救出了刘太公的女儿，第一眼也得到了一个“云鬟花颜，其实艳丽”的印象，小说里有关这“艳丽”的描写却十分克制。所谓“弓鞋窄窄剪春罗，香沁酥胸玉一窝。丽质难禁风雨骤，不胜幽恨蹙秋波”[73－958]，重心仍旧在刘太公女儿所受的委屈与惊吓。

作为“性的对象”出场的第一个人物，便是卖唱女金翠莲。鲁达并非主动接近金翠莲，他在潘家酒楼喝酒，金翠莲被带到面前。看到金翠莲，鲁达也没有对她萌生任何非分之想。小说却以鲁达的双眼，向读者展示了这位“虽无十分的容貌，也有些动人的颜色”的性的想象的载体——

鬅松云髻，插一枝青玉簪儿；袅娜纤腰，系六幅红罗裙子。素白旧衫笼雪体，淡黄软袜衬弓鞋。蛾眉紧蹙，汪汪泪眼落珍珠；粉面低垂，细细香肌消玉雪。若非雨病云愁，定是怀忧积恨。大体还他肌骨好，不搽脂粉也风流。[3－46]

小说里，鲁达还有第二次近距离与金翠莲见面。这位性的绝缘者，再一次承担了性的观看者的角色——小说家又不厌其烦地以鲁达的双眼，再现了金翠莲与以前相比不同的“丰韵”：

金钗斜插，掩映乌云；翠袖巧裁，轻笼瑞雪。樱桃口浅晕微红，春笋手半舒嫩玉。纤腰袅娜，绿罗裙微露金莲；素体轻盈，红绣袄偏宜玉体。脸堆三月娇花，眉扫初春嫩柳。香肌扑簌瑶台月，翠鬓笼松楚

岫云。[4-55]

还有一位与金翠莲相同身份的人物，叫宋玉莲。她的出场，小说家安排的观看者乃宋江。小说里同样引一首词描写她的声音与颜色。[38-507] 金翠莲与宋玉莲都是卖唱者。卖唱者地位低下，流落街头，又常常为恶势力所觊觎与欺凌。水浒好汉，逃走在民间，不免要遭遇这一流人物。在小说里，他们尽管是声色的观看者，却不为这声色所动，相反还担当了为这一类人物伸张权利，甚至救他们于苦难深渊的正义者角色。

小说里第二类性的载体是滥官恶霸的妻妾、相好或者侍女。比如蒋门神的妾，她原是西瓦子里唱说诸般宫调的歌妓。小说借着武松的双眼，把这位“妇人”的姿色展现在读者眼前——

> 眉横翠岫，眼露秋波。樱桃口浅晕微红，春笋手轻舒嫩玉。冠儿小，明铺鱼鱿，掩映乌云；衫袖窄，巧染榴花，薄笼瑞雪。金钗插凤，宝钏围龙。尽教崔护去寻浆，疑是文君重卖酒。[29-381]

另外，张都监用来引诱武松的养娘玉兰、清风寨知寨刘高的妻子、郓城县知县的旧相好白秀英，都承担了性的想象对象的功能。玉兰被张都监叫到了武松的身边，为的便是让武松“看见”。刘高的妻子在“宋江看那妇人时”出场。雷横则是专门来“看”李小二推荐的这位东京来的行院。小说以三位好汉为视点，分别插入了单篇的诗作，展示她们的美色。

尽管“性的诱惑”近在眼前，小说家却把好汉们安置在与她们势不两立的位置。蒋门神为“酒色所迷，淘虚了身子”，原因便是新近娶了位小妾。[29-383] 小说里武松把她扔进酒缸，以激怒蒋门神，既是对她的惩罚，也表明了武松对这一类人的厌弃的态度。其余三人则是恶行的参与者：玉兰引诱迷惑武松担当张都监的工具；刘高的妻子恩将仇报揭发宋江；白秀英恃强凌弱欧打雷横的母亲。三人最后都未逃脱她们所陷害与凌辱的对象的报复。而这三位报复者正对应了把她们的美色呈现给读者的三位“观看者”。

第三类充当性的想象对象的是性行为不忠者。包括宋江的外宅阎婆惜、武大的妻子潘金莲、杨雄的妻子潘巧云。担任“观看者”的分别是宋江、武松、石秀三位好汉。小说家也不惜笔墨，分别撰写了词作来描绘她们充满性诱惑的身体。诸如潘金莲——

> 花容袅娜，玉质娉婷。髻横一片乌云，眉扫半弯新月。金莲窄窄，湘裙微露不胜情；玉笋纤纤，翠袖半笼无限意。星眼浑如点漆，酥胸真似截肪。韵度若风里海棠花，标格似雪中玉梅树。金屋美人离御苑，蕊珠仙子下尘寰。[24-302]

这三位女性的故事，在小说里都占有较长的篇幅。她们不仅对丈夫不忠，有甚者还因性而行恶，最终的命运也是身死引领她们出场的三位“观看者”的惩戒之手。

第四类担当性的展示功能的是娼妓。她们以性的身体来谋取生活，自然成为性的凝视的对象。比如建康府的烟花李巧奴，便“生的十分美丽”，安道全常来眷顾她。小说里有一首律诗写她的“美丽”——

蕙质温柔更老成，玉壶明月逼人清。
步摇宝髻寻春去，露湿凌波步月行。
丹脸笑回花萼丽，朱弦歌罢彩云停。
愿教心地常相忆，莫学章台赠柳情。[65-862]

另一位是东平府院子里的李瑞兰，也"生的甚是标格出尖"。史进旧时在东平府，与她往来情熟。小说有一首七绝描写她的风采——

万种风流不可当，梨花带雨玉生香。
翠禽啼醒罗浮梦，疑是梅花靓晓妆。[69-905]

娼妓里面的头号人物当属李师师。李师师两次在小说里露面，担任"看见"角色的均为燕青。第一次燕青去李师师家打前站。燕青一番花言巧语说得虔婆李妈妈动了心，叫了李师师出来相见。燕青灯下看到时，即刻惊叹不已——"端的有沉鱼落雁之容，闭月羞花之貌。"[72-943] 小说里又有七绝一首写李师师的魅力——

少年声价冠青楼，玉貌花颜世罕俦。
万乘当时垂睿眷，何惭壮士便低头。[72-943]

第二次燕青到李师师家，看到的李师师又别是一般风韵。小说里先有赞美诗云："容貌似海棠滋晓露，腰肢如杨柳袅东风，浑如阆苑琼姬，绝胜桂宫仙姊。"再插入七律一首，曰——

芳容丽质更妖娆，秋水精神瑞雪标。

凤眼半弯藏琥珀，朱唇一颗点樱桃。
露来玉指纤纤软，行处金莲步步娇。
白玉生香花解语，千金良夜实难消。[81—1046]

小说家写其他人的美貌均采用长短句的格式，而描写妓女人家则无一例外用了七言绝句或者律诗。这些诗作字句整齐，笔触也显得节制，倾向于刻画人物的神态、气质、魅力与身价，较少具体身体部位的描绘。

这些经过了选择的性的载体，其支撑起的性的想象，以及展示出的性的存在，却是语言建构与词语拼接的产物。

建构出一个性的想象的载体，着力点首先在身体部位。我们先看头部。在小说里，头发、眉眼、嘴唇、面部均与专门的词语相连接。

不妨把描写"头发"的句子摘录如下——"雾鬓云鬟娇女将"（一丈青）；"花颜云鬓玉娇枝""鬅松云髻，插一枝青玉簪儿""金钗斜插，掩映乌云"（金翠莲）；"金钗插凤，宝钏围龙"（蒋门神妾）；"凤钗斜插笼云髻，象板高擎立玳筵"（张都监养娘）；"云鬟半整"（刘高妻子）；"宝髻堆云"（白秀英）；"髻横一片乌云"（阎婆惜）；"黑鬒鬒鬓儿"（潘巧云）；"步摇宝髻寻春去"（李巧奴）；等等。

小说家用"云"来形容"头发"。"云"用作修饰词，组成了"云鬟""云髻""云鬓"等三个常用词。另有"雾鬓""宝髻"等词语搭配。"云"也可以直接借代"头发"，所谓"掩映乌云""宝髻堆云""髻横一片乌云"等。金钗、凤钗、玉簪则是头发的装饰品。

再看描写眉毛、眼睛的诗句："不胜幽恨蹙秋波"（刘太公女儿）；"蛾眉紧蹙，汪汪泪眼落珍珠""眉扫初春嫩柳"（金翠莲）；

"柳眉星眼，妆点就一段精神"（宋玉莲）；"眉横翠岫，眼露秋波"（蒋门神妾）；"两弯眉画远山青，一对眼明秋水润"（张都监养娘）；"星眼含愁，有闭月羞花之貌"（刘高妻子）；"眉扫半弯新月""星眼浑如点漆"（阎婆惜）；"眉似初春柳叶，常含着雨恨云愁"（潘金莲）；"细弯弯眉儿，光溜溜眼儿"（潘巧云）；"凤眼半弯藏琥珀"（李师师）；等等。

与"眉"相连接的词语，有"柳"，譬如"柳眉"，"眉扫初春嫩柳""眉似初春柳叶"；还有"山"，如"眉横翠岫""眉画远山青"。修辞词常用"弯"字，如"两弯眉""细弯弯眉儿""凤眼半弯"等。描写眼睛，小说家常用"星眼"一词，又与"秋波""秋水"搭配，形容眼睛的清澈。或者是"紧蹙"与"含愁"的眼神。

写"嘴唇"的"樱桃口浅晕微红"一句，一字不易地用在金翠莲与蒋门神妾两人身上。类似的还有"唇似樱桃"（养娘）；"樱桃口"（白秀英）；"朱唇一颗点樱桃"（李师师）等写法。

宋玉莲与白秀英都是"杏脸桃腮"，金翠莲"粉面低垂，细细香肌消玉雪""脸堆三月娇花"，潘金莲则"脸如三月桃花"。其他还有"脸如莲萼"（养娘）；"粉莹莹脸儿"（潘巧云）；"丹脸笑回花萼丽"（李巧奴）等相类似的描写。

其次是四肢与躯干。小说里描写这些部位，也有固定的词语与句式。

同样写到"手"与"手臂"，"春笋手半舒嫩玉"写金翠莲；改一字变为"春笋手轻舒嫩玉"，则用来描写蒋门神妾。在其他人物身上，与"手"相连接的词语也无外乎"玉""玉笋"与"纤纤"——诸如"玉纤手将猛将生拿"（一丈青）；"绛纱袖轻笼玉笋"（养娘）；"玉笋纤纤，翠袖半笼无限意"（阎婆惜）；"玉纤纤手儿"（潘巧云）；"露来玉指纤纤软"（李师师），便都如此。

"弓鞋"与"金莲"则成了脚的代称。前者有"弓鞋窄窄剪春罗”(刘太公女儿),“淡黄软袜衬弓鞋”(金翠莲);后者有“绿罗裙微露金莲”(金翠莲),“金莲窄窄,湘裙微露不胜情”(阎婆惜),“行处金莲步步娇”(李师师)等。

“酥胸”是描写性对象的胸部的通用词。“香沁酥胸玉一窝”(刘太公女儿);“粉面酥胸”(宋玉莲);“酥胸真似截肪”(阎婆惜)等等。

写到腰,则清一色的“袅娜纤腰”。金翠莲两次在故事里出现,一次“袅娜纤腰,系六幅红罗裙子”,一次“纤腰袅娜,绿罗裙微露金莲”;养娘也是“纤腰袅娜,绿罗裙掩映金莲”;白秀英“杨柳腰兰心蕙性”;潘金莲“纤腰袅娜,拘束的燕懒莺慵”;一丈青“狮蛮带柳腰端跨”。

、 还有体态轻盈、皮肤如玉,也是共同的特征。如金翠莲“素白旧衫笼雪体”“素体轻盈,红绣袄偏宜玉体”;宋玉莲“体似燕穿新柳”;蒋门神妾“衫袖窄,巧染榴花,薄笼瑞雪”;养娘“素体馨香”;刘高妻子“不施脂粉,自然体态妖娆”。

神采、气质与外貌的总体描写也多是陈词滥调的堆砌。有美貌如花者,如一丈青“天然美貌海棠花”;宋玉莲“春睡海棠晞晓露,一枝芍药醉春风”;阎婆惜“韵度若风里海棠花,标格似雪中玉梅树”。“白玉生香花解语”的句子,也用在数人身上——潘金莲“玉貌妖娆花解语,芳容窈窕玉生香”;李瑞兰“万种风流不可当,梨花带雨玉生香”;李师师“白玉生香花解语,千金良夜实难消”。同样,“沉鱼落雁之容;闭月羞花之貌”的旧句既用来形容刘高妻子,也被燕青用来赞美李师师。

这些性的载体均为拼凑而成。拣取身体部位,连接基本的词汇,嵌入诗词格式,其目的不在描绘人物的个性,而是构成一个性的想象的载体。这一载体,不指向具体的个人特征,却承担着性的想象的唤醒功能。这“性的想象”的参与者,包括小说人物、作者与读者。

小说人物即“观看者”，他们都是水浒好汉。如前所述，他们要么与性的欲望绝缘，要么排斥与阻隔性的诱惑于身外，要么性的欲望与行为遭到血的清洗。因而尽管占据了性的展示的视点的位置，他们却是性的欲望与想象的过滤网与警示牌。

鲁达之于金翠莲，李逵之于荆门镇刘太公女儿，宋江之于宋玉莲，便都充任了拯救者与保护人的角色。燕青在李师师面前表现出坐怀不乱的好汉气概。其他如武松与张都监养娘、潘金莲，宋江与刘高妻子、阎婆惜，雷横与白秀英，石秀与潘巧云，张顺与李巧奴，史进与李瑞兰，则都是杀人者与被杀者的关系。后者血淋淋的头颅，多少让人感到后怕。

小说家对于这性的想象对象的描写与建构，也并非没有分寸。写良家妇女与娼妓，作家用的是字句整齐的七言绝句或律诗，诗作的着力点也在为人物勾画出一个笼统的美貌的印象，有关身体部位的着墨十分有限。写恶霸官员的妻妾、仆人、相好以及不忠者，小说家则选用相对自由的长短句，落笔则多在具体的身体部位。尽管如此，作家对于从故纸堆里寻词觅句，在不同人物身上重复相同笔法，看上去也感到厌倦。这一情绪我们完全可以从一处描写潘巧云的独特文字中推测出来——

> 黑鬒鬒鬓儿，细弯弯眉儿，光溜溜眼儿，香喷喷口儿，直隆隆鼻儿，红乳乳腮儿，粉莹莹脸儿，轻袅袅身儿，玉纤纤手儿，一捻捻腰儿，软脓脓肚儿，翘尖尖脚儿，花簇簇鞋儿，肉奶奶胸儿，白生生腿儿。更有一件窄湫湫、紧搊搊、红鲜鲜、黑稠稠，正不知是甚么东西。[44-594]

这一处描写完全口语化了。小说家放弃了向来所遵守的诗词格律，也不再从旧的典籍里头寻找词语连接及句子搭配，依身体部位的顺序，作家一口气写下十五个同样格式的句子。字里行间，我们可以体会到，这一写作方式为写作者带来的愉悦与畅快。

其一，在故事情节里，小说以石秀的双眼，向读者展示了潘巧云充满性诱惑的身体。石秀乃一介白丁，打柴为生，这一大体上基于口语记录的写法，切合作为叙事视点的石秀的身份。尤其是最后一句——“更有一件窄湫湫、紧搊搊、红鲜鲜、黑稠稠，正不知是甚么东西”——正道出了这位社会底层人物，因为一时的正义之举，被请入一户殷实人家，对于突然出现于眼前的主人家的女眷及其服饰，所感到的生疏、隔膜与惊愕。作家在小说里破天荒第一次，也是唯一一次，不必大幅度扭曲“观看者”身份而为之“代言”了。

其二，写作者的笔墨完全倾注于女性身体的部位。事实上，这十五个身体部位，几乎可以看作历来文人笔下描写女性身体的总目录。作家也部分沿用了描写这些部位的惯用词语。包括“黑鬒鬒”“细弯弯”“轻袅袅”“玉纤纤”等等。这里面又潜藏了小说家对传统的性的身体的描写，多大程度上的反讽与嘲弄呢？

其三，小说家建构出一个又一个性想象的载体，其一个不可忽略的功能便是引起读者的兴趣，唤起读者性的想象。事实上，这些“性想象的载体”或者说“美女形象”，在小说的前八十回，大约每十回出现两到三次。小说主要的受众乃普通百姓，来自社会中下层。写作者深谙自己的任务——既不是通过“性”的身体描写去挖掘与展现人物的个性，也不是以此去揭示“性”在百姓生活中的社会功能，而是要在小说所描绘的好汉世界里，给“性”留出一个位置，既为英雄们的内心世界画出了边界，又让读者得以出入其间，驰骋想象。来自普通阶层的读者依托小说里的“性的载体”，所进入的却是一个遥不可及的上流社会所虚构的女性的理想境界。苗条的身材、雪白的皮肤、轻盈的体态、忧郁的气质以及优雅的配饰，均为普通人在日常生活中所难以见识与接触。相反，阅读让他们获得了想象与接近的机会。

就是这样的机会，作家也暗示了与之相伴随的凶险与危害。

表八　性

类别	承载者（观看者）	描写	回目 页码
良家妇女	一丈青（宋江等）	雾鬓云鬟娇女将，凤头鞋宝镫斜踏。黄金坚甲衬红纱，狮蛮带柳腰端跨。霜刀把雄兵乱砍，玉纤手将猛将生拿。天然美貌海棠花，一丈青当先出马。	四八（645）
	玉娇枝	花颜云鬓玉娇枝，太守行香忽见之。不畏宪章强夺取，黄童白叟亦相嗤。	五八（774）
	刘太公女儿（李逵）	弓鞋窄窄剪春罗，香沁酥胸玉一窝。丽质难禁风雨骤，不胜幽恨蹙秋波。	七三（958）

续表

类别	承载者（观看者）	描写	回目 页码
卖唱女	金翠莲（鲁达）	鬅松云髻，插一枝青玉簪儿；袅娜纤腰，系六幅红罗裙子。素白旧衫笼雪体，淡黄软袜衬弓鞋。蛾眉紧蹙，汪汪泪眼落珍珠；粉面低垂，细细香肌消玉雪。若非雨病云愁，定是怀忧积恨。大体还他肌骨好，不搽脂粉也风流。	三（46）
		金钗斜插，掩映乌云；翠袖巧裁，轻笼瑞雪。樱桃口浅晕微红，春笋手半舒嫩玉。纤腰袅娜，绿罗裙微露金莲；素体轻盈，红绣袄偏宜玉体。脸堆三月娇花，眉扫初春嫩柳。香肌扑簌瑶台月，翠鬟笼松楚岫云。	四（55）
	宋玉莲（宋江）	冰肌玉骨，粉面酥胸。杏脸桃腮，酝酿出十分春色；柳眉星眼，妆点就一段精神。花月仪容，蕙兰情性。心地里百伶百俐，身材儿不短不长。声如莺啭乔林，体似燕穿新柳。正是：春睡海棠晞晓露，一枝芍药醉春风。	三八（507）

续表

类别	承载者（观看者）	描写	回目 页码
恶霸官员妻妾、仆人、相好	蒋门神妾（武松）	眉横翠岫，眼露秋波。樱桃口浅晕微红，春笋手轻舒嫩玉。冠儿小，明铺鱼魫，掩映乌云；衫袖窄，巧染榴花，薄笼瑞雪。金钗插凤，宝钏围龙。尽教崔护去寻浆，疑是文君重卖酒。	二九（381）
	张都监养娘玉兰（武松）	脸如莲萼，唇似樱桃。两弯眉画远山青，一对眼明秋水润。纤腰袅娜，绿罗裙掩映金莲；素体馨香，绛纱袖轻笼玉笋。凤钗斜插笼云髻，象板高擎立玳筵。	三十（389）
	刘高妻子（宋江）	身穿缟素，腰系孝裙。不施脂粉，自然体态妖娆；懒染铅华，生定天姿秀丽。云鬟半整，有沉鱼落雁之容；星眼含愁，有闭月羞花之貌。恰似嫦娥离月殿，浑如织女下瑶池。	三二（424）
	白秀英（雷横）	罗衣叠雪，宝髻堆云。樱桃口杏脸桃腮，杨柳腰兰心蕙性。歌喉宛转，声如枝上莺啼；舞态蹁跹，影似花间凤转。腔依古调，音出天然。舞回明月坠秦楼，歌遏行云遮楚馆。高低紧慢，按宫商吐雪喷珠；轻重疾徐，依格范铿金戛玉。笛吹紫玉篇篇锦，板拍红牙字字新。	五一（678）

续表

类别	承载者（观看者）	描写	回目（页码）
不忠者	阎婆惜（宋江）	花容袅娜，玉质娉婷。髻横一片乌云，眉扫半弯新月。金莲窄窄，湘裙微露不胜情；玉笋纤纤，翠袖半笼无限意。星眼浑如点漆，酥胸真似截肪。韵度若风里海棠花，标格似雪中玉梅树。金屋美人离御苑，蕊珠仙子下尘寰。	二一（261）
	潘金莲（武松）	眉似初春柳叶，常含着雨恨云愁；脸如三月桃花，暗藏着风情月意。纤腰袅娜，拘束的燕懒莺慵；檀口轻盈，勾引得蜂狂蝶乱。玉貌妖娆花解语，芳容窈窕玉生香。	二四（302）
	潘巧云（石秀）	黑鬒鬒鬓儿，细弯弯眉儿，光溜溜眼儿，香喷喷口儿，直隆隆鼻儿，红乳乳腮儿，粉莹莹脸儿，轻袅袅身儿，玉纤纤手儿，一捻捻腰儿，软脓脓肚儿，翘尖尖脚儿，花簇簇鞋儿，肉奶奶胸儿，白生生腿儿。更有一件窄湫湫、紧揪揪、红鲜鲜、黑稠稠，正不知是甚么东西。	四四（594）

续表

类别	承载者（观看者）	描写	回目 页码
娼妓	李巧奴（张顺）	蕙质温柔更老成，玉壶明月逼人清。步摇宝髻寻春去，露湿凌波步月行。丹脸笑回花萼丽，朱弦歌罢彩云停。愿教心地常相忆，莫学章台赠柳情。	六五（862）
	李瑞兰（史进）	万种风流不可当，梨花带雨玉生香。翠禽啼醒罗浮梦，疑是梅花靓晓妆。	六九（905）
	李师师（燕青）	少年声价冠青楼，玉貌花颜世罕俦。万乘当时垂睿眷，何惭壮士便低头。	七二（943）
		芳蓉丽质更妖娆，秋水精神瑞雪标。凤眼半弯藏琥珀，朱唇一颗点樱桃。露来玉指纤纤软，行处金莲步步娇。白玉生香花解语，千金良夜实难消。	八一（1046）

4 占有、放纵与毁灭

性的占有与放纵则更不能容忍了。占有的方式之一是强夺。小说里性的强夺者镇关西郑屠居第一位。这位郑大官人因见金翠莲貌美,便“强媒硬保”,霸占金翠莲为妾。而且还“写了三千贯文书,虚钱实契”,以防金翠莲逃走。

第二个出场的便是高俅的养子高衙内。碍于林冲的地位与武艺,高俅一家尚不敢公然动手,只是一而再地施以暗算。再一位,是飞天蜈蚣王道人。这位不知来自何处的“先生”,骗取张太公一家的信任,住进了张太公家里。之后伺机杀害张太公全家,把张太公女儿强骗到蜈蚣岭的一处坟庵里。再有华州贺太守,因到华山圣帝庙烧香,看到画匠王义的女儿玉娇枝有些颜色,便派人说媒,要娶她为妾。王义不从,贺太守把玉娇枝抢走,将王义刺配远恶军州。

最后出现的人物是牛头山强盗王江与董海。他们把刘太公女儿掳到了山上的道院里。这些女性被强夺的事件,为好汉们在逃亡路上所耳闻目睹。其大致相同的结局是,施暴者遭到严惩,被霸占者获得解救。

这些性的强夺的故事散布在各章回里,并非小说的重头戏。被强夺者得解救与强夺者被打死的情节,简短,干净,不拖泥带水。性的强占在胁迫下进行,被霸占的女性均是无辜者。小说借助被害人之口,讲述被强占的故事,情节里几乎没有涉及性行为的描写。

作家下大力气讲述的是通过巧取而实现的性的占有的故事。巧取的高手当属王婆指导下的西门庆,与寻求打更头陀协助的裴如海。他们与别人的妻子暗通款曲,占有的对象是对丈夫不忠者。小说不仅详细叙述了这几个人物私下往来的经过，还把小说里仅有的几处性行为、性放纵的描写片段，安排在他们身上。①

而且，性的巧取者，其性的获取与放纵，同背叛、欺骗与作恶相交织。正如此，小说又设置了一个与之平行的忠告与警示的暗线，直至性的放纵引导着放纵者走向最终的毁灭。

小说第二十四回末尾，西门庆"捱光"已经得手，他与潘金莲两人每日来到王婆家幽会。小说里便"有诗为证"曰："好事从来不出门，恶言丑行便彰闻。可怜武大亲妻子，暗与西门作细君。"[24-328] 接下来一回，郓哥带武大来王婆家里捉奸。小说家再赋诗一首，预告王婆的恶行将遭到惩罚，所谓"虎有伥兮鸟有媒，暗中牵陷恣施为。郓哥指讦西门庆，他日分尸竟莫支。"[25-333]

到了三人设计毒杀武大一节，小说家则直接告诉读者，他们的放肆与恶毒，必将招来杀身之祸——"云情雨意两绸缪，恋色迷花不肯休。毕竟难逃天地眼，武松还砍二人头。"毒计得逞以后，潘金莲每日与西门庆在自家楼上任意取乐。街上远近人家无人不知，只因西门庆乃一介刁徒，大家都不敢过问。巧取者其性的放纵可谓达到了毫无顾忌的程度。小说乃引《鹧鸪天》一首，专论"女色"，暗示这性的放纵必将走向毁灭——

> 色胆如天不自由，情深意密两绸缪。只思当日同欢庆，岂想萧墙有祸忧！贪快乐，恣优游，英雄壮士报冤仇。请看褒姒幽王事，血染龙泉是尽头。[26-343]

亦如这首《鹧鸪天》所预言，潘金莲与西门庆的故事的末

① 见《水浒传》第二十四回，第327页；第四十五回，第606页。

尾，是两人的头颅被供在武大的灵前。

裴如海与潘巧云的故事也同样如此。两人最先在报恩寺幽会，小说家便警告“和尚”不能胡来——“色中饿鬼兽中狨，弄假成真说祖风。此物只宜林下看，岂堪引入画堂中。”[45-606]等迎儿参与其中，每晚放香桌为暗号，协助裴如海偷入杨雄家里与潘巧云幽会，小说里又有诗一首专门指摘使女的“使坏”。所谓“送暖偷寒起祸胎，坏家端的是奴才。请看当时红娘事，却把莺莺哄得来”[45-608]。在石秀向杨雄告发潘巧云的私情以后，杨雄便要出手捉奸。小说家又警告说：“饮散高楼便转身，杨雄怒气欲沾巾。五更专等头陀过，准备钢刀要杀人。”[45-610]后杨雄酒醉失言，潘巧云反坐石秀。小说家又出面向读者倾诉潘巧云的劣迹：“可怪潘姬太不良，偷情潜自入僧房。弥缝翻害忠贞客，一片虚心假肚肠。”[45-612]

裴如海及头陀最终被石秀杀死在杨雄家后门的巷子里。两人赤身裸体陈尸街头。小说里有两首词状写这一事件。其一是城里的“好事的子弟们”写成——

> 叵耐秃囚无状，做事只恁狂荡。暗约娇娥，要为夫妇，永同鸳帐。怎禁贯恶满盈，玷辱诸多和尚。血泊内横尸里巷，今日赤条条甚么模样。立雪齐腰，投岩喂虎，全不想祖师经上。目连救母生天，这贼秃为娘身丧。[46-616]

另有蓟州城里书会所作词《临江仙》：

> 破戒沙门情最恶，终朝女色昏迷。头陀做作亦跷蹊。睡来同衾枕，死去不分离。小和尚片时狂性

图十四　石秀智杀裴如海

起，大和尚魄丧魂飞。长街上露出这些儿。只因胡道者，害了海阇黎。”46－616

两首词强调了同一件事——性的占有、放纵，最终必定走向毁灭。

第八讲

空间与权力

1 江湖——想象的共同体

水浒好汉逃亡在江湖上。江湖是一个空间存在，更是一个想象的共同体。水浒好汉通过江湖想象与表达，获得身份认同、情感维系与建立社会关联。这一想象的共同体，反过来亦规范与引导着好汉们的品格养成与言行实践。

义气是江湖好汉身份认同与实践的基石。①

我们看林冲的一首八句五言诗。走投无路的林冲得了柴进的荐书，大雪里要去投靠梁山泊。来到梁山近旁，却不得船而入。乘一时酒兴，林冲写下这首"感伤怀抱"的诗来——

> 仗义是林冲，为人最朴忠。
> 江湖驰闻望，慷慨聚英雄。
> 身世悲浮梗，功名类转蓬。
> 他年若得志，威镇泰山东！[11－147]

这无疑是林冲希望为江湖所接纳的一篇誓词。他强调自

① 萨孟武认为"义"为下层阶级的伦理观念，绅士阶级的道德是忠孝二字。见萨孟武《水浒与中国社会》，第11—13页。

己居首位的特征，便是仗义。无独有偶，吴用向晁盖推荐阮氏三兄弟，同样是强调他们这方面的品格——“这三个是亲弟兄，最有义气。小生旧日在那里住了数年，与他相交时，他虽是个不通文墨的人，为见他与人结交，真有义气，是个好男子，因此和他来往。”[15-184]

鲁智深也如是称赞孙二娘，尽管他差点死在这位母夜叉的手里。当时张青抢先一步赶到，把鲁智深从孙二娘的蒙汗药里救出，又与他结拜为兄弟。鲁智深介绍这一对夫妇时便说：“那人夫妻两个，亦是江湖上好汉，有名的，都叫他做菜园子张青，其妻母夜叉孙二娘，甚是好义气。”[17-214]

“义气”具体指什么？事实上，小说里好汉们的不少故事围绕“义气”展开。探讨他们的仗义行动的旨归，我们便可以勾勒出“义气”的意义边界来。

“仗义疏财”，无疑是“义气”最基本的表现。

譬如小说第三回的“鲁提辖拳打镇关西”。鲁达要帮助被压迫被侮辱者金翠莲父女，第一步便是“疏财”。他不仅自己倾囊相助，摸出了口袋里仅有的五两来银子，还向史进与李忠两人“借钱”行善。李忠只拿出二两来银子，鲁达便把这银子丢了回去，还面斥李忠是个“不爽利”的人。

仗义疏财的模范，当属宋江。宋江的“周人之急，扶人之困”，闻名山东、河北。这两个地方的人都称他为“及时雨”，说他像天上下的及时雨一般，能救万物。[18-226]便是王婆也这样说：“常常见他散施棺材药饵，极肯济人贫苦。”[21-260]当初便是因为王婆牵线施舍棺材，宋江才给阎婆缠上。呼应小说开头鲁达解救金翠莲父女，在宋江的传记里，也有一段救济宋玉莲一家三口的情节。[39-508]

仗义疏财，一面帮助弱者，而更重要的，却在收留、资助江湖好汉与流配犯人。

譬如柴进。柴进家里有皇帝赐予的誓书铁券，所以他“专一招接天下往来的好汉，三五十个养在家中”。对于遭发配路过的犯人，柴进也吩咐附近酒店，介绍他们来投在他的庄上。林冲上梁山后，宋万劝王伦把林冲收下，他的理由是：“柴大官人面上，可容他在这里做个头领也好。不然见的我们无意气，使江湖上好汉见笑。”[11-151]

这一流人物，还有朱仝。朱仝“原是本处富户，只因他仗义疏财，结识江湖上好汉，学得一身好武艺”[13-172]。晁盖也是“平生仗义疏财，专爱结识天下好汉”，所谓“但有人来投奔他的，不论好歹，便留在庄上住”。[14-174]宋江更是达到了极致——“但有人来投奔他的，若高若低，无有不纳，便留在庄上馆谷，终日追陪，并无厌倦；若要起身，尽力资助，端的是挥霍，视金似土。”[18-226]

而一众好汉尊崇、投奔宋江，主要的原因也在此。宋江夜里打清风山过，被燕顺的小喽啰一条绊脚索拿下。眼看就要被取下心肝来，做成酸辣汤，为三位大王醒酒。宋江一声叹息，不经意说出了自己的名字。燕顺听到宋江二字，立即喝止了小喽啰。当问得真的是“山东及时雨宋公明”以后，便夺过小喽啰手内尖刀，把麻索都割断了，又把自己身上披的枣红纻丝衲袄脱下，裹在宋江身上。再把宋江抱到中间虎皮交椅上，唤来王矮虎、郑天寿，三人纳头便拜。燕顺说：

> 小弟只要把尖刀剜了自己的眼睛！原来不识好人，一时间见不到处，少问个缘由，争些儿坏了义士。若非天幸，使令仁兄自说出大名来，我等如何得知仔细！小弟在江湖上绿林丛中走了十数年，也只久闻得贤兄仗义疏财、济困扶危的大名，只恨缘分浅薄，不能拜识尊颜。[32-423]

后来宋江和燕顺在一个路旁酒店遭遇石将军石勇。为换得大座头,燕顺与石勇发生争执。石勇单枪匹马,毫无惧色。他说:“老爷天下只让得两个人,其馀的都把来做脚底下的泥!”宋江连忙问他让的哪两个人。石勇说,其一是小旋风柴进柴大官人;其二是山东及时雨呼保义宋公明。而事实上,这之前石勇因为犯下命案,一度投在柴进庄上。后来“多听得往来江湖上人说”宋江大名,又前往郓城县投奔宋江。这两位或曾收留他,或者他就要去投靠,哪有不让的道理?

江湖“义气”另一项重要的意义指向,便是朋友之间,肝胆相照,生死与共。

小说第二回,朱武、杨春施苦肉计,到史家庄解救陈达便是一例。陈达被史进活捉了去,眼看硬拼不能救人,神机军师朱武便想出这条苦肉计来。他们两人步行到史进庄上,双双跪下,擎着两眼泪。朱武哭诉说,他与杨春、陈达,为官司所逼,不得已到少华山落草。三人当初已经立下誓愿,所谓“不求同日生,只愿同日死”。如今陈达被活捉在庄上,他们俩已经无计可施,只好前来一径就死,希望史进把他们三人一发解官请赏。

史进听完朱武的哭诉,寻思这三人“直恁义气!”[2-35]想到若把这三人拿去解官请赏,一定让天下好汉们耻笑,所以当即决定释放他们。后来,中秋这天三人又到史进庄上赏月,官府闻讯前来捉人。朱武三人又跪下,恳求史进把他们绑缚交出,以脱了干系。史进同样没有答应,声称“若是死时,与你们同死,活时同活”[3-40]。最终杀散官兵,毁了庄院,四人一同逃走。

如此人物,鲁智深也是其中一个。最初,鲁智深与林冲偶然相识,结为兄弟。两人饮酒庆贺期间,林冲的使女找到林冲,说娘子在庙里遭人调戏。林冲连忙告辞,跳过墙缺,径奔岳庙而去。林冲从高衙内手里救出妻子时，只见鲁智深提着铁禅杖，引着二三十个破落户，大踏步抢入庙里来。林冲问鲁智深，何故赶来，鲁智深答道："我来帮你厮打。"林冲讲述事情经过以后，鲁智深又说："你却怕他本官太尉，洒家怕他甚鸟！俺若撞见那撮鸟时，且教他吃洒家三百禅杖了去。"[7-103]

到林冲断配沧州，防送公人听从高太尉旨意，要在野猪林向林冲下毒手。就在薛霸的水火棍望林冲脑袋劈下来的瞬间，鲁智深跳了出来，他用铁禅杖隔开了薛霸的水火棍，把林冲救下。也因此，鲁智深开罪高太尉，从此无法在大相国寺安身，只好逃在江湖上。

吴用到石碣村诱三阮入伙时，阮氏兄弟也有如下誓言：

> 阮小五道："我也常常这般思量。我弟兄三个的本事，又不是不如别人，谁是识我们的？"吴用道："假如便有识你们的，你们便如何肯去？"阮小七道："若是有识我们的，水里水里去，火里火里去。若能勾受用得一日，便死了开眉展眼。"[15-191]

而宋江一在小说里露面，便顶着一个舍己救人的光环。当时宋江在郓城县押司任上，听到济州府派来捉人的缉捕何涛，讲述黄泥冈梁中书送蔡太师的生辰纲十一担金珠宝贝被劫一案，又探得晁盖是为首人犯，宋江立即的反应是——"晁盖是我心腹弟兄。他如今犯了迷天之罪，我不救他时，捕获将去，性命便休了。"[18-227]

宋江先设计稳住何涛，自己则火速赶往东溪村，告诉晁盖，白胜被抓获，事情已经败露。到后院与吴用、公孙胜、刘唐三人短暂见面后，宋江旋即离去。晁盖向吴用等三人介绍这位不速之客时说："亏杀这个兄弟，担着血海也似干系来报与我们！"又说："他便是本县押司，呼保义宋江的便是""他和我心腹相交，结义弟兄。……结义得这个兄弟，也不枉了。"[18-229]宋江践行了结义的诺言。他的呼保义的声名从此在小说里回响。

义气以外，武艺是水浒好汉情感与身份维系的重要纽带。

小说第二回，写到王进与史进。先是因为王进武艺超群，史进要拜在他的门下甘做徒弟。就是王进走了以后，他仍旧是史进的人生楷模，对史进的前程发生莫大的影响。史进离开少华山时，他对朱武三人说，他本来早就要去找王进，因为父亲死了，不能成行。如今庄院尽毁，正好去找师父，但求在他那里讨个出身。

林冲与鲁智深结为朋友，同样是因为武艺。鲁智深在酸枣门外廨宇里宴请众泼皮，一时兴起，要表演他的浑铁禅杖。手握这条头尾长五尺、重六十二斤的武器，鲁智深"飕飕的使动，浑身上下，没半点儿参差"[7-101]。一众泼皮看了，齐声喝彩。林冲打墙下经过，循喝彩声，看见有人使棒，竟至于被吸引住了。于是让使女与妻子自去烧香，自己在墙外看棒。不觉间还喝起彩来——"端的使得好！""这个师父端的非凡，使的好器械！"[7-102]林冲的喝彩声被鲁智深听见。他收了手，问得喝彩的官人的身份与姓名，连忙邀请他槐树下相见。鲁智深说，自己年幼时也曾到东京，认得林冲的父亲林提辖。林冲大喜，两人结为兄弟。

宋江更是如此。在柴进庄上第一次见到武松，便"携住武松的手，一同到后堂席上"。席间于灯下，又暗暗赞叹武松"果然是一条好汉"。[23-288]酒后，还留武松在西轩下做一处安歇。武松离开时，宋江先是送客十里，再结为兄弟，最后告别又送上十两银子作为盘费。宋江情感上与武松接近的根本原因，无疑是武二郎的武艺在江湖上的名声。

李逵与张顺之间则有一个"不相打不相识"的故事。先是李逵在岸上,把张顺一顿痛打。亏得戴宗从身后把李逵一把抱住,李逵才放了手。张顺在岸上吃了亏,却把李逵诱到江里。张顺在水里把李逵揪住,提起来又淹下去,几十遭不停手。惹来江岸上三五百人来观看。是宋江用手里张顺的家书为李逵解了围。上岸后,便有一段四人间的对话——

> 李逵道:"你也淹得我勾了。"张顺道:"你也打得好了。"李逵道:"恁么,便和你两折过了。"戴宗道:"你两个今番却做个至交的弟兄。常言道:不打不成相识。"[38-505]

我们再来到对影山。宋江与花荣,看红衣吕方与白衣郭盛,各使方天画戟,在中间大阔路上交锋。两人斗了三十余回合,尚不分胜负。所谓"故园冬暮,山茶和梅蕊争辉;上苑春浓,李粉共桃脂斗彩"[35-456],宋江与花荣只在马上喝彩。当两人斗到间深里,两枝戟搅做一团,戟上的绒绦结住了,一时分拆不开。花荣看到了,连忙取出弓箭,觑得豹尾绒绦较亲处,飕的一箭,把绒绦射断,两枝画戟才分开来。如此神奇的箭法,吕方与郭盛的两百余人马看了,一齐喝彩。他们两人也不再争斗,纵马跑来,要问神箭将军大名——精湛的武艺便如此把三方四人连接了起来。

还有揭阳镇宋江赍发街头使枪棒教头薛永银两,武冈镇李逵与汤隆比锤,等等,都是以武会友的例子。

事实上,好汉们闻名遐迩,常常因为有一身好武艺。譬如鲁提辖问史进:"阿哥,你莫不是史家村甚么九纹龙史大郎?"[3-43]柴进与林冲叙礼——"小可久闻教头大名,不期今日来踏贱地,足称平生渴仰之愿。"[9-126]朱贵欢迎林冲上山:"曾有东京来的人,传说兄长的豪杰,不期今日得会。"[11-148] 王伦挽留杨志:"制使,小可数年前到东京应举时,便闻制使大名,今日幸得相见,如何教你空去。"[12-155] 还有燕顺见郑天寿好手段,便收留他在清风山坐第三把交椅。[32-422] 更不用说,梁山泊千方百计赚卢俊义上山,只因这位绰号玉麒麟的大员外,"一身好武艺,棍棒天下无对"[60-801]。

光明磊落不使手段则是好汉间往来的行为准则。

史进当初不把步行前来就缚的朱武、杨春及陈达一并解官求赏,原因便在他的好汉身份的约束。所谓"自古道:大虫不吃伏肉",如果拿他们去请赏,"反教天下好汉们耻笑我不英雄"。[2-35] 第二回中秋赏月走漏消息,史进也没有把朱武三人交出,且重复了上面的这一番话:"如何使得! 恁地时,是我赚你们来捉你请赏,枉惹天下人笑我。"[3-40]

吴用邀请阮氏三兄弟入伙时,先说晁盖有一套富贵待取,所以特地来与他兄弟商量,看能不能在半路里拦取了。阮小五当即便说,这个却使不得。因为晁盖是个"仗义疏财的好男子,我们却去坏他的道路,须吃江湖上好汉们知时笑话"[15-192]。

另外,"坐不改姓,行不更名"一类的豪言,也常常挂在逃亡路上的好汉们的嘴上。你看,杨志在黄泥冈丢了生辰纲,逃到曹正酒店。酒饭都吃了,却身无分文,没有付账便要走人。曹正带几个庄客追来,与他斗了二三十回合。曹正见他武艺非凡,便跳出圈子,问他姓名。杨志便拍着胸道:"洒家行不更名,坐不改姓,青面兽杨志的便是。"[17-211]

武松也如此。在十字坡遇到孙二娘。孙二娘把两个防送公人麻翻了,武松识破了她的诡计,便将计就计,反把孙二娘捉弄了一番。张青回来,救下孙二娘,与武松结为兄弟。张青便建议把两个公人做翻了事,让武松一人逃走。武松却反对这样做。他说："武松平生只要打天下硬汉，这两个公人于我分上只是小心，一路上伏侍我来，我跟前又不曾道个不字，我若害了他，天理也不容我。"[28－366]鸳鸯楼杀死张都监以后，武松蘸了被杀者的血，在白粉壁上大写下八个字："杀人者，打虎武松也！"[31－401]

再看卢俊义。他最初打梁山泊边口子前过，店小二告诫他，山上宋公明大王，虽然不害来往客人，你也应该悄悄过去，休得大惊小怪。卢俊义非但不听劝告，还把衣箱内的四面白绢旗挂了出来，每面旗上写着数个大字，所谓："慷慨北京卢俊义，远驮货物离乡地。一心只要捉强人，那时方表男儿志！"[61－811]

最后是令人神往的江湖事业。

梁山泊的第一把交椅王伦的说法是，"大秤分金银，大碗吃酒肉，同做好汉"[12－156]。王伦这番身份的描述与召唤，并没能打动昔日的制使杨志。

对于社会底层的阮氏兄弟，情况就两样了。在吴用的诱导下，这几个生活在梁山泊近旁的平民，开始讲述身边这一个突然冒出来的空间存在。阮小二一面称赞三位占山为王的强人，"好生了得，都是有本事的"；一面又抱怨梁山泊的兴起，对他们的日常生活的压迫——"这几个贼男女聚集了五七百人，打家劫舍，抢掳来往客人。我们有一年多不去那里打鱼。如今泊子里把住了，绝了我们的衣饭，因此一言难尽！"[15－190]

阮小五则心直口快，道出了内心里对这个梁山新世界由衷的向往——

> 他们不怕天，不怕地，不怕官司，论秤分金银，异样穿绸锦，成瓮吃酒，大块吃肉，如何不快活！我们弟兄三个空有一身本事，怎地学得他们。[15－190]

阮小七更加没有遮拦，潜意识里被压抑的冲动全盘托了出来——“人生一世，草生一秋。我们只管打鱼营生，学得他们过一日也好。”[15-190]当听说晁保正有件奢遮的私商买卖，有心要请他们参与其中，阮小五与阮小七便拍着脖项说：“这腔热血，只要卖与识货的！”[15-192]

事实上，梁山泊到民间拉人入伙，充实宋家队伍，打出的都是这同一面江湖事业的大旗。戴宗看到石秀武艺了得，又一腔热血，便要邀他上梁山。戴宗的游说词是：“小可两个因来此间干事，得遇壮士。如此豪杰，流落在此卖柴，怎能勾发迹？不若挺身江湖上去，做个下半世快乐也好。”[44-592]同样，李逵看汤隆使得一手好锤，又流落街头，也要拉他下水：“你在这里几时得发迹！不如跟我上梁山泊入伙，教你也做个头领。”[54-719]

江湖事业意味着，其一便是摆脱穷困。阮氏三兄弟、石秀、汤隆，分别以打鱼、卖柴、打铁维持生计，每日里挣扎在果腹御寒等基本生活需要难以满足的边缘。“论秤分金银，异样穿绸锦，成瓮吃酒，大块吃肉”——在物质世界里获得自由——无疑是活跃在底层民众的下意识里的一个共同理想。

其二，不再受到政治与社会权力的约束与压制。“不怕天，不怕地，不怕官司”，现实中的政治权力被阻挡于外，随之而来的种种压迫、剥削、侮辱，便无法及身。一如阮小五所说，以往那官府，一处处动掸便害百姓，临走还要给盘缠打发他们。三位强人占了梁山泊以后，官司再也不敢下乡村来。若是被上司差遣来抓捕人犯，都吓得尿屎齐流，正眼不敢看人。

其三是社会地位的跃升。王伦劝杨志在小寨歇马，“同做好汉”，便是要请杨志在山寨坐一把交椅，做个头领。李逵的说法——“不如跟我上梁山泊入伙，教你也做个头领”——便直截了当了。戴宗说，要让石秀“做个下半世快乐”，石秀一时还无法理解。他说，小人只会使些枪棒，别无甚本事，如何能够发达快乐？戴宗则告诉他："这般时节认不得真！一者朝廷不明，二乃奸臣闭塞。"其言外之意，循寻常渠道，并不能发迹。相反，如果投梁山泊宋江入伙，便"只等朝廷招安了，早晚都做个官人"。[44-592]

2　好汉的双重身份

这里就说到了好汉们的双重身份。与江湖共同体相对应的，则是想象中的与"家""国""史"的联系。

牵引着好汉们，不让他们踏入江湖的力量，首先来自"家"/"父母"。史进烧了庄院以后，在少华山短住。朱武三人劝他留在山上做个寨主，史进便不答应。他执意要离开山寨，去关西找他的师傅，理由是，"我是个清白好汉，如何肯把父母遗体来点污了"[3-42]。

后来，王伦劝杨志在梁山泊歇马，杨志也杜撰了一个借口，说还有一个亲眷在东京居住，一定要去看望，不能留在山寨。到东京后，尽管各处都打点了钱物，却被高俅一笔批倒，制使的职役并不能恢复，这才讲出内心里的真实想法来——"王伦劝俺，也见得是。只为洒家清白姓字，不肯将父母遗体来点污了。指望把一身本事，边庭上一枪一刀，博个封妻荫子，也与祖宗争口气，不想又吃这一闪！"[12-157]

"父母遗体"，也就是家庭的教训。背叛现有的权力秩序，逃出权力规训的范围之外，不仅违背了家族遗训，还一笔勾销了祖宗积攒下来的好声誉。

孤身者流史进、杨志担心点污了父母遗体，而父母健在的则打出了孝顺的旗帜。代表人物是宋江。宋太公当初托石勇捎家书骗宋江回家，便是因为，听得人说，白虎山地面多有强人，怕宋江一时被人撺掇落草去了，“做个不忠不孝的人”[35-465]。宋江到家当晚，因为走漏了消息，宋家庄被官兵团团围住，宋江说服他父亲让他出官了事，所列出的也是同样的理由——“父亲休烦恼，官司见了，倒是有幸。明日孩儿躲在江湖上，撞了一班儿杀人放火的弟兄们，打在网里，如何能勾见父亲面。便断配在他州外府，也须有程限，日后归来务农时，也得早晚伏侍父亲终身。”[36-468]

之后宋江遭刺配江州牢城，从梁山泊旁边经过，被刘唐的人马在小路上截住。刘唐要杀掉两个防送公人，以迫使宋江上山。宋江不但全力保护两个公人，还警告刘唐，如果真的动手，便是陷他于“不忠不孝之地，万劫沉埋”，他便唯有选择自刎身亡。[36-470]后与吴用花荣见面，他又不许花荣为他开了行枷，说行枷是国家法度，不能擅动。到晁盖出面挽留，宋江仍旧如是说——“这等不是抬举宋江，明明的是苦我。家中上有老父在堂，宋江不曾孝敬得一日，如何敢违了他的教训，负累了他？”[36-471]江州犯事后，宋江决计上梁山与晁盖“同死同生”。可是，在山寨住下不出三日，就要回家取老父上山。结果几乎被官府逮捕。直到他的父亲及兄弟都被请到山上，宋江才安身他的山寨事业。

宋江把老父及兄弟取上山后，公孙胜又以老母在北方无人侍奉为由，离开了梁山。紧接着，李逵也要到沂水县去取母亲。后来雷横打梁山泊旁经过，宋江委婉劝他入伙，孝顺儿郎雷横也以同样的理由推辞：“老母年高，不能相从。待小弟送母终年之后，却来相投。”[51-676]

平民百姓恋家，官宦豪绅则要报国。兵马总管秦明在清风山被花荣活捉。燕顺劝他权在此间落草，以免因为损失了五百兵马，回去被追究罪责。秦明当即走下厅来，严词拒绝了燕顺的挽留——“秦明生是大宋人，死为大宋鬼。朝廷教我做到兵马总管，兼受统制使官职，又不曾亏了秦明，我如何肯做强人，背反朝廷？”[34-448]卢俊义被吴用智赚上山，宋江便要请他坐第一把交椅。卢俊义几乎重复了秦明的意见：“小可身无罪累，颇有些少家私。生为大宋人，死为大宋鬼，宁死实难听从。”[62-818]

余下我们所听到的，便是被逼迫到无路可走的各路好汉，异口同声的“有家难奔，有国难投”的悲叹了。林冲来到梁山脚下，尽管手里有柴进的荐书，却无法觅得渡船以入，令他不禁回想起自己最近遭遇的厄运来——“以先在京师做教头，禁军中每日六街三市游玩吃酒，谁想今日被高俅这贼坑陷了我这一场，文了面，直断送到这里，闪得我有家难奔，有国难投，受此寂寞。”[11-147]杨志被夺了生辰纲，又一次被推上了绝路，悲叹间，自言自语道：“如今闪得俺有家难奔，有国难投，待走那里去？”[16-208]

花荣劝秦明入伙时，也倾诉了内心里同样的委屈：“量花荣如何肯背反朝廷？实被刘高这厮无中生有，官报私仇，逼迫得花荣有家难奔，有国难投，权且躲避在此。望总管详察救解。”[34-445]还有李云。李云在押解李逵的途中，被朱贵与朱富合计下药麻翻。既走了李逵，又损失了几十个随从士兵。不得已，只好接受朱贵入伙梁山的邀请——“闪得我有家难奔，有国难投！只喜得我又无妻小，不怕吃官司拿了。只得随你们去休！”[44-583]

就是已经行走在江湖路上，好汉们也不少是“身在江湖，心怀魏阙”。

小说里较早表达这一面志向的是武松。武松与宋江在白虎山孔家庄偶遇。由张青推荐，武松正要去二龙山投靠鲁智深。宋江则接受邀请，准备去清风寨花荣那里住些时日。两人眼看就要分别，武松便向宋江表白心迹："天可怜见，异日不死，受了招安，那时却来寻访哥哥未迟。"宋江则回应说，"兄弟既有此心归顺朝廷，皇天必祐。"[32－419]两人恋恋不舍，在孔太公庄上再住了十数日。

上路后又同行了两日，两人来到瑞龙镇。这里正是三岔路口，分手时宋江又对武松说："入伙之后，少戒酒性。如得朝廷招安，你便可撺掇鲁智深、杨志投降了，日后但是去边上，一枪一刀，博得个封妻荫子，久后青史上留得一个好名，也不枉了为人一世。我自百无一能，虽有忠心，不能得进步。"[32－420]

实质上，这一席话正连接着宋江的人生理想——反抗权力网络，在权力网络之外获得生存空间，得到向权力者展示力量的机会，目的则在于最终为权力网络所认可与接纳，在权力网络（国）及其表达系统（史）中取得位置。

武松与宋江的这一身份想象与人生憧憬，也是梁山泊吸引平民，劝降官兵的基本策略。前面已经讲到的戴宗撺掇石秀入伙，所强调的就是这一方面。他说，投奔宋公明入伙梁山泊，不只是可以获得现世的享受，所谓"论秤分金银，换套穿衣服"；更重要的是，也连接着诱人的未来——"只等朝廷招安了，早晚都做个官人。"[44－592]

这一策略最早用来劝降颍州团练使天目将军彭玘。彭玘随呼延灼前来征剿宋江。不防被一丈青的红绵套索拖下马，活捉在宋江营里。我们看彭玘、宋江的一段对话——

> 宋江道："某等众人无处容身，暂占水泊，权时避难，造恶甚多。今者朝廷差遣将军前来收捕，本合延颈就缚，但恐不能存命，因此负罪交锋，误犯虎威，敢乞恕罪！"彭玘答道："素知将军仗义行仁，扶危济困，不想果然如此义气。倘蒙存留微命，当以捐躯保

奏。"宋江道:"某等众弟兄也只待圣主宽恩,赦宥重罪,忘生保国,万死不辞!"[55-734]

接下来彭玘劝降轰天雷凌振,便转述了宋江的这一番说辞。所谓"晁、宋二头领替天行道,招纳豪杰,专等招安,与国家出力。既然我等到此,只得从命"[55-739]云云。而且,这一说法贯穿在小说余下的章节里。诸如劝降徐宁、呼延灼;借宿太尉金铃吊挂;在北京城里撒无头帖子;马上向关胜表露心迹与理想;等等。直到受招安后宋江传令:"今日喜得朝廷招安,重见天日之面,早晚要去朝京,与国家出力,图个荫子封妻,共享太平之福。"[82-1063]

3 权力的实践

更重要的是,江湖不仅仅是一个想象的共同体,也是一个权力实践的场所。

江湖权力实践,首要的目标是求得生存。也就是满足最基本的生活需要。他们的手段,固然不容于既有的政治与法律网络。一如小说里写到的,"两个又说些江湖上好汉的勾当,却是杀人放火的事"[28-367]。有甚者,无所不用其极,以至背离人伦禁忌,做起人肉的买卖。

最早讲述这江湖上残忍手段的人物是朱贵。林冲来到朱贵打理的梁山泊近旁一个"枕溪靠湖"的酒店。当朱贵打听到林冲手里有柴进的荐书,为投奔梁山泊而来,便透露了自己的身份,以及这间酒店的功能。朱贵说,他以开酒店为名,实则专一探听往来客商经过。但有财帛者,便要去山寨报知。如果是单身客人,他便独自应付。所谓"有财帛的来到这里,轻则蒙汗药麻翻,重则登时结果,将精肉片为羓子,肥肉煎油点灯”[11-148]。

后来戴宗为江州蔡九知府送信去东京，打梁山泊近旁经过，来到朱贵的酒店，便被麻翻。正当火家把戴宗扛起来，背入杀人作坊里去开剥时，凳头边溜下搭膊，上面挂着的朱红绿漆宣牌，救了戴宗一命。[39-520]

“母夜叉孟州道卖人肉”，则是武松揭出的真相。张青把孙二娘从武松手里救出后，也介绍了他的酒店里的勾当——“来此间盖些草屋，卖酒为生。实是只等客商过往，有那入眼的，便把些蒙汗药与他吃了，便死。将大块好肉，切做黄牛肉卖，零碎小肉，做馅子包馒头，小人每日也挑些去村里卖，如此度日。”[27-363]揭阳岭上开酒店的催命判官李立，也是只靠做私商道路。他下药把宋江麻倒在地，拖到山崖边人肉作坊里，两个公人也被拖到里面。正当他等待火家归来开剥，李俊及时赶到，把宋江从剥人凳上救下。[36-474]

而且，江湖上还流行吃人肉的恶俗。① 你看清风山。宋江夜间从山里过，被绊脚索放翻，小喽啰把他押到山寨里，捆做粽子相似，绑在将军柱上。小喽啰的说法是，“大王方才睡，且不要去报。等大王酒醒时，却请起来，剖这牛子心肝做醒酒汤，我们大家吃块新鲜肉”[32-421]。大王们都醒来后，只见王矮虎吩咐道：“孩儿们，正好做醒酒汤。快动手取下这牛子心肝来，造三分醒酒酸辣汤来。”小喽啰动手取心，手法也十分讲究。先是掇出一大铜盆水，放在宋江面前，然后双手泼起水来，浇在宋江心窝里。原因是“但凡人心都是热血裹着，把这冷水泼散了热血，取出心肝来时，便脆了好吃”[32-423]。

饮马川还有一位因吃人而闻名的好汉——“多餐人肉双睛赤，火眼狻猊是邓飞。”[44-587]可以想见，吃人肉，已经是山寨里

① 黄永玉说：“其实梁山上可成立个吃人肉协会。”见黄永玉《黄永玉大画水浒》（增订版）（北京：作家出版社，2010），第 90 页。

的家常便饭。

小说里甚至还有描写吃人肉场面的片段。主角则是罚到下土来杀戮众生的天杀星李逵。先是对黄文炳的惩罚。捉到了黄文炳，李逵自告奋勇要当刽子手。他倡议说："我看他肥胖了，倒好烧吃。"晁盖跟着吆喝："教取把尖刀来，就讨盆炭火来，细细地割这厮，烧来下酒，与我贤弟消这怨气！"[41-547]众头领也一并参与了这场残忍的吃人肉的游戏——李逵"把尖刀先从腿上割起，拣好的就当面炭火上炙来下酒。割一块，炙一块，无片时，割了黄火炳，李逵方才把刀割开胸膛，取出心肝，把来与众头领做醒酒汤"[41-547]。

再一段是李逵杀李鬼，吃李鬼肉的情节。李逵杀了李鬼之后，盛了饭来吃，却没有下饭的菜蔬。看到一旁李鬼的尸体，便自笑道："好痴汉！放着好肉在面前，却不会吃！"于是，"拔出腰刀，便去李鬼腿上割下两块肉来，把些水洗净了，灶里扒些炭火来便烧，一面烧，一面吃"[43-571]。

为满足基本的生存与生活的需要，江湖力量杀人放火，向既有的权力网络下手。而夺取与巩固江湖地盘，争斗则发生在好汉之间了。林冲与晁盖从王伦手里夺得梁山泊便是第一场戏。尽管林冲要动手的理由是，"王伦心术不定，语言不准，失信于人"，事实上，乃王伦、杜迁、宋万三人的实力逊人一筹。当初林冲拿柴进的荐书来投梁山泊，王伦便已经算计过双方实力的差距——"我又没十分本事，杜迁、宋万武艺也只平常。如今不争添了这个人，他是京师禁军教头，必然好武艺。倘若被他识破我们手段，他须占强，我们如何迎敌。"[11-150]

晁盖等人上了梁山泊，又大谈他们的英雄手段，王伦便害怕起来——"骇然了半晌，心内踌躇，做声不得。"[19-242]相反，晁盖的到来却让林冲看到了机会。他怒斥王伦："量你是个落第腐儒，胸中又没文学，怎做得山寨之主！"又说："这梁山泊便是你的？你这嫉贤妒能的贼，不杀了要你何用！你也无大量之才，也做不得山寨之主！"[19-246] 言下之意，你既无权谋，又无武功，何以能坐稳位置？林冲在晁盖等人的协助下，一举杀了王伦，从他手里夺下梁山泊，事实上正展示了双方力量的悬殊。

再看鲁智深与杨志夺取宝珠寺。最初，鲁智深要投奔二龙山宝珠寺入伙，邓龙便不收他。与鲁智深厮并，邓龙见不是对手，就逃到山上，把三座关都牢牢拴住，任鲁智深在山下大骂，不再下山来。鲁智深又找不到别的路上山，毫无办法，只好望山兴叹。亏得曹正献出一条苦肉计，鲁智深与杨志才得以上山，进入宝珠寺，合力杀死邓龙，做了二龙山寨主。

同样山寨争夺的故事，还发生在饮马川。戴宗与杨林打饮马川过，被邓飞邀请上山。在山上，戴宗两个看到饮马川的秀丽风光，便问起山寨的由来。邓飞回答说："原是几个不成材小厮们在这里屯扎，后被我两个来夺了这个去处。"[44-589] 邓飞说完，众皆大笑——弱肉强食，江湖上的铁规则也。

山寨之间也需要维护权力的秩序。

小说写到青州地面的三个山寨，清风山、二龙山与桃花山。本来三个山寨散布在各处，井水不犯河水，各自为政，也相安无事。可是，呼延灼来了。呼延灼征剿梁山泊失利，单枪匹马逃走。行了两日，到桃花山近旁的一家酒店住下。

就在当晚，呼延灼寄在店里的御赐踢雪乌骓马，被桃花山小喽啰盗走。呼延灼径投青州借得军兵，便要来扫清桃花山，夺回被盗走的坐骑。而桃花山头领李忠与周通两人的武艺，都远在呼延灼之下。周通下山迎战，斗不到六七合，便气力不加，逃回山上。两人商议对策时，李忠建议向二龙山求救。因为二龙山上的鲁智深、杨志与新来的武松，均有万夫不当之勇。若这次解得危难，便拼得“投托他大寨，月终纳他些进奉也好”[57-759]。前往二龙山传信的小喽啰也如是说：“俺的头领今欲启请大头领将军下山相救，明朝无事了时，情愿来纳进奉。”[57-760]

这一处并不起眼的情节，无疑告诉读者，交纳进奉是山寨间建立与维持力量制衡与关联的一种重要手段。而杨志与鲁智深、武松三人讨论是否下山帮助桃花山时，杨志的意见是，“俺们各守山寨，保护山头，本不去救应的是。洒家一者怕坏了江湖上豪杰，二者恐那厮得了桃花山便小觑了洒家这里”[57-760]。也可见，他们依杨志这个提议下山为桃花山解围，多少是出于山寨间唇亡齿寒的利益格局的考量。

只是小说里鲜有山寨之间的争夺打斗的情节。宋江的声名如《西游记》里的金角、银角大王的葫芦一般，各路好汉均应声而被吸入他的营垒。白龙庙小聚义，聚集的还是散兵游勇。接下来投奔梁山的，诸如黄山门欧鹏、蒋敬、马麟、陶宗旺；饮马川邓飞、孟康、裴宣；登云山邹渊、邹润；二龙山鲁智深、杨志、武松、施恩、曹正、张青、孙二娘；桃花山李忠、周通；白虎山孔明、孔亮；少华山史进、朱武、陈达、杨春；枯树山鲍旭、焦挺，则都是占据一方的人物。

唯一的例外，是不识时务者混世魔王樊瑞、八臂那吒项充与飞天大圣李衮。他们占领芒砀山，竟然口出狂言，要来吞并梁山泊大寨。宋江一听到朱贵的报告，便勃然大怒，随即领兵下山征伐。待活捉项充与李衮两人，宋江却叫人解了绳索，又亲自把盏，劝三人同聚大义，同归山寨。这三位昔日的狂妄自大者，眼看大势已去，自称“不可逆天”，最终拜倒在宋江的旗下。

梁山泊本身也是一个权力体。在宋江到来之前，梁山泊只是一个平常的山寨。山寨主要的目标是获得财富，以解除物质上的困厄。晁盖、刘唐、吴用、公孙胜、三阮等七人，最早组成队伍，乃意在劫取生辰纲，所谓“取此一套富贵，不义之财，大家图个一世快活”[15-192]。三阮向往王伦治下的梁山泊的江湖世界——“他们不怕天，不怕地，不怕官司，论秤分金银，异样穿绸锦，成瓮吃酒，大块吃肉”[15-190]，落脚点同样在“快活”二字。

山寨的组织也完全仰仗江湖义气。林冲杀死王伦，夺得梁山泊，便“以义气为重”，推举晁盖为山寨之主。所谓“今有晁兄，仗义疏财，智勇足备，方今天下，人闻其名，无有不伏”[20-248]。晁盖的就职讲话，所强调的也是“竭力同心，共聚大义”[20-249]。

这支七人队伍还以“梦”为媒介，实现了与一个超自然、超社会的“天”的叙述的连接。先是晁盖的讲述——“我昨夜梦见北斗七星，直坠在我屋脊上，斗柄上另有一颗小星，化道白光去了。”[14-182]之后再有吴用的解释，“保正梦见北斗七星坠在屋脊上，今日我等七人聚义举事，岂不应天垂象。此一套富贵，唾手而取”[16-197]。

宋江的到来，情况便发生了变化。最显著者，是与权力相关联的一个详尽的语言表达系统的建立与完善。宋江决计死心塌地与晁盖一同经营梁山泊事业，是在他的父亲与兄弟都被接上山寨以后。而紧随他的家人上山的，还有九天玄女的三卷天书。这三卷天书，把天上和人间连接了起来。江湖世界“不怕天，不怕地”的豪言壮语，至此画上了句号。①

宋江是在危难时，遭遇九天玄女。事实上，宋江已经走投无路。逃进还道村之前，听到官兵的叫喊声，宋江便在肚里寻

① 正如此，《〈水浒传〉一百回文字优劣》以“九天玄女、石碣天文两节”为最劣的文字。见《明容与堂刻水浒传》第一卷。

思:“皇天可怜,垂救宋江!”[42-554]等躲进庙里的神厨,眼看赵能、赵得举着火把进来,宋江就只剩下向神灵求救——“我今番走了死路,望阴灵遮护则个!神明庇佑!”[42-555]实际上,这也是一众逃亡者共同的心声。逃亡路上,好汉们时刻都可能陷身于凶险中。

九天玄女却不仅仅是一位解救者。她是天上的神明,是一位全知全能的主宰者。她知道一切,安排一切。宋江则实现了由逃亡者向皈依者的转变,他拜倒在九天玄女的帘前御阶之下,口称:“臣乃下浊庶民,不识圣上。伏望天慈,俯赐怜悯!”[42-558]

而且,九天玄女还是一个语言表达系统的制造者与解释者。她手握天书,口吐天言。宋江则是这个语言表达系统的接受者与顶礼膜拜者。“娘娘”向宋江下“法旨”曰——“宋星主,传汝三卷天书,汝可替天行道,为主全忠仗义,为臣辅国安民。去邪归正,他日功成果满,作为上卿。吾有四句天言,汝当记取,终身佩受,勿忘于心,勿泄于世。”[42-559]

与这一语言表达系统相对应的,则是一整套权力秩序的设定。宋江在天上被安排了位置,却被派遣到凡间完成重任。依九天玄女的说法,“玉帝因为星主魔心未断,道行未完,暂罚下方,不久重登紫府,切不可分毫失忘”[42-560]。实质上,宋江担任了权力网络的一个连接点的功能。在江湖世界,宋江是义气的化身,好汉们精神与情感的寄托。在天上,他则是一位星主,自觉接受“天”的身份规训与实践,所谓“这娘娘呼我做星主,想我前生非等闲人也”[42-560]。经由宋江这样一个意义与情感的通道,承载着双重身份想象,从一个权力网络中脱逃的英雄好汉,又进入一个新的权力体系当中。九天玄女所说的“去邪归正”

由此而实现。①

天书天言，以及天的秩序安排，无非是人间的想象与期待的结晶。平民百姓的精神与情感世界里，本来就给“天”这样一个超自然、超社会的人格化的意象，留下了位置。一个洞察一切，公正无私的超越的权力的存在，凝聚的正是平民社会的朴素愿望。统治者则借用了“天”这一能指，把“天”及其相连接的权力体系进一步符号化与神秘化。小说第一回，伏魔之殿中央的石碑上前面的碣文，便都是“龙章凤篆，天书符箓，人皆不识”[1-14]。

九天玄女三卷天书，则“只可与天机星同观，其他皆不可见”，且“功成之后，便可焚之，勿留在世”。[42-560]事实上也如此，宋江上山以后，“与晁盖在寨中每日筵席，饮酒快乐”，仅“与吴学究看习天书”。[43-567]小说一百单八好汉聚会时，宋江办罗天大醮，由上天的指示，从地下掘出一个石碣，上面仍旧是“龙章凤篆蝌蚪之书，人皆不识”[71-925]。

所谓的天书天言作为一个语言表达系统，通过隐藏表达的制造者的身份，神秘化表达的媒介与手段，圈定表达的通道，限制接受者的范围，把普通的人间社会排斥在系统之外。② 与其

① 刘再复在《双典批判》里说，宋江“有足够的条件和当时的皇帝做一较量。但是，他偏偏不想当皇帝，不做占有宫廷江山的皇帝梦。这便是‘真侠’、大侠。这种真侠精神也是中国革命文化中所缺少的。因此，可以说，宋江补充了中国革命文化中的两个‘缺’：一是和平妥协政治游戏规则之缺；二是只反抗不占有的真侠精神之缺。可惜的是《水浒传》作者并不了解填补此两缺的重大意义。更不幸的是宋江本身也没有意识到他在创造新的规则和新的历史精神”。（刘再复《双典批判》，第92—93页）我以为，这是刘再复先生的这部著作里最难以说服读者的一处论述。

② 这正如金圣叹在他为《水浒传》写的序言里所说：“是故作书，圣人之事也；非圣人而作书，其人可诛，其书可烧也。作书，圣人而天子之事也；非天子而作书，其人可诛，其书可烧也。何也？非圣人而作书，其书破道；非天子而作书，其书破治。破道与治，是横议也。横议，则乌得不烧？横议之人，则乌得不诛？”见金圣叹《序一》，《第五才子书施耐庵水浒传》（第一册），卷一，第三、四页。

相关联的权力的运作，包括权力的获得、更替、分配，不仅拒绝了平民社会的参与，甚至远离普通百姓的知识、经验与视野。

第七十一回“忠义堂石碣受天文”，这石碣上的天文便只有一位姓何名玄通的道士可以辨认。这位道士把天书翻译了出来。原来石碣的侧首一边写着“替天行道”，另一边则是“忠义双全”。石碣的前面有天书三十六行，都是天罡星，背后有天书七十二行，都是地煞星，且标注着水浒好汉的姓名。宋江吩咐萧让依何道士翻译从头至尾全部抄录下来。众人看后，都惊讶不已。宋江则随即发表就职演说，阐述权力的获得、分配的源头与依据——

> 鄙猥小吏，原来上应星魁。众多弟兄，也原来都是一会之人。今者上天显应，合当聚义。今已数足，上苍分定位数，为大小二等。天罡、地煞星辰，都已分定次序。众头领各守其位，各休争执，不可逆了天言。71—928

“天”的概念及其关联的语言表达系统，需要通过不断的实践与复述，来实现与维护它的功能。小说里，记梦、占卜，宗教仪式以及宗教人物的活动，是其主要运作方式。

小说记录了宋江两次梦中拜见九天玄女的情景。第一次，宋江躲在还道村玄女庙里避难，九天玄女把宋江从官兵的追捕中救了出来。又以梦境为媒介，在小说里首次提出了“替天行道”的说法。第二次，乃宋江遭遇辽国兀颜统军的太乙混天象阵的危急时刻，这一回九天玄女与宋江对话，则把“天书”“天子”“天阵”连接了起来——

> 玄女娘娘与宋江曰：“吾传天书与汝，不觉又早

图十五　梁山泊英雄排座次

数年矣。汝能忠义坚守，未尝少怠。今宋天子令汝破辽，胜负如何？”宋江俯伏在地，拜奏曰：“臣自得蒙娘娘赐与天书，未尝轻慢泄漏于人。今奉天子敕命破辽，不期被兀颜统军设此混天象阵，累败数次，臣无计可施得破天阵，正在危急存亡之际。”[88－1139]

九天玄女随后教给了宋江破阵的方法——“若欲要破，须取相生相克之理”——让宋江再一次渡过难关。告别时玄女又再次叮嘱宋江，天言不可泄漏——“吾之所言，汝当秘受，保国安民，勿生退悔。天凡有限，从此永别，他日琼楼金阙，别当重会。”[88－1140]

之后宋江南下征剿方腊，在乌龙岭被郑彪魔法困住，又有庙神邵俊救他脱离绝境，且于梦中告诉他，“方十三气数将尽，只在旬日可破”[97－1254]。隔日夜间，邵俊又送梦来，再次向宋江预言，“睦州来日可破，方十三旬日可擒”[97－1256]。宋江依梦行事，立即发兵攻打睦州，果然大获全胜。

占卜也是宋江与“天”交流的一个重要的符号与仪式手段。梁山泊三败高俅以后，宋江派戴宗、燕青去东京到李师师与宿太尉两处打通关节，希望通过这两个人物，把梁山泊一心想被招安的愿望奏闻天子。宋江既想起了九天玄女的“遇宿重重喜”的天言，又在两人出发前，“焚起好香，取出玄女课，望空祈祷”，卜得了一个上上大吉之兆。[81－1044]宋江随即置酒与戴宗、燕青送行。戴宗与燕青完成任务之后回到梁山泊，把东京的遭遇说与宋江听以后，宋江又“取出九天玄女课来，望空祈祷祝告了，卜得个上上大吉之兆”[82－1058]。数天之后，宿太尉果然奉敕来到梁山泊招安。

在奉旨征辽的途中，宋江也两次取玄女课占卜。一次得了个上上之兆，宋江由此判定辽国必来招安宋江将士。[85－1097]另一次兵陷独鹿山，宋江又取玄女课焚香占卜，卜得所谓“大象不妨，只是陷在幽阴之处，急切难得出来”的说法。[86-1112] 直到梦中获得九天玄女的破阵之法，打败辽军，宋家军兵临城下，逼迫辽军投降。如此种种，“天”的意志通过占卜与托梦的途径传递给了这位人间权力的执行者。

再看宗教仪式与宗教人物如何参与“天”的语言表达系统的运作。

前者有宋江的罗天大醮。宋江举办这个仪式的目的，便是要与“天”交流——“报答天地神明眷佑之恩”[71-923]。其结果是，由上天“启示”，得天书一册。

宗教人物罗真人与智真长老则是“天机”与“天言”的掌控者与传递者。宋江打唐州要破高廉的妖法，只得上山请回公孙胜。公孙胜出发前，师父罗真人给他的临别赠言，便复述了出自九天玄女之口的“替天行道”一词——“吾今传授与汝五雷天罡正法，依此而行，可救宋江，保国安民，替天行道。”[54-717]

宋江受招安以后，统兵破辽，来到蓟州。与公孙胜前往九宫县二仙山，参省罗真人。罗真人又对宋江强调了“替天行道”的意义——“将军上应星魁天象，威镇中原，外合列曜，一同替天行道，今则归顺宋朝，此清名千秋不朽矣。”[85-1100] 罗真人还赠宋江八句法语——“忠心者少，义气者稀。幽燕功毕，明月虚辉。始逢冬暮，鸿雁分飞。吴头楚尾，官禄同归。”[85-1101] 宋江不晓其意，罗真人也不解释，只强调“此乃天机，不可泄漏”[85-1101]。宋江随后把这八句法语藏于天书之内。①

宋江五台山参禅，智真长老也给了他四句偈语——“当风雁影翻，东阙不团圆。只眼功劳足，双林福寿全。”[90-1156] 宋江同样不解其意，又请求长老开解。长老回答说：“此乃禅机隐语，

① “法语”与“天书”的意义关联由此也可见一斑。

汝宜自参，不可明说，恐泄天机。”90－1157

建构、复述与实践如此一个语言表达系统，其首要的功能，在于为相关联的权力网络与权力秩序提供合法性。① 它要告诉读者的是，权力源于一个超越自然、超越社会的人格化的神秘力量，平民百姓是权力的接受者与崇拜者，而非权力的基础与监督者。我们看宋江的罗天大醮——

> 却好至第七日三更时分，公孙胜在虚皇坛第一层，众道士在第二层，宋江等众头领在第三层，众小头目并将校都在坛下，众皆恳求上苍，务要拜求报应。是夜三更时候，只听得天上一声响，如裂帛相似，正是西北乾方天门上……那地下掘不到三尺深浅，只见一个石碣，正面两侧各有天书文字。71－925

“天书文字”乃人间社会的恳求与上天恩赐的结果。待天书由何道士译出，萧让尽数抄誊出来，宋江便警告跪拜在虚皇坛下的头领“各守其位，各休争执，不可逆了天言”。众人也异口同声地回答：“天地之意，物理数定，谁敢违拗！”71－928 随即，梁山顶上立起一面杏黄旗，上面写着“替天行道”四个大字。

---

① 李贽评这一回时说：“梁山泊如李逵、武松、鲁智深那一班，都是莽男子汉，不以鬼神之事愚弄他，如何得他死心搭地？妙哉！吴用石碣天文之计，真是神出鬼没，不由他众人不同心一意也。或问：何以见得是吴用之计？曰：眼见得萧让任书，金大坚任刻，做成一碣，埋之地下，公孙胜作法，掘将起来，以愚他众人。”见《明容与堂刻水浒传》第三卷，第七十一回，第十七页。萨孟武则以为：“宗教之在中国，不能安定社会，反而供为暴民作乱的工具，此盖古代没有一种主义，以结合人心，而社会又是农业社会，农民散处各地，不易团结，非用迷信之法，固不能纠合群众，这就是《水浒传》上九天玄女与三卷天书的来源。”他还辑录了一个长达七页的《历代创业之主神话表》附后以为证据。见萨孟武《水浒传与中国社会》，第106—115页。

事实上，小说里“替天行道”的说法最早出自九天玄女之口。宋江还道村梦中拜见九天玄女，得三卷天书以及“汝可替天行道”的嘱托。之后罗真人又一次复述“替天行道”的说法。到彭玘劝降凌振[55—739]，宋江劝徐宁入伙[56—750]，好汉们也开始遣用“替天行道”一词。可以想见，自从宋江上了梁山，“替天行道”便悄悄地成了梁山泊的一个口号。

只是到了晁盖曾头市中箭身亡，宋江被林冲与公孙胜、吴用推举为梁山泊主，小说才安排宋江向一众头领宣布他的“替天行道”的雄心壮志。宋江的说法是，“小可今日权居此位，全赖众兄弟扶助，同心合意，同气相从，共为股肱，一同替天行道”[60—799]。同时，宋江把“聚义厅”改为“忠义堂”。然而就在这一时期，尽管忠义堂上，宋江已居尊位，他的权力却仍旧源自“众兄弟扶助”以及好汉们的“同心合意，同气相从，共为股肱”。忠义堂内的权力网络，仍旧离不开“义气”的纽带。

直到“忠义堂石碣受天文”，宋江终于昭示给了世人，他作为一名“鄙畏小吏”，乃因为“上应星魁”，才取得梁山泊主的位置。也从这一刻起，忠义堂正式更名，“替天行道”的大旗开始在梁山泊山顶飘荡。

再一个功能便是身份规训。所谓“忠义堂石碣受天文，梁山泊英雄排座次”是也。

前面已经讲到，天书一经何道士译出，宋江吩咐各头领各守其位，各休争执，“不可逆了天言”。之后宋江又拣吉日良时，聚集众人宣誓，复习这一权力秩序与身份安排：“宋江鄙猥小吏，无学无能，荷天地之盖载，感日月之照临，聚弟兄于梁山，结英雄于水泊，共一百八人，上符天数，下合人心。自今已后，若是各人存心不仁，削绝大义，万望天地行诛，神人共戮，万世不得人身，亿载永沉末劫。但愿共存忠义于心，同著功勋于国，替天行道，保境安民。神天察鉴，报应昭彰。”71—933而说书人讲述完这个“歃血誓盟，尽醉方散”的故事，还特意从叙述者的身份里脱身出来，强调“这里方才是梁山泊大聚义处”71—933。

实际上，对一众好汉的身份规训乃是一项需要持久努力的事业。就在同一回，小说写到重阳节前夕，宋江安排筵席，办菊花之会。席间宋江乘酒兴作《满江红》一首，令乐和单唱这首词曲为大家助兴。乐和唱到“望天王降诏早招安”时，武松便大叫起来：“今日也要招安，明日也要招安，冷了弟兄们的心！”李逵除了大声附和——“招安，招安！招甚鸟安！”71—934还一脚把桌子踢起，攧做粉碎。便是鲁智深也以为：“只今满朝文武，俱是奸邪，蒙蔽圣聪，就比俺的直裰染做皂了，洗杀怎得干净？招安不济事！便拜辞了，明日一个个各去寻趁罢。”71—935宋江让人拿下李逵，好言劝说“众弟兄”，又再次复述他“替天行道”的理想——“今皇上至圣至明，只被奸臣闭塞，暂时昏昧。有日云开见日，知我等替天行道，不扰良民，赦罪招安，同心报国，竭力施功，有何不美？”①

---

① 这一身份规训的努力，还为历来《水浒传》的评论者、传播者所复述与强调。不妨抄录几则如下：

汪道昆的《〈水浒传〉序》说：“如传所称吴军师善运筹，公孙道人明占候，柴王孙广结纳，三妇能 甲胄作娘子军，卢俊义以下，俱鸷发枭雄，跳梁跋扈。而江以一人主之，终始如一。夫以一人而能主众人，此一人者，必非庸众人也。使国家募之而起，令当七校之队，受偏师之寄，纵不敢望髯将军、韩忠武、梁夫人、刘岳二武穆，何渠不若李全杨氏辈乎？”（见马蹄疾编《水浒资料汇编》，第2页。本条注释所有引文均出自马蹄疾编《水浒资料汇编》一书。）

李贽《〈忠义水浒传〉叙》有言：“谓水浒之众，皆大力大贤有忠有义之人可也。然未有忠义如宋公明者也。今观一百单八人者，同功同过，同死同生，其忠义之心，犹之乎宋公明也。独宋公明者，身居水浒之中，心在朝廷之上，一意招安，专图报国，卒至于犯大难，成大功，服毒自缢，同死而不辞，则忠义之烈也，真足以服一百单八人者之心，故能结义梁山，为一百单八人之主。”（同上，第4页）

余象斗《题〈水浒传〉叙》说：“有为国之忠！有济民之义！昔人谓《春秋》者，史外传心之要典；愚则谓此传者，纪外叙事之要览也。”（同上，第9页）（未完，转下页）

第三，也是最重要的方面，便是力量的暗示与威胁。

力量的暗示，其一表现为对同类山寨的慑服与收编。芒砀山项充与李衮被宋江打败以后，宋江刀下留人，要礼请两人上山，同聚大义。两人便拜伏在地，自称“不识好人，要与天地相拗”。之后两人上芒砀山劝降樊瑞时又说，“我等逆天之人，合该万死”。待他们向樊瑞报告了宋江的不杀之恩，樊瑞也以宋江为“义气最重”，认为“不可逆天”，便要去投拜宋江。很显然，这几位好汉屈服于梁山泊的实力，却把这力量与“天”连接了起来。

其二便是对抗官府。宋江要攻打北京城，解救被擒的卢俊义与石秀，便先散发没头帖子，打起心理战来。帖子上写道：

大涤余人《刻〈忠义水浒传〉缘起》说：“故特评此传行世，使览者易晓，亦知《水浒》惟以招安为心，而名始传，其人忠义也。施、罗惟以人情为辞，而书始传，其言忠义也。”（见马蹄疾编《水浒资料汇编》，第 15 页）

杨明琅《叙〈英雄谱〉》：“故为君者，不可以不读此谱，一读此谱，则英雄在君侧矣；为相者，不可以不读此谱，一读此谱，则英雄在朝廷矣；经略掌勤王之师，马部主犁庭之役，又不可以不读此谱，一读此谱，则干城腹心尽属英雄。而沙溟鬼哭之惨，玉门冤号之声，永不复闻于耳矣。”（同上，第 17 页）

陈枚《〈水浒传〉序》：“卒之反邪归正，出谷登乔，矢公宋室，为王前驱，功业烂然。而僧既坐化，道亦还真，虽后世未躬睹其事，而此传叙得异样精神，异样出色，能不令读者击节叹赏淋漓呼酒耶！然吾愿天下正气男子，当效群雄下半截，而重戒前途之难束缚，则此传允为古今一大奇书，可以不朽矣。”（同上，第 18 页）

金人瑞尽管反对在书名里加入“忠义”两个字，他的基本意见却与前述赞颂“忠义”者没有两样。他说：“且亦不思宋江等一百八人，则何为而至于《水浒》者乎？其幼，皆豺狼虎豹之姿也；其壮，皆杀人夺货之行也；其后，皆敲朴劓刖之余也；其卒，皆揭竿斩木之贼也。有王者作，比而诛之，则千人亦快，万人亦快者也。如之何而终亦幸免于宋朝之斧　。彼一百八人而得幸免于宋朝者，恶知不将有若干百千万人思得复试于后世者乎？耐庵有忧之，于是奋笔作传，题曰：《水浒》。意若以为之一百八人，即得逃于及身之诛僇，而必不得逃于身后之放逐者，君子之志也。”（同上，第 25 页）

> 梁山泊义士宋江，仰示大名府，布告天下：今为大宋朝滥官当道，污吏专权，殴死良民，涂炭万姓。北京卢俊义，乃豪杰之士，今者启请上山，一同替天行道。特令石秀先来报知，不期俱被擒捉。如是存得二人性命，献出淫妇奸夫，吾无侵扰；倘若误伤羽翼，屈坏股肱，拔寨兴兵，同心雪恨，人兵到处，玉石俱焚。天地咸扶，鬼神共佑。[63—835]

这里所说的“天地咸扶”与“鬼神共佑”，无疑暗示了梁山泊势不可挡的力量。

4 空间的难题①

小说里几次写到梁山泊作为一处空间存在的意义。最早是柴进向走投无路者林冲推荐这个可以逃亡的去处——“山东济州管下一个水乡，地名梁山泊，方圆八百馀里，中间是宛子城、蓼儿洼。如今有三个好汉在那里扎寨。”[11—145] 在柴进的简短的介绍里，梁山泊只是一个地形特别，便于躲藏，却面目模糊的地理位置。

待林冲上了梁山，八百里梁山泊，呈现给这位初来乍到者的，则是一派骇人的景象了：“山排巨浪，水接遥天。乱芦攒万万队刀枪，怪树列千千层剑戟。濠边鹿角，俱将骸骨攒成；寨内碗瓢，尽使骷髅做就。剥下人皮蒙战鼓，截来头发做缰绳。阻当官军，有无限断头港陌；遮拦盗贼，是许多绝径林峦。”[11—149]

---

① 杨明琅《叙〈英雄谱〉》的首句说：“《英雄谱》者，《水浒》《三国》之合刻也。夫《水浒》《三国》何以均谓之英雄也？曰：《水浒》以其地见；《三国》以其时见也。”见马蹄疾编《水浒资料汇编》，第16页。

很显然，在作家的笔下，这是一个逃亡者理想的归宿。这也对应了金圣叹所阐明的“水浒”的意义——“耐庵所云‘水浒’也者，王土之滨则有水，又在水外则曰浒，远之也。远之也者，天下之凶物，天下之所共击也；天下之恶物，天下之所共弃也。”①

这“天下之凶物”“天下之恶物”的聚集，其破坏力却远远不止于“阻当官军”与“遮拦盗贼”。水浒好汉们有更高远的理想在。而口无遮拦地要把内心里压抑的想法和盘托出的，则非李逵莫属了。宋江上了梁山，与大伙说起江州街市的童谣，以及这童谣如何被黄文炳胡乱解释，李逵便立即跳将起来说——

> 好！哥哥正应着天上的言语！虽然吃了他些苦，黄文炳那贼也吃我杀得快活。放着我们有许多军马，便造反怕怎地！晁盖哥哥便做了大皇帝，宋江哥哥便做了小皇帝，吴先生做个丞相，公孙道士便做个国师，我们都做个将军，杀去东京，夺了鸟位，在那里快活，却不好！不强似这个鸟水泊里！[41—552]

在李逵的内心世界里，“快活”是行动的根本动力与归宿，梁山泊连接的应当是不受约束、不被监管的至高无上的权力，亦即“鸟位”。事实上，如《皇帝的新装》里的那个孩子，李逵讲出了众多好汉内心里真实的想法。然而，即便是在山寨里，个体的言行也必须服从整个权力体系运作的需要。李逵这头一回的“胡说/口误”立即被戴宗制止——“铁牛，你这厮胡说！你今日既到这里，不可使你那在江州性儿，须要听两位头领哥哥的言语号令，亦不许你胡言乱语，多嘴多舌。”

李逵却常常无视这些约束。晁盖中箭身亡后，林冲等人便

① 金圣叹：《序二》，《第五才子书施耐庵水浒传》（第一册），卷一，第十三页。

推举宋江做山寨之主。宋江先是一番推辞，最后也答应“权当此位”。在侧边的李逵见状，又大叫起来——“哥哥休说做梁山泊主，便做了大宋皇帝却不好！”这一回，则是宋江出面喝止他了，说的却是与上述戴宗相类似的话：“这黑厮又来胡说！再休如此乱言，先割了你这厮舌头！”只是李逵并不认为自己说错了话，他辩解说：“我又不教哥哥做社长，请哥哥做皇帝，倒要割了我舌头！”[60-799]李逵的言外之意，夺得至高权力本来便是大家内心里的想法，何以要遮遮掩掩？

再后来，卢俊义被赚取上山，宋江要让位与他。李逵又闹了起来。他说：“今朝都没事了，哥哥便做皇帝，教卢员外做丞相，我们都做大官，杀去东京，夺了鸟位子，却不强似在这里鸟乱！”[67-879]之后，朝廷李虞候、张干办一行来梁山泊下诏书，李逵也不把他们放在眼里，李逵的说法是：“你的皇帝姓宋，我的哥哥也姓宋，你做得皇帝，偏我哥哥做不得皇帝！你莫要来恼犯着黑爹爹，好歹把你那写诏的官员尽都杀了！”[75-978]就是宋江破辽凯旋回朝以后，李逵仍旧大喊着要“再上梁山泊去，却不快活！”[90-1161]小说末尾，当李逵知道宋江喝了朝廷差人赍下的毒酒，又大喊起来。尽管李逵也被宋江在酒里下了慢药，小说家却仍旧让他喊出了——“哥哥，反了罢！”的绝响。[100-1301]

事实上，小说家也为读者预备了一个李逵所呐喊的选项，方腊的清溪县帮源洞便是。依小说家的说法，方腊“原是歙州山中樵夫，因去溪边净手，水中照见自己头戴平天冠，身穿衮龙袍，以此向人道他有天子福分，因而造反”。这里的潜台词无非是，方腊造反，也源于他的一个白日梦——内心里的被压抑的权力的欲望。方腊起义不久，便弄出了大事业。在清溪县帮源洞里，“起造宝殿、内苑、宫阙，睦州、歙州亦各有行宫；仍设文武职，台省院官，也内相外将，一应大臣”[90-1167]，一个指向终极权力的庞大体系，包括建筑、仪式、人事，初步建立了起来。

方腊也同样致力于建构一个与实践中的权力体系相匹配的知识系统。小说家一面讲述方腊上应天书，应验了推背图上的句子——“自是十千加一点，冬尽始称尊。纵横过浙水，显迹在吴兴。”[90－1167]一面又设置了一段柴进伪装成中原秀士，为方腊讲述“天子气数”的情节。柴进假称“能知天文地理，善会阴阳，识得六甲风云，辨别三光气色，九流三教，无所不通。遥望江南有天子气数”。方腊便请他来到御前，要他细述这“天子气色”究竟“在于何处”。

真柴进假柯引者，第一步的工作是空间定位，所谓“近日夜观乾象，见帝星明朗，正照东吴。因此不辞千里之劳，望气而来。特至江南，又见一缕五色天子之气，起自睦州。今得瞻天子圣颜，抱龙凤之姿，挺天日之表，正应此气”。第二步则是历史的贯通——“陛下非止江南之境，他日中原社稷，亦属于陛下所统，以享唐虞无穷之乐，虽炎汉、盛唐，亦不可及也。”[96－1239]

方腊深谙一个完整而周延的语言表达系统对于维护他的权力系统的意义。假柯引者，不仅被委以重任，而且被招赘为驸马——方腊希望通过自然的婚姻连接，进一步强化与这位权力的讲述者的人身关联。颇具讽刺意味的是，不仅这位讲述者，本身便是一个赝品，而且这一权宜的婚姻关系，反而在严密的权力网络中撑开了一条裂缝，为侵蚀者的渗透提供了可能性。

在实际运作中，方腊巩固与维护权力的最重要、最有效的办法，却是权力与利益的分配，亦即“同享富贵”的承诺。你看，宋江攻打润州的前夕，扬州城外定浦村陈将士，便在暗中交通，企图通过献粮而获取方腊的官职。方腊御弟三大王方貌，也批准了他的请求。陈将士随即以白粮米五万石、船三百只，作为进奉之礼。由此而得到的回报是，陈将士家干人，从方貌处带回了“号色旌旗三百面，并主人陈将士官诰，封做扬州府尹，正授中明大夫名爵”[91—1172]。

还有镇守润州的东厅枢密使吕师囊。他也是富户出身，同样因献钱粮与方腊，而获得东厅枢密使的官职。[91—1169]常州守城统制官钱振鹏，先前任清溪县都头，因为协助方腊，累得城池，才升做常州制置使。宋江攻克润州之后，钱振鹏在吕师囊面前夸下海口，要“直杀的宋江那厮们大败过江，恢复润州”，吕师囊则向他承诺，如果“克复得润州以为家邦，吕某当极力保奏，高迁重爵”[92—1185]。

正如此，方腊的权力体系的建立几乎翻转了原有的社会秩序与财富格局。① 诸如水寨里的四个水军总管，号称浙江四龙，原来便是钱塘江里的艄公，后投奔方腊，受了三品职事；[96—1242]睦州首将则是婺州山中猎户，自来随祖丞相管领睦州；[97—1251]守歙州的尚书王寅，本州山里石匠出身；[98—1265]方腊心腹骠骑上将军杜微，则是歙州山中铁匠。[98—1269]这些社会底层人物沿着方腊的权力结构，变身为“同享富贵”的统治阶层。

宋江与卢俊义分别攻下睦州、歙州后，兵分两路进兵清溪，方腊召集两班大臣商议如何迎敌，他的开场白便是：“汝等众卿各受官爵，同占州郡城池，共享富贵。岂期今被宋江军马席卷而来，州城俱陷，止有清溪大内。”[98—1269]后柴进出阵，战败宋兵，连胜三将。方腊赖以鼓励这位假柯引者，仍旧只有“富贵”二字——“烦望驸马大展奇才，立诛贼将，重兴基业，与寡人共享

① 鲁迅关于金圣叹的一段论述，也有助于我们理解《水浒传》里头有关方腊的情节安排。鲁迅说：“他们虽然至今不知道‘欲壑难填’的古训，却很明白‘成则为王，败则为贼’的成语，贼者，流着之王，王者，不流之贼也，要说得简单一点，那就是‘坐寇’。中国百姓一向自称‘蚁民’，现在为便于譬喻起见，姑升为牛罢，铁骑一过，茹毛饮血，蹄骨狼藉，倘可避免，他们自然是总想避免的，但如果肯放任他们自啮野草，苟延残喘，挤出乳来将这些‘坐寇’喂得饱饱的，后来能够比较的不复狼吞虎咽，则他们就以为如天之福。”见鲁迅《鲁迅全集》第四卷，第527—528页。

太平无穷之富贵,同乐悠久,兴复家邦!”[99-1277]

方腊的帮源洞,实质上便是一个空间的隐喻。当宋江率兵来到洞前,小说家细致描绘了一番这位“草头王子”的形象:“头戴一顶冲天转角明金幞头,身穿一领日月云肩九龙绣袍,腰系一条金镶宝嵌玲珑玉带,足穿一对双金显缝云根朝靴。”[98-1272] 小说家借此昭告读者——这一夺得权力的幻象,尽管在每个人的内心里飘荡,却像方腊早先在水中照见一般,只是一个脆弱的影子,转瞬间便可能毁灭于无形。宋军杀进了洞里,便四下举火,“龙楼凤阁,内苑深宫,珠轩翠屋,尽皆焚化”[99-1279]。方腊慌乱中“脱了赭黄袍,丢去金花幞头,脱下朝靴,穿上草履麻鞋”,跑到深山里要逃性命。

方腊所谓的“重兴基业”,事实上乃如小说家所言——

> 苟图富贵虎吞虎,为取功名人杀人。[92-1189]

与此相反,宋江聚齐一百零八条好汉,在山顶上打出“替天行道”的大旗,尤其几次击败朝廷的围剿之后,梁山泊已经以另一种气象呈现在读者面前。第七十八回,小说家有赋曰:

> 寨名水浒,泊号梁山。周回港汊数千条,四方周围八百里。东连海岛,西接咸阳,南通大冶金乡,北跨青齐兖郡。有七十二段港汊,藏千百只战舰艨艟;建三十六座雁台,屯百千万军粮马草。声闻宇宙,五千骁骑战争夫;名达天庭,三十六员英勇将。……施恩报国,幽州城下杀辽兵;仗义兴师,清溪洞里擒方腊。千年事迹载皇朝,万古清名标史记。[78-1006-1007]

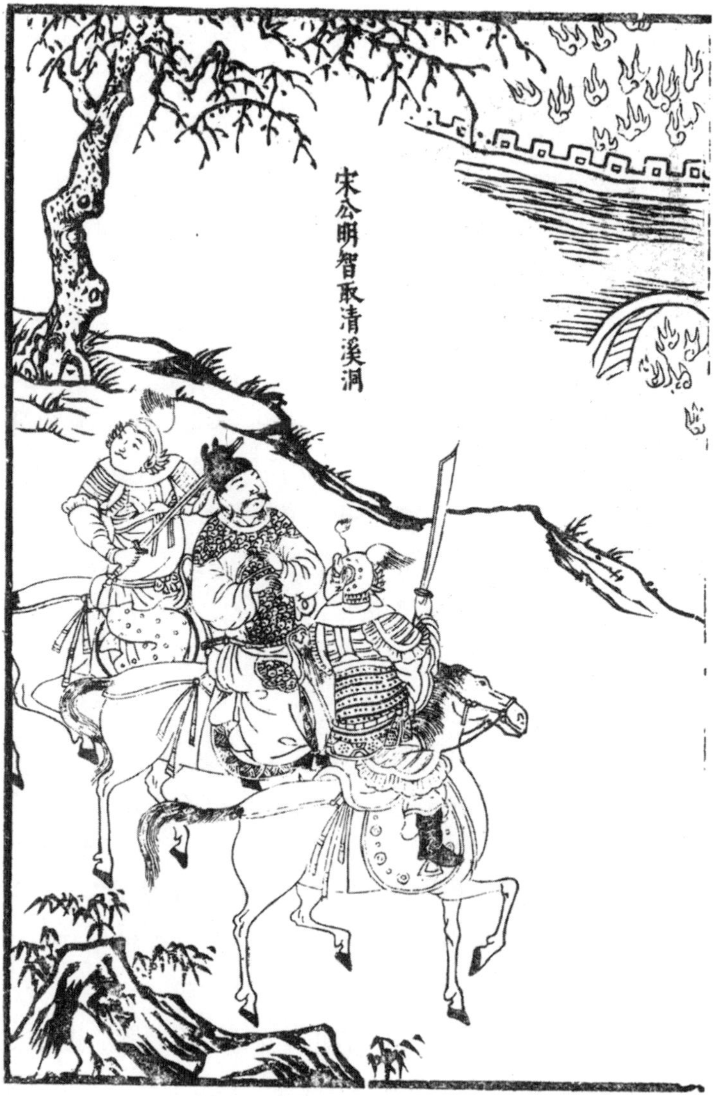

图十六　宋公明智取清溪洞

在小说家的笔下,“水浒”已经不再是一处自然的疆域,而更像一股精神力量。这股力量洋溢于想象的天地之间,又规限在“替天行道”的观念之内。一众逃亡者由此不仅走进了“国”的话语框架,而且被推入了“史”的叙事纵深。①

宋江接到招安诏文,立即向众兄弟传令:“今日喜得朝廷招安,重见天日之面,早晚要去朝京,与国家出力,图个荫子封妻,共享太平之福。”82－1063后带领军马前往京师,队伍前面便打出了“顺天”与“护国”两面旗帜。被赐为破辽先锋后,又有圣旨为宋江“全伙”圈定身份位置——“近得宋江等众,顺天护国,秉义全忠,如斯大才,未易轻任。”83－1072一如回首的诗句所言:“尽归廊庙佐清朝,万古千秋尚忠义。”83－1071

后在征辽途中,又借辽国劝降宋江的情节,展示了宋江忠贞报国的坚决态度,所谓“纵使宋朝负我,我忠心不负宋朝,久后纵无功赏,也得青史上留名”85－1099。就在这第二天,宋江的这一表述又被罗真人再一次重复:“将军上应星魁天象,威镇中原,外合列曜,一同替天行道,今则归顺宋朝,此清名千秋不朽矣。”85－1100

这一言说系统的不断复述,成为与平定方腊的情节平行的一条暗线。攻下润州时,有诗句曰:“今日功名青史上,万年千载播英雄。”92－1182兵临乌龙岭,又赞扬宋江等人,“名标青史千年在,功播清时万古传”97－1258。小说的结尾则有绝句一首——“天罡尽已归天界,地煞还应入地中。千古为神皆庙食,万年青史播英雄。”100－1309——为宋江盖棺论定。

“国家”与“历史”的话语不仅由上层的权力者所承载,普通百姓也被安排加入了这一话语体的编织建造的任务当中。阮

① 这便是鲁迅所指出的:“一部《水浒》,说得很分明:因为不反对天子,所以大军一到,便受招安,替国家打别的强盗——不‘替天行道’的强盗去了。终于是奴才。”见鲁迅《鲁迅全集》第四卷,第155页。

小二乌龙岭下被捉，为不受侮辱，自刎身亡。阮小五、阮小七得知消息后，一面挂孝，一面谏劝宋江："我哥哥今日为国家大事折了性命，也强似死在梁山泊埋没了名目。先锋主兵，不须烦恼，且请理国家大事，我弟兄两个自去复仇。"96－1243

紧接着，解珍、解宝自告奋勇，要扮作猎人，扒上山去，放火乱敌。出征前，两兄弟亦如是向宋江表达忠心："我弟兄两个，自登州越狱上梁山泊，托哥哥福荫，做了许多年好汉，又受了国家诰命，穿了锦袄子，今日为朝廷，便粉骨碎身，报答仁兄，也不为多。"96－1243一丈青扈三娘被郑彪镀金铜砖打落下马阵亡，也有挽诗一首云："花朵容颜妙更新，捐躯报国竟亡身。老夫借得春秋笔，女辈忠良传此人。"97－1252宋江被害后，花荣自尽于宋江的坟前，也缘于他要"留得个清名于世"100－1304的心愿。

事实上，小说里所设置的一处番夷与一伙叛敌的两段故事，正从外与内两个方位，贡献于"国家"与"历史"的时空建构。宋江一度以诈降辽国而攻下霸州。得胜后宋江教训辽国一众上当将领曰："汝辽国不知就里，看的俺们差矣！我这伙好汉，非比啸聚山林之辈，一个个乃是列宿之臣，岂肯背主降辽。"85－1107

到了攻打常州，又有方腊旗下的常州守将金节的妻子秦玉兰，劝说金节投降宋江："你素有忠孝之心，归降之意，更兼原是宋朝旧官，朝廷不曾有甚负汝，不若去邪归正，擒捉吕师囊，献与宋先锋，便有进身之计。"金节投降后，史官有诗云："金节知天欲受降，玉兰力赞更贤良。宋家文武皆如此，安得河山社稷亡。"92－1189秀州守将段恺，闻宋江军马到，不战自降，小说家也如是称赞他——"若段恺者，可谓知宋朝天命之有在矣。"94－1208

正如此，李贽写《〈忠义水浒传〉叙》曰："故有国者不可以不读，一读此传，则忠义不在水浒，而皆在于君侧矣；贤宰相不可以不读，一读此传，则忠义不在水浒，而皆在于朝廷矣；兵部掌军国之枢，督府专阃外之寄，是又不可以不读也，苟一日而读此传，则忠义不在水浒，而皆为干城心腹之选矣。”①

不钻帮源洞，就得朝天子。二者殊途而同归者，则是“同享富贵”。宋江受招安以后宣告“早晚要去朝京”，用来激励一众好汉的不再是“替天行道”，而是“图个荫子封妻，共享太平之福”的实际好处。[82—1063]李俊游说太湖榆柳庄四汉子投靠宋江，帮助攻打苏州，给出了两项条件：其一，见了宋江，即可做官；其二，待收了方腊，朝廷升用。[93—1201]柴进主动请缨，要只身打入帮源洞做内应，宋江也许下同样的诺言——“若得大官人肯去，直入贼巢，……生擒贼首方腊，解上京师，方表微功，同享富贵。”[94—1209]“水浒”作为一个空间存在，没有其他可供选择的精神理想。②

好汉们的第三条路便只有隐退与离去。最早付诸行动是的公孙胜。宋江把老父与兄弟接上梁山后，决计死心塌地与晁盖一同经营山寨事业。公孙胜则以家中老母平生只爱清幽，不敢取上山来为由，离开水浒回了老家。这一去，便音讯全无。直到宋江高唐州要破高廉妖术，派遣戴宗与李逵两人前往蓟州，颇费了一番周折，才把他从二仙山找回。原来公孙胜回到家乡以后，恐怕山寨有人寻来，故意改名清道人，隐居在山里。[53—709]

后在破辽途中，宋江来到蓟州，与公孙胜顺道造访罗真人。

---

① 李贽：《〈忠义水浒传〉叙》，《明容与堂刻水浒传》第四卷。

② 燕南尚生所谓《水浒传》乃“讲公德之权舆也，谈宪政之滥觞也”，以及施耐庵因“痛政府之恶横腐败，欲组成一民主共和政体”而撰写此书的说法（见马蹄疾编《水浒资料汇编》，第47、53页），正合维新时代政治改革者们牵强附会托古改制的通病。

罗真人便请求宋江，在打败辽国奏凯还京时，准许公孙胜解甲还乡。宋江当即允诺，公孙胜去住由他，不敢阻挡。[85—1102]辽国投降后，宋江班师回朝来到京师，公孙胜便依罗真人安排，拜别众人，重新回到山中从师学道，侍养老母，以终天年。[90—1160]也成为主动离开宋家军的第一人。

通过宗教的途径离去的还有鲁智深。鲁智深应了智真长老的偈言，"逢夏而擒，遇腊而执"，于乱山深处，把逃亡中的方腊一禅杖打翻，捉来绑了。宋江问得备细，对鲁智深说："今吾师成此大功，回京奏闻朝廷，可以还俗为官，在京师图个荫子封妻，光耀祖宗，报答父母劬劳之恩。"鲁智深乃回答说："洒家心已成灰，不愿为官，只图寻个净了去处，安身立命足矣。"宋江见劝鲁智深还俗不成，又建议他到京师去住持一个名山大刹，为一僧首，也光显宗风，亦报答父母。鲁智深同样不为所动，他叫道："都不要，要多也无用。只得个囫囵尸首，便是强了。"[99—1280]

鲁智深在六合寺"听潮而圆，见信而寂"，留下颂言曰："忽地顿开金枷，这里扯断玉锁。"[99—1284]最终一死了之——摆脱金枷玉锁的约束，成就真正的自我。

同在六和寺的武松则以残疾为由，不再赴京朝觐，只要在六和寺出家，做个清闲道人。还有朱武自来投授樊瑞道法，两个做了全真先生，云游江湖，后来也去投公孙胜出家，以摆脱俗世缠绕。

李俊、童威、童猛则选择离开中国。宋江攻打苏州时，李俊带童威、童猛到太湖行侦查任务，被捉到湖里的榆柳庄上。审讯间，李俊被庄上四条好汉——赤须龙费保、卷毛虎倪云、太湖蛟卜青、瘦脸熊狄成——的人生理想打动，七人结义为兄弟。这四条好汉的准则是八个字，"不愿为官，只求快活"。所谓"若是哥哥要我四人帮助时，水里水里去，火里火里去；若说保我做官时，其实不要”[93-1201]。

四人后来帮助宋江攻下苏州，却不愿留在军中，仍旧要返回榆柳庄快活。待李俊与童威、童猛送他们回到榆柳庄，费保便解释了他们不愿做官的原因——“有日太平之后，一个个必然来侵害你性命。自古道：太平本是将军定，不许将军见太平。此言极妙。”费保还奉劝李俊，趁宋江气数未尽之时，“江海内寻个净办处安身，以终天年”[94-1207]。李俊也深以为然，誓言待宋江平定方腊，必定再来相投。

宋江凯旋回朝经过苏州时，李俊便诈称中风，倒在床上。李俊又让宋江把童威、童猛两人留下看视他。宋江并不阻拦，便留下了李俊三人，自己引军前进。李俊与二童不负前约，来到榆柳庄，与费保等四人会面。后打造船只，从太仓港乘驾出海，移民外国。最终李俊做了暹罗国之主，童威、费保等则担任化外官职，几个人“自取其乐，另霸海滨”[99-1286]。

燕青的选择是退居山野，为一闲人。宋江留下武松与林冲，与诸将离了杭州望京师进发时，浪子燕青私自与他昔日的主人卢俊义商议，要一同纳还原受官诰，私去隐迹埋名，寻个僻净去处，以终天年。卢俊义却不以为然，燕青便当夜收拾了一担金珠宝贝，独自径不知投何处去了。[99-1286]

与燕青一般，纳还官诰者，还有戴宗、柴进、李应。宋江衣锦还乡后回到东京，戴宗便来找他，说要纳下官诰，去泰安州岳庙里，陪堂求闲。原因是夜里梦见崔府君的勾唤，因此发了这片善心。[100-1295]后来柴进知道了戴宗纳还官诰求闲去了，朝廷又追夺了阮小七的官诰，他便推称“风疾病患，不时举发，难以任用，不堪为官”，后回沧州横海郡为民，自在过活。李应赴任半年，闻知柴进求闲去了，也推称风瘫，不能为官，复还故乡独龙冈村中过活。后与杜兴一处作富豪，俱得善终。[100-1296]

还乡为农者还有偏将宋清、裴宣与杨林、蒋敬、穆春等人。一众好汉及其精神气质，又回到了边远偏僻的乡野民间。

唯卢俊义、宋江先后被毒害，李逵吃了宋江所下慢药身亡，吴用、花荣自尽于蓼儿洼宋江坟旁。五人的阴魂得以于梦幻中的梁山泊相聚。

2017 年 11 月 13 日初稿

2017 年 12 月 17 日一改

2018 年 1 月 8 日二改

参考书目

1.施耐庵:《水浒传》(上下册),北京:人民文学出版社,1997。

2.施耐庵:《明容与堂刻本水浒传》(全四册,影印本),上海:上海人民出版社,1975。

3.施耐庵(著)、金圣叹(评):《第五才子书施耐庵水浒传》(全八册,影印崇祯十四年贯年堂刻本),北京:中华书局,1975。

4.罗贯中、施耐庵编:《二刻英雄谱》(一至四),收入《古本小说集成》,上海:上海古籍出版社,1994。

5.《宣和遗事·插增田虎王庆忠义水浒全传》(影印本),收入《古本小说集成》,上海:上海古籍出版社,1994。

6.《水浒志传评林》(上中下,影印本),收入《古本小说集成》,上海:上海古籍出版社,1994。

7.《新刊大宋宣和遗事》,上海:中国古典文学出版社,1954。

8.施耐庵(著)、金圣叹(评):《水浒传》(全三册),上海:上海古籍出版社,2015。

9.施耐庵:《古本水浒传》(全三册),石家庄:河北人民出版社,1985。

10.马蹄疾编:《水浒资料汇编》,北京:中华书局,1980。

11.朱一玄、刘毓忱编:《水浒传资料汇编》,天津:南开大学出版社,2002。

12.陈洪绶:《水浒叶子》,北京:人民美术出版社,2010。

13.黄永玉:《黄永玉大画水浒》(增订版),北京:作家出版社,2010。

14.孙景全(绘画)、朱希江(配诗):《水浒英雄谱》,济南:山东美术出版社,1987。

15.鲁迅:《鲁迅全集》,北京:人民文学出版社,1981。

16.胡适:《胡适全集》(1—4),合肥:安徽教育出版社,2003。

17.胡适:《中国章回小说考证》(根据实业印书馆1942年版复印),上海:上海书店,1980。

18.叶德均:《戏曲小说丛考》(上下册),北京:中华书局,1979。

19.胡士莹:《话本小说概论》(上下册),北京:中华书局,1979。

20.赵景深:《中国小说丛考》,济南:齐鲁书社,1980。

21.聂绀弩:《中国古典小说论集》,上海:上海古籍出版社,1981。

22.张恨水:《水浒人物论赞》,南京:江苏文艺出版社,2008。

23.刘再复:《双典批判》,北京:生活·读书·新知三联书店,2010。

24.马幼垣:《水浒人物之最》,北京:生活·读书·新知三联书店,2006。

25.马幼垣:《水浒论衡》,北京:生活·读书·新知三联书店,2007。

26.余嘉锡:《宋江三十六人考实》,杭州:浙江古籍出版社,2012。

27.王彬:《水浒的酒店》,北京:东方出版社,2010。

28.陈家琪:《庙堂之高与江湖之远——重新评点〈水浒传〉》,上海:复旦大学出版社,2014。

29.张国风:《话说水浒》,桂林:广西师范大学出版社,2009。

30.陈建平:《水浒戏与中国侠义文化》,北京:文化艺术出版社,2008。

31.严敦易:《水浒传的演变》,北京:作家出版社,1957。

32.宫崎市定:《宫崎市定说水浒》,赵翻、杨晓钟译,西安:陕西人民出版社,2008。

33.许勇强、李蕊芹:《〈水浒传〉研究史》,北京:中国社会科学出版社,2017。

后　记

大约读初二那一年，父亲去怀化做生意，为了打发长途火车上的无聊时光，买了两册绿色封面的《水浒传》。是人民文学出版社出版的简装本。父亲把上册弄丢了，带回家的只有下册。那时还看连环画，读到鲁智深、武松的故事，就想到小说里了解更详细的情形。在那本下册里，却找不到。那时便想，要是能读到上册就好了。

后来读师范，教《文选与写作》的张晓汉老师，在大礼堂里讲《水浒》。现在还依稀记得，他的演讲大概围绕"官逼民反，民不得不反"的主题展开。张老师的演讲精彩极了，埋在内心里的研读《水浒》的愿望又增厚了几分。

腾出时间来细读《水浒》，已经是到大学任教的2008年。那时正准备写一篇关于中国现当代小说的论文。题目大呀，曰："'说'与'不说'——中国现当代小说的一个维度"。要讨论现当代小说，当然要考察一番古代的作品。竟然一口气读完了《西游记》《水浒传》。还做了好几大页关于"水浒传里面的名字"的读书笔记。

那一段时间钻研胡适，也为我阅读与探讨《水浒传》提供了动力。胡适的读小说便是从《水浒传》开始的。他最早读到的是《第五才子》的残本。后来一发不可收拾，九岁出头，就读了三十多部小说。又说，是看小说帮助他把文字弄通顺了。

到了鼓吹文学革命，胡适推崇小说的价值，还着手研究古典小说名著。他研究的第一部作品是《儒林外史》，第二部乃《水浒传》。所以当时读《水浒》，又读《儒林外史》，不亦乐乎。

进一步研读《水浒》，则出于我的同事汤奇云教授的鼓励。读《水浒》的那一段时间里，我与他一块去麒麟山庄体检。其间到一个水库边闲走，我就与他讲我的阅读心得。所谓《水浒》讲述的就是一群逃亡者的故事，云云。比较详尽讲到的一个例子便是鲁智深。你看，鲁智深就是出家了，也不安分，仍旧要逃走。

或许我的粗浅的意见让他觉得有可取之处。2012 年，研究生课程班需要人上课，他就安排我去讲《水浒》。我实在没有把握能讲好，而且，也不是我专业范围内的工作，他便鼓励我，说，你去讲吧，会有好的效果的。我便答应了下来。正好离上课还有半年时间。我又读起《水浒》来。

这一次是为上课而读书了。用的本子是中华书局 1975 年影印出版的《第五才子书施耐庵水浒传》。记得我常常背着一个书包，跑到文科楼的自修室 H2－400 看书。那间教室特别高，一到下午，天花板上的灯便显得不够亮了。而且教室里堆满了课桌，椅子，甚是狼藉。说是 24 小时自修室，来读书的学生却很少，除了偶尔来巡查的保安，便常常只有我一个人在里头“苦读”。

研究生课程班一学期的课只有六次。我草拟的讲课提纲便叫“《水浒传》五讲”。第一讲，脱逃与出走；第二讲，行走在大地上；第三讲，愤怒的积聚与释放；第四讲，智与趣；第五讲，性的绝缘、清洗与展示。也就是这本书的雏形。

上课照例是讨论，气氛颇为热烈。我常常与来听课的同学讲，等我有时间了，我要把这个提纲扩展成一本小书来。同学们也都要鼓励我，甚至还为要增添哪些内容出谋划策。

但是要不要把这本书写出来，我却十分犹豫。要是写出来了，读者觉得了无新意，不就白白把时间浪费了？

2016年9月7日，我坐在学校图书馆南馆三楼阅览室里。那一天我开始写这本书了。我还拍下电脑屏幕上已经写下的书名，发给我的家人，向他们宣布我这项工作的开始。到2018年1月8日书稿二改结束，原以为数月便可完成的事情，硬是耗去了我近一年半的时光。

那时，女儿已经在科苑小学上学。我每天早上把她送到学校后，就从南门折回深大，把车停在艺术设计学院，再背着电脑来到那个三楼阅览室，为完成这本书而开始我的工作。一年多的时间里，倘不是放假，又没有要上课，我便这样每天把时间放在三楼第35号阅读桌上了。

图书馆南馆的南面紧挨着便是杜鹃山。中午吃完饭，正好到山上走走。弯弯曲曲的栈道上也常常少人走。也就顺便伸展一下手脚，想象鲁智深五台山上的寂寞时光。

女儿童童知道我在写书的时候，便跑来问我，你写一本什么样的书呢？我指着桌上两册破破烂烂的绿皮的《水浒传》对她说，这是一部很好的小说，我的书就是讲这部小说的。她想了想，便告诉我，我明白了，你不是写书，是抄书。

这实在让我感到惭愧。我真的只是抄书，而且不一定抄好了，抄得合时宜。

我于"抄书"期间，在电脑上看《天注定》。电影里的人物大海走上复仇之路的前一刻，还驻足瞥了一眼戏台上被逼上梁山的林冲的表演。电影里所有的四个故事片断，也都多少有些逃亡的意味。我的所谓"抄书"，是不是也缘于某种时代气息的激荡？

前些天我回到老家陪伴病后康复中的父亲。一面也核对书的校稿。父亲告诉我，他是读完了《水浒传》的。宋江是及时雨啊。昨天临别时，父亲又叮嘱我，书出来了，要送一本给他看。

书就要出版了。感谢朋友与家人给我帮助与鼓励。尤其要感谢最早让我看到《水浒传》这部书的已经年迈的父亲。

2018年7月28日

深圳宝安凯旋城